suhrkamp taschenbuch 349

Franz Innerhofer ist 1944 als Sohn einer Landarbeiterin in Krimml (Salzburg) geboren. Von 1950 bis 1961 lebte er auf dem Hof seines Vaters. Nach einer Schmiedelehre besuchte er ab 1966 das Gymnasium für Berufstätige und studierte anschließend Germanistik und Anglistik an der Universität Salzburg. 1973 erhielt er ein österreichisches Staatsstipendium für Literatur, das ihm ermöglichte, den Roman *Schöne Tage* zu Ende zu schreiben. Für dieses Buch wurde Franz Innerhofer der Bremer Literaturpreis 1975 der Rudolf-Alexander-Schröder-Stiftung zuerkannt.

Schöne Tage verbringt Holl auf dem Hof seines Vaters, nachdem die Mutter und der Stiefvater den Sechsjährigen dorthin abgeschoben haben. Auf dem Hof gelten noch patriarchalische Gesetze, hie der Bauer und Herr, dort die Knechte, Mägde und Taglöhner. Von Kindheit an durch die schwere Arbeit abgestumpft, sind diese Menschen zur Sprach- und Bewußtlosigkeit verurteilt, und nur in brutalen Ausbrüchen und primitiver Sexualität vermögen sie ihre Gefühle noch zu äußern. Nach und nach beginnt Holl, die Zusammenhänge zu erkennen. Damit setzt für ihn ein Prozeß der Befreiung ein, seine Aufsässigkeit entspringt nicht mehr dumpfer Aggression, sondern wird gezielte Provokation. Nach elf Jahren der Erniedrigung und Angst findet er die Kraft, seine »Leibeigenschaft« abzuschütteln, den Hof des Vaters zu verlassen und mit einer Schmiedelehre ein neues Leben zu beginnen.

»Größe und Besonderheit der Prosa Franz Innerhofers bestehen darin, daß nicht angeklagt, daß nicht arrangiert und präsentiert wird, daß Wirklichkeit ohne Pathos stattfindet. Franz Innerhofer hat alles selbst erlebt. Er setzt einfach Erinnerungsstücke aneinander, frei von Sentimentalität und Tendenz, kraft seiner epischen Naturbegabung ... Er vergegenwärtigt elf Jahre seiner menschenunwürdigen Vergangenheit bis zur Erlösung durch den Antritt einer Lehrstelle bei einem Schmied. Er kann dabei auf alle Kunstmittel verzichten; er denkt einfach zurück und bezieht den Leser in das Erlebte ein ... Die zweihundertvierzig Seiten dieses Erstlings wiegen ganze Leihbibliotheken von Heimatliteratur auf. Und wenn dieser Autor hält, was sein Debüt verspricht, kann er uns im Geist und Stil unserer Zeit erzählen, was Hamsun, Ramuz, Giono mit den Mitteln ihrer Zeit erzählt haben, härter, böser, direkter als sie.« *Hans Weigel, FAZ*

Franz Innerhofer

Schöne Tage

Roman

Suhrkamp

suhrkamp taschenbuch 349
Erste Auflage 1977

Suhrkamp Taschenbuch Verlag

Druck: Nomos Verlagsgesellschaft, Baden-Baden
Printed in Germany
Umschlag nach Entwürfen
von Willy Fleckhaus und Rolf Staudt

Schöne Tage

Der Pflege einer kinderlosen Frau entrissen, sah Holl sich plötzlich in eine fremde Welt gestellt. Es waren da große Räume und viele Menschen, die keine Zeit hatten für Kinder, denn sie mußten sich heftig bewegen. Die Felder waren verwahrlost und die Menschen hungrig. Gleich zu Beginn stifteten die Vorgänge um Holl eine große Verwirrung in ihm. Die Gegenstände, die auf einmal so groß und so neu auf ihn wirkten, wagte er nicht anzufassen. Von den vielen neuen Gesichtern kannte er zwei ganz flüchtig, aber er verstand nichts. Am Nachmittag und am Abend wurde er in eine große Kammer gelegt. Wenn er aufwachte, schrie er, bis jemand kam und ihn herausholte. Dann fürchtete er sich vor den Strümpfen, die man ihm auf einer Bank, während er sich wehrte, rasch über die Beine zog. Die Strümpfe waren rauh. Er zog sie sich aus, und die andern zogen sie ihm wieder an. Er wand sich und fiel von der Bank, ohne daß er es begriff. Zwei Hände packten ihn und setzten ihn auf die Bank zurück, wo er weinte, weg wollte und wieder hinunterfiel, so daß es den Frauen, die seinetwegen von der Arbeit wegmußten, oft zuviel wurde, sie ihn packten und schlugen. Diese Vorgänge wiederholten sich oft, denn die Erwachsenen konnten sich nicht vorstellen, daß das Kind erst angefangen hatte, eine neue Welt zu begreifen. Aus einer kleinen Welt in eine Welt von Stößen und Schlägen, meistens irgendwo in eine Ecke verbannt, schaute Holl den Frauen zu, die unentwegt kamen und gingen. Eine mußte er Mutter nennen und eine Großmutter. Von früh bis spät wurde dem Kind gesagt, was es nicht tun dürfe und was es tun müsse, was es sonst noch hörte, war ihm unverständlich, waren fremde Worte, an fremde Menschen gerichtet. Es war eine große Welt, in die Holl, bald da- bald dorthin gesetzt, sich hineinzutappen versuchte. Kein Mensch, der sich mit ihm befaßte, zu viele Gegenstände, als daß er sich mit einem hätte befassen können, nur die Großmutter war da und arbeitete den ganzen Tag. Die Mutter arbeitete draußen. Zwei Jahre hatte Holl Zeit, um sich zwischen Gegenständen und Menschen ein wenig zurechtzufinden, aber es verging kein Tag, wo er sich nicht an ihnen stieß oder von ihnen gestoßen wurde.

Im Sommer waren die Mutter und der Stiefvater auf der Alm. Im Herbst, Winter und Frühjahr kamen sie mit den anderen Knechten und Mägden werktags zweimal schnell ins Haus, würgten das Essen hinunter, blieben einige Minuten schweigend um den Tisch sitzen, dann kam die Großmutter in die Stube, hielt die Tür auf und schickte alle hinaus. Die einen verschwanden in den Stall oder in die Scheune, die anderen gingen schweigend hinaus auf eines der Felder oder hinauf in den Wald. Im Frühjahr, Sommer und Herbst arbeiteten die Knechte und Mägde fast immer auf den Feldern, wenn das Wetter ganz schlecht war, werkten die Mägde im Haus und die Knechte in der Scheune oder um Haus und Stall herum. Nur die kränklichste Magd durfte bei der Großmutter im Haus bleiben, mit ihr kochen, abwaschen, putzen, aufbetten und waschen, und aufpassen, daß Holl nicht irgendwo herunter- oder hineinfiel.

Die Mutter, die Holl, als er noch bei der Pflegefrau war, öfter besucht hatte, fiel ihm jetzt, unter den vielen Gesichtern auf dem Bauernhof, kaum mehr auf. Er wußte nur, daß sie diejenige Person war, die ihm öfter eine auf den Hintern gab. Sie war ständig den vernichtenden Blikken ihrer Mutter ausgesetzt und mußte in der Kirche im selben Stuhl mit dieser sitzen und sich immer wieder vom

Priester wegen ihres unehelichen Kindes verdammen lassen. Nach solchen Predigten zeigten die Jungfrauen ganz geil auf alle, die uneheliche Kinder geboren hatten.

Da Holl sich noch nichts zusammenreimen konnte, häufig aber Züchtigungen über sich ergehen lassen mußte, weil die Erwachsenen von ihrem Verhalten auf das des Kindes schlossen, begriff er immer weniger. Er saß oft stundenlang hinterm Küchentisch, aß nichts, fragte nichts. Dort hatte er sich so eine Art Heimat gebildet.

Einmal wurde Holl vor dem Haus von einem Lastwagen niedergestoßen. Er lag mit Hautabschürfungen auf der Straße, anstatt hervorzukriechen, kroch er noch tiefer unter den Wagen hinein.

Im Winter erwischte es ihn einmal, als er vor einem Haus in der Kälte auf Einlaß wartete. Er hauchte kleine Nebel in die Luft. Dann klopfte er wieder an die Tür, aber niemand machte auf. Aus der Küche klangen Stimmen, und rundherum wurde gearbeitet. Er dachte an den Sommer und berührte mit den Lippen das stählerne Stiegengeländer. Lippen und Zunge klebten sofort an. Er konnte keinen Laut mehr von sich geben. Es war sehr kalt und schmerzte. Die Leute waren so schwer bei der Arbeit, daß sie lange nichts merkten. Damals, so kurz nach dem Krieg, war der Schnee noch ganz weiß und glitzerte. Dann kam eine Frau und riß Holl vom Stiegengeländer weg. Er blutete. Die Haut von seinen Lippen und seiner Zunge ist auf dem Stiegengeländer geblieben. Die Frau hatte wahrscheinlich nie ein gefrorenes Eisen zwischen die Lippen bekommen und wußte deswegen auch kein anderes Mittel als wegreißen, aber Holl machte aus diesem Erlebnis ein Spiel. Er ging dann öfters ins Freie, zu den Schlitten hinter die Scheune, befeuchtete die Finger und hielt sie auf die Kettenglieder, bis sie nicht mehr klebten.

Eines Tages sah er den Stiefvater und einen Knecht Einrichtungsgegenstände auf einen Heuwagen laden. Er sah, wie sie sich plagten, wie sie daran rückten, vom Wagen sprangen, durch die hintere Haustür verschwanden und mit neuen Gegenständen kamen. Er hatte den Stiefvater gern. Holl lief ihnen nach, ins Haus, hinauf in den ersten Stock, hinein in die Kammer, in der er immer schlafen mußte.

Dann waren da wieder fremde Gesichter, Kinder, die zusammengelaufen kamen, um das Fuhrwerk mit den Ankömmlingen zu bestaunen. Holl war so viele Kinder nicht gewohnt. Als der Stiefvater ihn vom Wagen hob, lief er zum Zaun und klammerte sich fest. Die Kinder lachten. Während der Stiefvater und der Knecht die Einrichtungsgegenstände über den Zaun hoben, war Holl nicht von der Stelle zu bewegen, einmal sah er die Kinder, dann das Haus und den steilen Hang dahinter, dann wieder den Bauernhof, der nicht mehr da war.
Der Stiefvater nahm ihn bei der Hand und führte ihn in das Haus, an Kästen vorbei, über eine knarrende Stiege hinauf in einen engen Gang. Holl staunte über die vielen Türen. Er wagte keine zu öffnen. Der Stiefvater setzte ihn auf eine Truhe, die am Ende des Ganges stand, er erklärte ihm, er müsse mit dem Knecht die Sachen herauftragen, aber das Kind glaubte ihm nicht, es hatte Angst, man würde es zurücklassen, der Knecht und der Stiefvater würden sich davonschleichen.

Es war alles neu.

Draußen die Kinder, neugierig und grausam, drinnen die kleine Wohnküche, wo eins dem andern den Weg verstand. Kaum zu essen. Der Stiefvater verdiente lächerlich wenig. Die Mutter war schwanger. Wenn es nicht regnete oder sehr kalt war, mußte Holl tagsüber hinaus, raufen. Anfangs kam er meistens bald zerrissen zurück, er ging aber nicht hinauf in die kleine Wohnküche, sondern setzte sich in einen Winkel und ließ sich entdecken, schimpfen, prügeln und in die Waschküche sperren. Der Stiefvater faßte ihn nicht an, nur die Mutter. Wenn die Mutter Holl in die Waschküche sperrte, ließ der Stiefvater ihn raus. Hatte Holl drinnen oder draußen etwas angestellt, gab es, wenn der Stiefvater zugegen war, anstatt der Prügel nur böse Worte und vernichtende Blicke. Die Mutter erinnerte ihn manchmal an die harten Kanten, die Schwellen, an die Stöße, die er nie begriffen hatte, an die Großmutter, für die er die Brotrinden gegessen hatte, an die vielen ernsten Gesichter.

Was er dort unverstanden zurückgelassen hatte, trug er jetzt als Verwirrung in sich, konnte nicht reden, nur zuschlagen. Die Kinder, mit denen er in der neuen Umgebung zu tun hatte, waren älter, mit ihren Vorstellungen ihm weit überlegen. Wie ein Soldat, den Machthaber zwingen, in einem fremden Land unbekannte Leute zu überfallen, ging Holl aus der Wohnküche in die neuen Tage. Bis zum Gartentor fühlte er sich sicher, aber dann fürchtete er sich. Er wollte sich mit der neuen Umwelt vertraut machen, aber die anderen Kinder hinderten ihn, weil sie, was ihm erst dämmerte, alles schon wußten. Die Gärten, die Häuser, die Zäune, die Felder, der Wald, die Wege nahmen ihn gefangen, daß er dastand und nicht wußte, wo anfangen. Er lief dann einfach mit den Kindern irgendwohin und ließ sich schlagen, weil es zu viele waren. Er schlug zwar zurück, aber er richtete nichts aus, er wußte noch nicht, warum da so viele kleine Fäuste waren, in die man ihn blindlings hineingeschickt hatte.

Da war die Mutter, von Kind auf, sobald sie etwas anfassen konnte, von ihren Eltern und ihren Brüdern auf dem Bauernhof umhergehetzt, mit leeren Händen in die Ehe, ein Kind im Bauch. Wenn es sich irgendwie einrichten ließ, ging sie zu den umliegenden Bauern tagwerken oder zu den Wirten waschen. Der Stiefvater hatte den Magen voller Geschwüre, hatte von Kind auf Unvorstellbares durchmachen müssen. Zuerst von Bauernhof zu Bauernhof gejagt, dann wegen nationalsozialistischer Betätigung im Kuhstall verhaftet, neun Monate später enthaftet, ausgezeichnet, zu den Bauern zurück, mit einem Gewehr nach Rußland, verwundet, gefangen, geächtet zu den Bauern zurück, eine sprachlose Wut in sich.

Sein fünftes Jahr verbrachte Holl hauptsächlich im Freien. Gegen Abend ging er mit einigen Kindern Milch holen zu einem Bauernhof hinauf. Manchmal schickte ihn die Mutter hinunter in den Markt, eine Kleinigkeit einkaufen. Am Waschtag hielt er sich meistens bei ihr in der Waschküche auf.
Einmal ist er sehr lustig. Die Mutter, die unterm Waschen immer wieder davon mußte, ist auf einen Sprung in die Küche hinauf. Jetzt kann Holl endlich auf den gemauerten Ofen klettern. Er singt und tanzt auf dem hölzernen Deckel, weil ihm das Feuer, das unter ihm knistert und kracht, so gut gefällt. Plötzlich schnellt der Deckel auf. Er schreit. Ein Mädchen hebt ihn aus dem kochenden Wasser in kaltes Wasser.

Dann verbrachte er ein Viertel seines sechsten Jahres im Bett.

Ein paar Tage wieder gesund, sperrte ihn die Mutter, weil er mit einem zerrissenen Hemd nach Hause kam, in die Waschküche. Er schrie, riß an der Tür und schlug schließlich, eine andere Strafe erwartend, das Fenster ein.

Im Mai 1950 war es dann soweit.
Holl war sechs Jahre alt. Ein Bettnässer. Ein trotziges Kind. Der Vater wollte nicht mehr für ihn Alimente (70 Schilling) zahlen. Der Stiefvater verdiente monatlich 400 Schilling. In der knapp zehn Quadratmeter großen Wohnküche war kein Platz.
Ein Kreuz auf die Stirn, und ab mit ihm.
Durch den Markt.
In den Zug.
Das Tal wurde weiter.
Der Stiefvater schwieg, und Holl hatte nichts zu fragen.
Wo sie ausstiegen, war eine Hütte. Sie gingen durch ein Dorf, über eine Brücke, fremde Gesichter schauten her und sofort wieder weg, Kühe brüllten, Scheunentore flogen auf, knarrten, ein Fuhrwerk da, ein Fuhrwerk dort, dann allmählich hohes Gras und Zäune.
Vor ihnen lag eine kleine Siedlung.

Im Haus und in der Siedlung funkelte es nur so von fremden Gesichtern. Niemand tat Holl etwas zuleide, alle wollten ihn lachen sehen. Er lachte, aber es war ihm nicht zum Lachen zumute. Er verstand überhaupt nichts. Der Vater, die Stiefmutter, die Mägde, die Knechte, die Nachbarn – alle waren so freundlich.
Nach drei Tagen fuhr der Stiefvater ab.

Man erwartete Tränen, aber Holl biß die Zähne zusammen. Er tat, als ob nichts geschehen wäre. Stunden später fand er hinterm Stall eine verlassene Scheune, wo er wußte, daß ihn niemand finden würde. Dort klagte er sich seinen Verlust.
Als er zurückkam, brüllte ihn spaßhalber ein Knecht an. Holl lief in die Küche, dort standen der Vater und die Stiefmutter. Er blickte in ihre Gesichter. Zur Stiefmutter wäre er vielleicht gelaufen, aber der Vater sah ihn so streng an, daß er umkehrte und hinausging. Vom Haus aus konnte er das Dorf sehen und einen Teil der Felder, über die er mit dem Stiefvater gekommen war.

„Da gehst her!"
„Dort bleibst!"
„Ruhig bist!"

Holl kannte sich hint und vorn nicht mehr aus. Die vielen fremden Gesichter, das große Haus und die Vorgänge im Haus und um das Haus herum hätte er noch verkraften können, aber die neuen Verbote brachten ihn völlig durcheinander. Das ganze Einschleichen in die Verbotswelt der Mutter war umsonst gewesen. Alles, was ihm die Mutter beigebracht hatte, war hinfällig geworden. Personen, die er noch nie gesehen hatte, gaben ihm plötzlich Befehle. Er gehorchte nicht. Er wehrte sich. Er wollte nicht neben dem Vater essen. Er wollte überhaupt nicht essen. Um nicht den strengen Blicken des Vaters ausgesetzt zu sein, lief er ihm davon. Wenn der Vater rief: „Da gehst her!", kam er nicht. Er wollte sich nicht von einem Menschen, den er Vater nennen mußte, die ganze Welt, die von der Mutter aus erlaubt war, auf einmal verbieten lassen. Der Vater schlug ihn. Holl widersetzte sich. Der

Vater schlug ihn, schlug ihn wieder und wieder, bis Holls Widerstand nachließ, bis er aufgab, bis er windelweich war.
Zwei Wochen hat der Bauer dafür gebraucht.
Jeder Morgen begann qualvoll. Das Bett naß. Das Hemd naß. Das stumme Gesicht der Stiefmutter, zu der er vom ersten Tag weg Mutter sagen mußte, tat ihm weher als die grobe Handhabe des Vaters. Mit ähnlichen Blicken hatte ja seine Mutter schon seine Seele geohrfeigt. Eine seufzte wie die andere und zog rasch das nasse Leintuch vom Bett, aber dort war es nur die Mutter, während hier auch noch Mägde und Tagwerkerinnen waren, die ihn anlachten, sobald er mit der Stiefmutter die Küche betrat, die Stiefmutter das nasse Leintuch unterm Arm, und er den Blick auf den Boden gerichtet.

Ende Mai wurde Holl zwischen Strohballen auf ein Fuhrwerk gesetzt, inmitten des Gebrülls der Kühe und Kälber, im Vorbeifahren von der Stiefmutter mit Weihwasser besprengt, nach fünf Stunden vom Wagen gehoben, durch einen finsteren Stall, an Kühen vorbei, in eine noch finsterere Hütte geführt. Kein Zwang mehr. Drei Monate konnte er auf der Alm tun und lassen, was er wollte. Kein Vater. Keine Verfolgung. Kein schiefes Wort. Nur fremde freundliche Menschen.
Die ärgste Hitze war vorbei. Holl mußte zurück. Er wurde gebraucht. Keine zwei Stunden auf dem Hof, hatte er schon die erste Ohrfeige sitzen, dann war die Angst vor dem Pferd, das immerzu stampfte und mit dem Kopf auf- und niederfuhr, kleiner als vor dem Vater, der konnte und wollte es einfach nicht glauben, daß sein Sohn Angst haben würde vor einem Pferd. Es war heiß und viel zum Heuen. Die Bremsen waren lästig.

Es war noch August. Rund um den Vater hatten sich die Menschen in Arbeiten gestürzt, an denen ihre Vorfahren schon zugrunde gegangen sind. Beim Morgengrauen mußten die Mägde und Knechte aus den Betten, ohne Waschen, ohne Frühstück durch die hintere Haustür zu den Sensen, Gabeln und Rechen. Keiner schaute den andern an. Jeder hatte sein Werkzeug an einem bestimmten Platz. Das Werkzeug über die Schulter und hinaus auf das Feld, der Bauknecht voran, die andern hinten nach. Dann standen sie hinterm Gras, starrten auf den Boden, rückten Handbreit um Handbreit vorwärts, hinein in das Gras. Einer jagte den andern. War man mit einer Mahd durch, ging man schwitzenden Gesichtern entgegen und stand hinten wieder an, dann hatte man das Gras und die nassen Rücken vor sich, aber man sah die Dienstbotenrücken nicht mehr, sobald man die Sense ins Gras schwang.

Der Bauknecht mähte sich an diesem Morgen schwer, obwohl er als einziger zwei Sensen zur Verfügung hatte, eine vom Bauern und eine eigene, die er zu Lichtmeß bei seinem Einstand mitgebracht hatte. Bis zum Frühstück merkte ihm niemand etwas an; vielleicht daß er öfter zum Wetzstein greifen mußte, aber das fiel niemandem auf, denn schon von der zweiten Mahd weg trieb er die Dienstboten vor sich her, wie er es den ganzen Sommer schon gemacht hat, ja, einem mähte er sogar so nahe an die Fersen heran, daß dieser aus der Mahd heraus und hinter ihm dreinstehen mußte. Auch beim Frühstück ließ er sich nichts anmerken. Schweigend wie immer löffelte er mit den andern die Brotbrocken aus der heißen Milch. Kaum hatte er ausgelöffelt, sprang er auf und rannte allen voran aus der Stube hinaus zu seinen Sensen, die andern ihm nach. Bis zum roten Stadel waren sie gekommen, vom roten Stadel hinaus mußten sie weitermähen. Er hatte unten aufgehört, die andern irgendwo hinter ihm. Während er nun mit der Sense den Hang hinaufrannte, mußten die andern erst zu ihren Sensen kommen, die Sonne brannte bereits auf ihre Köpfe, und die Bremsen fingen an, lästig zu werden. Rundherum zischten jetzt an den Hängen und drunten auf der Ebene die Sensen ins Gras. Dort und da riß einer die Sense in die Höh, wetzte und stieß sie wieder ins Gras. Der Bauknecht schwitzte. Die Bremsen, die seinen Schweiß wahrnahmen, verließen die Stauden und setzten sich auf seine Arme, auf sein Gesicht, stachen und saugten an seinem Blut, das rasch durch die Adern mußte. Der Bauer mähte unten um den roten Stadel herum. Sein bester Knecht kam oben nur mühsam von den Stauden weg. Das Gras wurde trocken. Die Bremsen verfolgten ihn, er konnte sich nicht wehren, weil er merkte, daß der Abstand zu den Knechten vor ihm immer weiter wurde. Seine Sense, die er selbst gedengelt hatte, schnitt nicht. Die Bremsen verfolgten ihn bis hinunter zum roten Stadel und wieder hinauf. Mahd um Mahd rückten die Knechte vom roten Stadel weg, durch die Umstände an die Sensen gefesselt, in die Hitze hinein. Nur einer wußte von der Sabotage, ein Knecht, der noch nicht lange aus dem Krieg zurück war.

Als zu Mittag die Knechte und Mägde beim roten Stadel im Schatten um das Essen herum auf dem Rasen Platz genommen hatten und darauf warteten, bis der Bauknecht um den ersten Krapfen in die Schüssel griff, holte dieser einen rostigen Draht aus seiner Hosentasche hervor, zeigte ihn herum und musterte die verschwitzten Gesichter. Alle begriffen sofort, daß er wissen wollte, wer ihm diesen Draht ins Gras gesteckt hatte, sie wußten aber auch, daß dieser Draht ein Nachspiel haben würde. Sie schwiegen. Gegessen wurde stumm.

Nach dem Essen erhoben sich der Bauknecht und der Bauer. Jetzt mußten auch die andern aufstehen, sie taten es ungern. Die Mägde wurden zu den Rechen geschickt, die Knechte zu den Sensen. Während sich die Knechte mit aller Kraft in das trockene Gras warfen, eilten die Mägde zu dem Feld, das am Vortag gemäht worden war, um das halbdürre Heu noch einmal zu wenden, während einige Taglöhner schon anfingen, das heutige zu wenden, das die Knechte und die Mägde vom Morgengrauen bis zum Frühstück gemäht hatten. Nach dem halbdürren Heu kam das heutige dran, dann liefen Knechte, Mägde und Taglöhner zusammen, aßen Butterbrote und tranken Feigenkaffee, wieder auseinandergegangen, fuhren sie verbissen mit Rechen und Gabeln in das Heu.

Das Pferd stampfte mit den Vorderbeinen und schlug mit den Hinterbeinen aus. Am Hals, an der Brust, am Bauch hatten sich die Bremsen festgesaugt. Holl hatte mit seinen sechs Jahren noch nie mit Pferden zu tun gehabt, und schon gar nicht bei dieser Hitze, aber der Vater hatte ihn, trotz Bedenken der Stiefmutter, aus der kühlen Küche heraus, mitten in die Hektik getrieben. Kaum hatte der Bauer die Toreinfahrt passiert, drückte er ihm den Zügel in die Hand, während das Pferd ging, mußte Holl laufen. Das Stampfen der Hufe, das Schnauben, das Heuwagengepolter jagten ihm so viel Schrecken ein, daß er den Vater vergaß und davonlief, aber nur einige Schritte, dann packte ihn eine feste Hand, er blickte in das finstere Strohhutgesicht, bekam einen Schlag, spürte auf der einen Wange die Grasstoppeln und auf der anderen ein Brennen, wurde hochgerissen und fand sich weinend vor dem Pferd herlaufend wieder.

Die Mägde, die ohne Unterhosen verschwitzt in ihren Kitteln standen, lachten, als der alte Moritz vor dem Pferd daherkam, einen Filzhut auf, unterm Schnurrbart eine Pfeife. Den Kopf ließ er hängen, mit einem Ellbogen schleifte er einen Hakelstecken neben sich her, um den anderen hatte er den Zügel geschlungen, die Knie durchgedrückt, den Oberkörper nach vorn gebeugt. Der Bauer schüttelte den Kopf. Ein paar Sekunden konnte niemand begreifen, warum Moritz bei der ärgsten Hitze seinen dunklen Lodenrock nicht auszog, dann begann wieder das Geschrei, das Moritz schon fast nicht mehr hörte. Der Bauknecht, der bestbezahlte unter den Knechten, trieb Hofinger, den *Pirscher*, mit der Aufschlaggabel neben sich her, den rostigen Draht in der Hosentasche und den Kopf voller Haß, fuhr er mit der Aufschlaggabel unter den dicken Heuriedel, sprang eine Pferdelänge vor und warf Patzen um Patzen auf den Wagen, ein Schub, ein Patzen, auf dreimal legte er eine Wagenlänge zurück, alle vier, fünf Sekunden schrie er: „Geht! Haaa! Geht! Haaa!" Hofinger mußte neben ihm her in den Heuriedel hinein, ein zwölfjähriger Bub mußte auf dem Fuder hin und her, vom Fuder herunter, auf den leeren Wagen wieder hinauf. Feldauf, feldab mußten die Mägde mit schweren Ziehrechen hin und her den Aufschlagern nach. Der Werfer mußte Fuder um Fuder dem Stadler vor die Füße schmeißen, mußte die Werfergabel in das Heu stoßen, anreißen, sich mit seiner ganzen Kraft an den Gabelstiel klammern, sich mit seinem ganzen Gewicht hineinhängen, stemmen, sich recken und sofort wieder nieder, hinein in das Heu und hinauf damit auf den Stock, kaum die Wagenbretter unter den Füßen, stand schon wieder das nächste Fuder da. Fuhr Holl weg, kam Moritz heran. Holl ging alles viel zu schnell. Überall machte er etwas falsch.

Während er im Zügelabstand vor dem stampfenden Pferd herlief, war er nur damit beschäftigt, sich vor dem Pferd in Sicherheit zu bringen. Es wurde nicht gesprochen, sondern nur geschrien oder heiser geflüstert, nichts erklärt, sondern nur befohlen und geohrfeigt.
Als Holl hinter Moritz in den Schlag fahren mußte, fuhr er dem Bauknecht auf den Riedel, weil ihn das Pferd einfach hinzog, wohin es gerade wollte. Darauf ging der Bauknecht bald auf Holl, bald auf das Pferd los. Das erste Fuder war noch nicht ganz aufgeladen, da rannte Holl schon von einer Ohrfeige in die andere. Immer wieder kam das Strohhutgesicht auf ihn zu und schlug und riß an ihm herum, während die andern mehr und mehr aus ihren schweißgebadeten Gesichtern ihre Ungeduld hervorkehrten. Sie wußten nicht, wen sie hassen sollten, sie hatten keine Zeit, darüber nachzudenken.

Als der letzte Stengel Heu dem Boden entrissen wurde, hatte die Erde das Tal längst in den Abend gedreht. Jetzt standen sie da mit ihren schweißverschmierten Gesichtern, die Kraft reichte gerade noch, um sich über das leere Feld zum Hof 48 zu schleppen. Nur der Bauknecht, dem das bißchen Sabotage in den Kopf gestiegen war, rannte wie verrückt allen voraus, um vor dem Essen noch einige Sensen zu dengeln. Die Mägde gingen vor den Knechten, sie mußten den Tisch decken. Sobald die Knechte und die Taglöhner in die Stube kamen, mußten die Mägde mit dem Essen aus der Küche in die Stube eilen.

Holl und Moritz trotteten vor den Stuten her. Zwei Torausfahrten waren zu passieren, dann ging's über den holprigen Weg durch die Siedlung in die finstere Scheune. Ein Vierzehnjähriger mußte beim Ausspannen helfen. Die

Pferde rissen sich los und galoppierten in die Knechte, daß diese vom Brunntrog auffuhren. Ihre Mäuler in das Wasser getaucht, gossen die Pferde sich die Bäuche voll und torkelten in den Stall, in ihre Stände. Dort stand schon der Vierzehnjährige und riß jedem das Geschirr vom Hals, führte eines aus dem Stall, übergab es Moritz, der mit dem anderen herauskam, Moritz mußte dann beide Pferde auf den Anger hinausführen, wo er sie zu Mittag geholt hatte. Holl hatte sich inzwischen in die Küche geflüchtet, um sich vor dem Essen von Anna, einer alten Taglöhnerin, und der Stiefmutter trösten zu lassen. Die Ohrfeigen gingen ihm wild durch den Kopf. Die Mägde sprangen hinaus und herein, bald die eine zum Herd, bald die andere zur Kredenz. Es klapperten Teller und große Schüsseln. Das Feuer knisterte. Katzen schlichen herein und strichen um die Milchkanne und sprangen an den Beinen der alten Taglöhnerin hoch. Holl sah, wie die Alte aus der Kanne Milch in eine Holzschüssel schöpfte. Dann hatte er auf einmal anstatt der Ohrfeigenlandschaft die Alm vor sich und begann sofort, von der Alm zu sprechen. Er sagte zur Stiefmutter, wenn die Küche die Almhütte wäre, wäre die Küche ganz anders, dann wäre da kein Tisch, sondern das offene Feuer, und er würde nicht da sitzen, sondern dort stehen und dem Melker beim Kochen zuschauen, und da wäre jetzt der Dreifuß mit der Pfanne überm Feuer. Dann stockte er plötzlich, weil in der Tür das Strohhutgesicht aufgetaucht war.
In der Stube roch es nach Schweiß. Der Tisch war gedeckt. Vor dem Tisch standen die Männer und Frauen und die Kinder. Der Bauer wartete, bis es ruhig war, dann bekreuzigte er sich und begann laut mit den andern das Vaterunser zu beten, dabei blickte er mehrmals seitlich zu Holl herunter. Holl hatte von der Großmutter und der

Mutter gelernt, daß er beim Beten die Hände schön falten und die Augen wie die Hände zum Kruzifix emporrichten müsse. Nach dem Beten bekreuzigten sich alle, und der Bauer und der Bauknecht gingen allen voran zum Tisch, setzten sich und warteten, bis alle ihre Plätze eingenommen hatten. Dann forderte der Bauer die Dienstboten und Taglöhner auf, tüchtig zuzugreifen. Er sagte in die Tischrunde, es sei genug zum Essen da. Am Essen habe es auf dem Hof 48 nie gefehlt. Es müsse alles ausgegessen werden.

Nachdem der Bauer jedem Taglöhner etwas in die Hand gedrückt und ihn gebeten hatte, am nächsten Tag wiederzukommen, schloß er hinter ihnen die Stubentür und ging langsam auf die Knechte zu, denen er befohlen hatte, in der Stube zu bleiben. Sein Gesicht kehrte wieder eine ernste Miene hervor, wie er sie bei den Dienstboten nicht duldete. Es war das Nachspiel, die Geschichte mit dem rostigen Draht. Während man den Bauknecht draußen dengeln hörte, begann der Bauer leise zu sprechen. Die Knechte kannten diesen Ton. Obwohl sie jetzt zu fünft dem Bauern gegenüberstanden, schlug sie der Bauer mit bloßen Worten auseinander, jeden einzelnen in seine schreckliche Kindheit zurück, die bei jedem einmal in dieser Gegend angefangen hatte. Es war immer ein mit allen Mitteln betriebenes Zurechtrücken in die Nichtigkeit, ein Zurückstauchen auf die ersten Züchtigungen. Der Bauer schrie. Es dauerte nicht lange, dann brach er mit einer Drohung ab und verließ die Stube.

Als die Knechte fünf Minuten später vor das Haus traten, kam der Bauer vom Stall herüber und brachte den Jüngsten in Verlegenheit, indem er ihn nach dem Wetter fragte. Das war ja ein Witz, dem Vierzehnjährigen in Gegenwart der ihm übergeordneten Knechte eine Frage zu stellen, der alle Dienstboten aus Angst vor dem kommenden Tag nach Möglichkeit auswichen. Der Vierzehnjährige errötete und brachte kein Wort hervor. Da schmunzelte der Bauer, weil die andern über den Vierzehnjährigen lachten. Er setzte sich, als ob nichts gewesen wäre, auf die Hausbank und fing an, während hinterm Haus noch der Dengelhammer ging, von den Kriegs- und Nachkriegsjahren zu erzählen. Sein Bruder und mit ihm die besten Knechte waren eingezogen worden. In den Wäldern wimmelte es von Deserteuren. Jede Nacht raubte eine gut organisierte Bande irgendwo einen Bauernhof aus. Im Februar 1944 sei ihm die Mutter vom Herd weggestorben. Zwei Tage vor dem Almauftrieb habe sich der Vater hinlegen müssen, und vier Tage später habe er, der Bauer, vom Melken davon müssen, aber als er vom Fahrrad absprang und es zum Backofen lehnen wollte, kam ihm schon die Köchin entgegen, mit Tränen in den Augen. Auf der Alm nur einen Dreizehnjährigen, auf dem Hof die Köchin und ein paar Rentner. Auf der Sonnseiten oben niemand. Den ganzen Sommer habe er hin und her müssen. Am Abend nach dem Heuen hinein zum Melken, in der Früh nach dem Melken hinaus. Das Zulehen mußte er einarbeiten lassen. Im Sommer 1945 seien dann die Amerikaner gekommen und hätten sich mit Vieh versorgt. Die schönsten Kühe hätten die Amerikaner von den Hängen heruntergeschossen und aufgegessen. Er mußte deshalb immer, bevor es dämmerte, die Kühe in der Au verstecken.

Beim Schlachthaus vor der Schule blieb Holl stehen. Zwei Metzgergesellen waren dabei, einen brüllenden Stier, dem sie ein Tuch über die Augen gebunden hatten, in das Schlachthaus zu treiben. Vom Schulhof herauf schrien die

Kinder. „Verschwind, sonst stech ich dich ab!" rief einer der Gesellen und drohte mit einem großen Messer, das er, als er Holl gewahr wurde, aus der umgeschnallten Scheide zog. Holl lief die schmale Gasse hinunter zum Schulhof und war mitten in einem Haufen zusammengetriebener Kinder. Viele der Kleinsten waren in Begleitung ihrer Mütter. Als das Durcheinander geordnet war, wurden die Kinder von den Lehrern in die Kirche geführt, wo der Pfarrer eine Messe las und eine Ansprache hielt. In der Klasse bekam Holl von der Lehrerin in der Fenstereselbank einen Platz zugewiesen. Neben ihm saß der Huberleibeigene, ungewaschen, in einer viel zu großen Lodenhose, vor ihnen einer, der während des Unterrichts immer lachte und alle Fliegen aß, die er erwischte.

Die hinteren Bänke bevölkerten hauptsächlich Kinder, die die Lehrerin vom ersten Tag an abgeschrieben hatte. Sie begriffen schwer, weil sie erstens einmal die Unterrichtssprache nicht verstanden, und zweitens, weil sie abgekämpft in die Schule kamen, was für die einen der weite Schulweg war, war für die anderen die Arbeit, die sie vor dem Schulgehen zu verrichten hatten. Die Dorfkinder bildeten vom ersten Tag an eine Gruppe für sich. Sie hatten gemeinsam den Klosterkindergarten besucht, kannten einander und waren viel freier aufgewachsen. Sie waren frech und lebendig, fragten und antworteten. Holl war eingeschüchtert und stumm bis zu den Zehen wie alle *Leibeigenen.* Fast allen Kindern, die von außen in das Dorf kamen, verschlug es am ersten Tag die Sprache. Sie kannten sich ja untereinander nicht einmal. Von den Dorfkindern, auf die der Unterricht abgestellt war, ausgeschlossen, mußten sie sich auf dem Schulweg und in den Pausen erst zusammensuchen. Ihr Pausenverhalten glich ihrem Klassenverhalten.

Durch die Schulaufgaben erhoffte sich Holl die Befreiung von der Arbeit. Er kehrte mit Leo, seinem neuen Freund, und den anderen Haudorfer Kindern in die Siedlung zurück. Die alte Anna, die sich sehr um ihn annahm, holte aus dem Ofenrohr sein Mittagessen und stellte es vor ihn auf den Tisch. Nach dem Essen nahm er seine Schultasche und zog sich in die Stube zurück, setzte sich hinter den großen bleichen Tisch und breitete seine Hefte aus. Von der Bauernkammer herunter hörte er die Schritte der Stiefmutter. Draußen war es ruhig. Nicht einmal eines von den vielen Schneiderkindern, die sonst zu jeder Tageszeit durch Haudorf krawallten, war zu sehen. Der Gedanke, endlich nicht mehr Nachmittag für Nachmittag vor dem Pferd auf einem Feld umhergejagt zu werden, ließ Holl alles vergessen. Eine helle Stube erstreckte sich vor ihm. Durch die vier Fenster in den dicken Mauern fiel auf einmal so viel Licht auf die Gegenstände, die alle abgegriffen und bis auf zwei Stühle und den Tisch befestigt waren. Auf der wurmstichigen Tischplatte surrten und sprangen die Fliegen umher. Sie störten ihn nicht. Er hatte jetzt Zeit, alles in Ruhe zu beobachten. Er schlug ein Heft auf und vertiefte sich allmählich in seine Hausaufgabe. Er hörte nichts und sah nichts. Plötzlich ging die Stubentür auf und der Vater stand da. „Was machst da?“, fragte er finster. „Die Hausaufgabe“, antwortete Holl mit zitternder Stimme. Der Blick des Vaters genügte. Holl packte sofort die Schulsachen ein und lief hinauf in den ersten Stock, hinein in die Bauernkammer, an der Stiefmutter und dem Kinderwagen vorbei, schlüpfte aus dem Schulgewand in das Werktagsgewand. Im Vorhaus wartete der Vater. Während Holl neben ihm her auf das Feld hinauslief, sagte der Bauer kein Wort. Die Heuarbeit war schon voll im Gange. Es war heiß und ganz finster.

Am Abend oder in der Früh mußte Holl die Hausaufgaben machen. Um acht mußte er ins Bett. Um sechs wurde er geweckt. Sommer wie Winter.

Ein Tag-hinter-sich-Bringen war es. Die Dienstboten und *Leibeigenen* wurden, sobald einer den Kopf aus der finsteren Dachkammer reckte, sofort in die Finsternis zurückgetrieben. Jahraus, jahrein wurden sie um die Kost über die grelle Landschaft gehetzt, wo sie sich tagein, tagaus bis zum Grabrand vorarbeiteten, aufschrien und hineinpurzelten. Mit Brotklumpen und Suppen zog man sie auf, mit Fußtritten trieb man sie an, bis sie nur mehr essen und trinken konnten, mit Gebeten und Predigten knebelte man sie. Es hat Bauernaufstände gegeben, aber keine Aufstände der Dienstboten, obwohl diese mit geringen Abweichungen überall den gleichen Bedingungen ausgesetzt waren. Ein Kasten und das Notwendigste zum Anziehen waren ihre ganze Habe. Die Kinder, die bei den heimlichen Liebschaften auf Strohsäcken und Heustöcken entstanden, wurden von den Bauern sofort wieder zu Dienstboten gemacht. Die Dienstboten wußten um ihr Elend, aber sie hatten keine Worte, keine Sprache, um es auszudrücken, und vor allem keinen Ort, um sich zu versammeln. Alles, was nicht Arbeit war, wurde heimlich gemacht. Man hatte es so eingerichtet, daß die Dienstboten einander nur mit den Augen, mit Anspielungen und mit Handgriffen verständigen konnten. Wenn irgendwo im Freien eine Magd beim Jausnen von einem Knecht das Taschenmesser nahm, konnten die anderen mit Gewißheit annehmen, daß er noch am selben Abend bei ihr im Bett lag. Umgekehrt gab es natürlich auch Frauen, die den Männern bei der ersten Begegnung sofort die Hosentüren aufknöpften und drinnen umrührten. Wenigstens die

Nächte versuchten die Dienstboten an sich zu reißen. So pflanzte man sich von einer Finsternis in die andere fort.

Die Priester gingen wie böse Stiere, die man mit verbundenen Augen in das Schlachthaus führt, durch die Tage. Von der Kanzel herunter verboten sie den vorehelichen Geschlechtsverkehr und schauten in die Dienstbotengesichter, denen außer Arbeiten alles verboten war. Heiraten hieß es, kann nur, wer etwas hat. Aber die Dienstboten hatten nichts als ihre Not, sie waren arm wie die Urchristen, aber längst keine Christen mehr. Sie gingen ja nur in die Kirche, weil sie mußten, weil die Bauern sie sonst hätten verhungern lassen. Wer sich weigerte, am Sonntag in die Kirche zu gehen, wurde noch am selben Tag vom Hof gejagt. Das gleiche galt, wenn einer etwas auszusetzen hatte. Wenn jemand etwas zu bemängeln hatte, war das der Bauer.

Zu Lichtmeß wechselten die Dienstboten die Bauern. Die meisten taten es wegen der Kost, denn sie war das Aufdringlichste. Da schwitzte und litt man mit ihnen ein ganzes Jahr, dann gingen sie plötzlich mit Tränen in den Augen aus Haudorf hinaus, und man stand da und fühlte sich beraubt. Es war ganz gleich, wer ging, er zog einem für Augenblicke die Seele aus dem Leib. Ausgeleert wie eine Jauchengrube, ging Holl zu Lichtmeß in der Küche umher. Hätte ihn die Stiefmutter gelassen, er wäre auf die heiße Herdplatte und hätte getanzt. Er verlor ja jedesmal die ganze Welt. Wenn ein Knecht oder eine Magd wegging, dann auf jeden Fall bis zum anderen Winkel des Dorfes, um alles, was mit dem alten Bauern zusammenhing, radikal abzubrechen, was natürlich nicht ging, denn das alte Jahr hatte sich schon im Kopf niedergelassen. Es saß in allen Dienstbotenköpfen, die gleichzeitig von einer Stube hinaus gemeinsam in das Jahr gegangen waren. Hunderttausend Ungeheuerlichkeiten hatten sich wie Kuckucke in ihnen Platz gemacht.

Zu Weihnachten und zu Ostern durfte Holl über die Feiertage zu seiner Mutter fahren. Es waren stumme Besuche. Was hätte er in der kleinen Wohnküche über die Riesenwelt, die er mit Herzklopfen verlassen hatte, berichten sollen? Aber es war wenigstens eine freundliche Unterbrechung, wenn ihm auch auf den Rückfahrten die Ortsnamen wie Weidenruten ins Gesicht schlugen.

Um den Hof 48 herum gab es sieben religiös wahnsinnig gemachte Frauen, denen Holl immer wieder begegnete. Anna, eine von drei Schwestern, arbeitete ständig auf 48. Sie hatte einmal nach einem Tanz mit einem Mann geschlafen und war auch schon schwanger oder, wie es die Leute nannten, dick. So plötzlich, wie es zu einem Sohn gekommen war, so plötzlich verschwand dieser später nach Australien. Die Leute, die Anna von früher her kannten, sagten, daß sie ein ganz lustiges Mädchen gewesen sein soll. Auf 48 versorgte sie die Hühner, die Gänse, half im Garten und beim Schweinefüttern mit, kümmerte sich um die Kinder, versorgte die Stiefmutter, wenn diese krank war oder im Wochenbett lag. Ihr Wahn ging manchmal so weit, daß sie bei leichteren Arbeiten plötzlich anfing, einen Rosenkranz vorzubeten, und die Dienstboten – insbesondere die Mägde – hätten nachbeten sollen, oder sie lief hinter dem Hahn her, um zu verhindern, daß der Hahn auf eine Henne sprang. Wie ihre beiden Schwestern hatte auch Anna einen Buckel, weil sie früher so hart hatten arbeiten müssen.

Wenn der Pustertaler Melker wieder einmal eine Viertelstunde die blutigsten Fluchnamen durch den Stall schrie, fiel Anna in der Küche auf die Knie und betete so lange für ihn, bis sie ihn nicht mehr fluchen hörte.

Anna legte oft für Holl beim Bauern Fürsprache ein, damit dieser ihn nicht schlage, aber solche Anwandlungen beantwortete dieser nicht einmal mit einer Geste. Er schritt über alle hinweg, wie es schon sein Vater getan hatte. Auf 48 hatten ihm alle Rede und Antwort zu stehen, aber es gab niemanden, dem gegenüber er sich verantworten mußte. Er herrschte über Holl und Moritz, die ihm anvertraut waren, und später auch über die ehelichen Söhne auf Schritt und Tritt. Häuser, die für Holl in Haudorf offenstanden, durfte er nicht betreten, und mit den Kindern aus diesen Häusern durfte er sich nicht abgeben, besonders mit den Kindern aus einem Haus.

Es waren dort freundliche Leute, über die der Bauer und die Bäuerin bei jeder Gelegenheit Geschichten erzählten. Obwohl sie nie in diesem Haus gewesen waren, erzählten sie die Geschichten so, als wären sie jedesmal dabeigewesen. Als eines Tages die Bäuerin eine Geschichte über diese Kinder erzählte, sagte Holl, die Geschichte sei nicht wahr. Dann fiel es ihm ein, daß er sich verraten hatte. Die Bäuerin blickte ihn vorwurfsvoll an und schüttelte langsam den Kopf. Dieser Blick vernichtete Holl, er enthielt viel mehr Strafe als der starre Blick aus den strengen Gesichtszügen des Bauern. Während die Bäuerin ruhig und stumm blieb, fuhr der Bauer auf ihn los: „Heraus mit der Sprache!“ Holl stotterte und gab sofort zu, daß er mit den Mauererkindern auf dem Lechnerfeld in den russischen Kartoffeln Verstecken gespielt hatte. Das war zugleich auch die Widerlegung der Geschichte, aber auf die Widerlegung kam es nicht an. Es ging nur um das Geständnis, daß Holl mit den Maurerkindern zusammen war. Er wußte, daß ihn der Bauer nicht sofort durchhauen würde, und so war es auch. Nach dem Kaffeetrinken schickte ihn der Bauer hinauf ins Zulehen, nachschauen, ob bei den Kühen, die Holl und Bartl vor einer Woche von der Sonnseitalm heruntergetrieben hatten, alles in Ordnung sei. Holl ging rasch die Lechnergasse hinaus und nahm von der Mühle weg die Abkürzung. Ein Pfad, der sich steil hinaufschlängelt. An der Stelle, wo ihn im Sommer die Ziegen zur Verzweiflung gebracht hatten, weil sie immer wieder auseinandergelaufen waren, blieb er stehen und schaute auf Haudorf hinunter. Holl zu sein, war ihm wieder einmal das Schrecklichste. Die Frühjahrszüchtigungen fielen ihm ein, die Züchtigungen an Ort und Stelle. Sofort hatte er die Felder vor sich und die passenden Gesichter dazu. Er ging weiter. Vor ihm lag der große Stein, auf dem im Sommer eine Magd mit ihrem schwarzen Haarbusch zwischen den Beinen und dem daraus hervorspringenden Urin seinen Blick eingefangen hatte. Obwohl der Pfad jetzt steiler anstieg, atmete Holl kaum. Es war anstrengend, aber die Angst vor dem Abend trieb ihn unermüdlich vorwärts. Tief unten hörte er den Bach rauschen. Auf der anderen Seite war der abgenagte Anger, braun und grün, bald kehrte Holl ihm den Rükken, bald schaute er ihn an. Dort war keine Stelle, über die er nicht schon gegangen war. Vom Pfad bog er auf den Fahrweg, der ebenfalls steil anstieg. Er begann zu laufen. Beim Brennholzstapel, den er und seine Klassenkameraden während der Turnstunden Scheit für Scheit für den Direktor aus dem Graben getragen hatten, bog er wieder vom Weg ab und kam oben, wo der Berg eine

Mulde macht, aus dem Wald heraus. Er mußte noch einen Hang überqueren und war auf dem Zulehen. Auch hier war ihm jeder Stein, jede Mulde, jeder Graben, jede Pfütze geläufig. Während er über Stellen, wo ihn der Bauer geschlagen hatte, hinaufeilte, erschrak er schon wieder vor dem kommenden Jahr, vor der kommenden Züchtigungsrundfahrt. Die Kühe grasten ganz hinten, wo der Bauer den Hamburger Studenten, der als Erntehelfer gearbeitet hatte, einmal in ein Wespennest geschickt hatte.

Es war noch nicht Abend, als Holl voller Hoffnung vor seinen Widersacher trat und ihm berichtete, daß bei den Kühen alles in Ordnung sei. Dann half er noch die Pferde füttern. Er war froh über das Geschrei der hungrigen Schweine, froh über das Geklapper des Melkgeschirrs, froh über die Schichtlaßvorgänge in und hinter der Scheune. Einerseits hoffte er noch, der bevorstehenden Züchtigung zu entgehen, andrerseits suchte er nach Unfallmöglichkeiten. Im Pferdestall fiel ihm nichts Besseres ein, als sich von einem Pferd züchtigungsunfähig schlagen zu lassen. Er ging die Pferde der Reihe nach rasch an, bis ihn eins über den Mittelgang in den gegenüberliegenden Stand schlug. Aber als er sich erhob, spürte er keine Schmerzen und fand auch keine Verletzung. Ein zweites Mal ging er nicht hin.

Nachdem Holl an der Seite seines Widersachers gegessen hatte, begab er sich in die alte Gewölbekammer. Es roch widerlich nach Feuchtigkeit, Futtermittel und altem Gerümpel. Sein erster Blick galt den Stricken, die überall, an der Tür, an den Wänden, auf den Truhen, zu sehen waren. Viele von ihnen hatte er schon zu spüren bekommen. Er erinnerte sich an die Stricke, aber er erinnerte sich nicht, warum er sie zu spüren bekommen hatte. Immer auf die bloße Haut. Der Bauer ließ sich Zeit. Er trat ein, als Holl die Maurer- und die Schneiderkinder draußen mit Milchflaschen vorbeigehen sah. Die Strenge in dem Gesicht des Bauern hatte sich gelöst. Holl mußte die Hose herunterlassen und sagen: „Vater, bittschön ums Durchhauen!“ Dann packte ihn der Bauer mit der linken Hand am Genick, beugte ihn über das vorgeschobene Knie und schlug mit der rechten mit dem Strick zu, bis das Heulen in ein Winseln überging. Dann mußte Holl sagen: „Vater, dankschön fürs Durchhauen!“ Nach den Züchtigungen mußte Holl mit dem Bauern herauskommen, ja, dieser verlangte, daß Holl sich mit lachendem Gesicht unter die Dienstboten mischte.

Einmal im Jahr kam jemand von der Fürsorge, um Holl und Moritz zu besichtigen. In Gegenwart des Bauern und der Bäuerin fragte die Fürsorgeperson die zwei „Idioten“, wie es ihnen gehe?

Obwohl der damalige Priester seine Tage mit den ungläubigsten Dorfbewohnern in den Wirtshäusern verbrachte, konnte sich der Schneider, nachdem er das Kruzifix in die kochende Polenta geworfen hatte, nicht mehr lange in Haudorf halten. Jede Nacht war das Erdgeschoß des Bergerhauses, das der Schneider mit seiner dreiundzwanzigköpfigen Familie bewohnte, der bäuerlichen Bosheit ausgesetzt. Einmal tauchte man eine Katze in die Abortgrube und warf sie durch das offene Fenster auf das Schneiderehebett, ein anderes Mal flogen dem Schneiderehepaar ganze Schaufeln voll Pferdemist entgegen. Der Schneider konnte gegen die katholischen Jauchegüsse nichts ausrichten.

Die Bewohner von Haudorf waren einfach da, und Holl mußte tagein, tagaus an ihnen vorbei. Die Bekanntschaft, die er mit ihnen machte, war natürlich keine, die man sich aussuchen kann, auch keine Sitzbekanntschaft und eine Redebekanntschaft schon gar nicht, höchstens eine Vorbeilaufbekanntschaft, eine Vorbeifahrbekanntschaft. Ein Stehenbleiben gab es nicht. Es gab nur aufgezwungene Bewegungen, das blitzschnelle Bewältigen von Engpässen, von Toreinfahrten, Hausecken, Gräben, Hängen. Wer kann sagen, daß das Auftauchen von Hindernissen mit dem Auftauchen von Angstzuständen nicht identisch war? Das Pferd aus dem Stall zu führen, war keine Kunst, einspannen auch nicht, aber mit dem zweiachsigen Wagen vom Misthaufen weg, ohne anzufahren, um den Stall herumzukommen, war schon schwierig, aber dann mit Schwung durch eine enge Toreinfahrt zu preschen und Minuten darauf im Schrittempo geradeaus zu fahren, verlangte die völlige Kontrolle über sich selbst, während man vor oder neben dem Pferd hertrottete. Von sechs bis halb acht gasseauf, gasseab, dann schnell in die Küche, den ärgsten Dreck herunter, umziehen und in die Schule.

Es war ein ständiges Fadensuchen und Fadenverlieren, ein Davonmüssen von sich selbst. Weil alle nur bis zu ihren Händen sehen konnten und alles in sich hineinschrien, blieben sie Zeit ihres Lebens stumm. Hin und wieder rotteten sich Zwölf- und Dreizehnjährige zusammen und warteten nach der Schule hinterm Metzgerstall, um vom Brunntrog aus ihre frühere Lehrerin anzuspringen. Hinter den heitersten Gesichtern waren oft die finstersten Verstecke, von deren Existenz nicht einmal ihre Träger wußten. War der eine lebenslänglich von einem Mitgefühl beherrscht, daß er nicht einmal einer Kuh die

Faust nachschüttelte, war der andere beim geringsten Anlaß in der Lage, mit einer Zaunlatte ein Kind in den Tod zu schicken. Die einen verschrieben sich mit Haut und Haar der Kirche, die andern ritten ohne Bekenntnis bei der beißendsten Kälte die schwersten Holzfuhren zu Tal. Während die einen schüchtern ins Wasser gingen oder sich erhängten, gingen die andern stolz auf dem offenen Land umher, um neue Finsternisse auszubrüten.

Wie sich wehren, wenn man sich immer in einem Gestrüpp von Handgriffen befand? Da waren die Arbeitsvorgänge hinter einem und die Arbeitsgänge vor einem, in denen man sich einzurichten versuchte. Es gab pedantische und boshafte Knechte, die in der ersten Lichtmeßwoche mit den unbequemen, schwer zu handhabenden Gabelstielen aufräumten. Statt etwas zu sagen, hielten sie den zähesten haselnussernen Stielen das Knie entgegen. Der Bauknecht, hellhörig auf das Gabelstielknakken, kam immer zu spät. Mit den abgebrochenen Gabelstielen machten ihn die Knechte fertig. Während sie nach dem Rosenkranz ihren Vergnügen nachgehen konnten, mußte er in der Machkammer bis spät in die Nacht hinein auf der Heinzelbank neue Gabelstiele schnitzen. Natürlich brachen die Knechte, wenn sie sich in den Kopf setzten, den Bauknecht nach dem Beten in die Machkammer zu bringen, auch die bequemsten Gabelstiele, die die Natur nur einmal aus dem Boden schob. Aber letzten Endes wirkten sich Zerstörungen, wodurch sich die Knechte für Minuten Luft verschafften, auf die *Leibeigenen* aus. Sie mußten dann ganze Sonntagnachmittage mit Fuchsschwänzen die Haselnußstauden abspringen. Sie mußten ja immer und überall herhalten.

Die Dienstboten fürchteten ihre Vergangenheit mehr als ihre Gegenwart. Was dem Bauknecht als Schickbub zugemutet worden war, mutete er als Pirscher einem andern Schickbuben zu, was ihm als Pirscher Stadler, Werfer, Bauknechte, Bäuerinnen und Bauern zugemutet hatten, mutete er später, nachdem er Stadler und Werfer gewesen war, als Bauknecht den Untergebenen zu, obwohl er sich in Wirklichkeit nicht vom Dreck befreit hatte, sondern nach wie vor mit den Knechten für den Bauern arbeitete. Auf Grund der vorgegebenen Herrschaftsstruktur war nur ein Kraftaufstieg möglich. Der Stärkere stieß den Schwächeren in den Dreck, weil er gegen seine wirklichen Feinde ohnmächtig war. Es herrschte Einigkeit, wenn es darum ging, einem Kleinhäusler über Nacht sein einziges Feld niederzumähen, weil man ihm die Freiheit, sich den Sommer einzuteilen, nicht gönnte.

Burger war ein gefürchteter Bauknecht. Als er nach ein paar Jahren wieder auf 48 zurückkam, war Konrad vierzehn; Maria, die jüngste Magd, zwölf. Rudi, der mit dem Felbertaler im Stall arbeitete, war fünfzehn. Er war der Gesprächigste. Burger und Konrad waren gleich finster. Der eine sprach nur in Befehlen, der andere, weil er niemandem etwas zu befehlen hatte, redete überhaupt nichts. Maria, die wie Holl von sechs bis halb acht arbeitete und dann in die Schule ging, schlief allein in der Kuchlkammer, denn in der Dirnenkammer wurde in der Nacht gevögelt. Rudi, der von allen die unbefangenste Kindheit genossen hatte, schlief mit dem Felbertaler in der Melkerkammer. Konrad, der wie Maria früher schon auf anderen Bauernhöfen hatte arbeiten müssen, hatte keinen Vater mehr. Maria war Vollwaise. Dem Aussehen nach war sie siebzehn. Um in die Kuchlkammer zu gelangen, mußte sie durch die Melkerkammer. Es dauerte nicht lange, dann war Maria damit einverstanden, daß Rudi sich zu ihr ins Bett legte. Gleich nach der ersten Nacht, die Rudi mit Maria bis zum Melken verbrachte, begann der ohnehin launische Felbertaler, an Rudi herumzunörgeln. Das Melken ginge ihm zu langsam. Obwohl er tausend und Rudi nur fünfhundert verdiente, verlangte er auf einmal, daß Rudi gleich viel Kühe melke wie er. Bei jedem Handgriff, den Rudi bisher anstandslos gemacht hatte, hatte der Felbertaler plötzlich etwas auszusetzen.

Eines Morgens hatte Burger nach dem Frühstück den Knechten angeschafft, die Schlitten herzurichten. Holl und Maria schickte er Pferdeanschirren. Sie waren damit noch nicht fertig, da kam Rudi vom Kuhstall herübergerannt: der Burger sei über die Leiter vom Futterloch heruntergestürzt, sofort aber wieder aufgestanden und bei der mittleren Stalltür hinausgelaufen. Es muß ihn jemand hinuntergestoßen haben. Holl, der nach dieser Botschaft hinter Rudi und Maria aus dem Pferdestall zur Scheune hinaufgelaufen war, dachte an Theo, von dem bekannt war, daß er im Zuchthaus gewesen war. Aber Theo und Gregor standen in der hinteren Scheune und wußten anscheinend auch nicht, warum Burger auf den großen Heustock geklettert war. Als Rudi ihnen sagte, daß Burger den suche, der ihn durchs Futterloch in den Stall hinuntergestoßen habe, wußten sie, daß Burger hinter Konrad her war, wahrscheinlich um ihn zu erschlagen, aber niemand konnte es fassen, denn alle, wie sie da standen, hatten Konrad, der fast nie sprach, für einen harmlosen Menschen gehalten. Burger war schon auf dem Heustock, da entdeckte er plötzlich die Versammlung. Einen Augenblick schaute er finster, dann brüllte er: „Was ist los?! Ein-

spannen!“ Dieses Kommando betraf hauptsächlich Holl und Maria.
Als Maria und Holl die Pferde aus dem warmen Stall in den kalten Wintermorgen führten, kamen der Bauer und Burger vom Haus herüber, einer finsterer als der andere. Der Schnee quietschte so laut unter den Pferdehufen, daß niemand verstand, was die beiden sprachen. Theo und Gregor halfen, die Pferde vor die Schlitten zu spannen. Die Beschläge fühlten sich selbst durch die Fäustlinge kalt an. Schweigend fuhren sie los. Die gelben Lichter aus den Fenstern brachen nur mühsam die Dunkelheit. Der Winter hatte scheinbar alles auseinandergerückt, die Menschen in noch stummere Gestalten verwandelt.
Über den Wiesen lag dichter Nebel. Der beißende Frost wiegte Holl aus allen unangenehmen Erinnerungen. Wenn er auch nicht aus freien Stücken so früh schon durch den Schnee stapfte, so war es doch schön. Da konnte ihm niemand etwas anhaben, weil alle gegen den Frost zu kämpfen hatten.
Sobald Moritz, der in der Früh die Milch zur Landstraße hinunterzuziehen hatte, zurück war, mußte er Maria ablösen, damit diese Konrad, der noch immer nicht zum Vorschein gekommen war, bei der Arbeit ersetzen konnte.
Nach dem Mittagessen forderte der Bauer die Dienstboten auf, ihm in die mittlere Scheune zu folgen. Nachdem alle sich dort versammelt hatten, drehte er das Licht auf. Eine schwache Lampe brannte über ihren Köpfen. Links und rechts vom breiten Gang erhoben sich Heustöcke bis über die Lampe hinauf. Auf dem Boden lagen große Schneeklumpen. Die Säulen warfen riesige Schatten über die ausgetretenen Dielen. Der Bauer zeigte zwischen den Heustöcken durch auf das Futterloch und sagte laut: „Was hier heute früh vorgefallen ist, bleibt unter uns.

Es ist ein bedauerlicher Vorfall, aber geschehen ist geschehen. Der Bauknecht hat sich bei mir verbürgt, daß er Konrad für das, was er getan hat, nichts entgelten lassen wird. Wir wissen, daß es zwecklos ist, hier einen Menschen zu suchen. Hier haben sich schon Deserteure und gefährliche Verbrecher aufgehalten, gegen die die bestgeschulten Suchtrupps nichts ausgerichtet haben."
Zurück im Haus, beauftragte der Bauer die Dienstboten, Augen und Ohren offenzuhalten. Er meinte damit die Möglichkeit, daß Konrad in der Nachbarschaft untergetaucht sei. Aber daran glaubte eigentlich niemand, denn man konnte sich nicht vorstellen, daß ein Mensch, der nicht redet, plötzlich irgendwohin verschwindet. Ebensowenig glaubte man an das Versprechen, wonach Konrad für das Bauknecht-Hinunterschmeißen in Zukunft nichts zu entgelten habe.

Warum Konrad den Burger durchs Futterloch in den Stall hinuntergeschmissen hatte, war nicht aus ihm herauszubringen. Er war, als die andern schon beim Frühstück saßen, plötzlich von draußen hereingekommen, hatte sich an den Tisch gesetzt und angefangen, aus der Gemeinschaftsschüssel hastig Milchsuppe zu löffeln. Es war, als hätte er die Augen nach innen gedreht; so heftig die andern auch versuchten, seinen Blick einzufangen, sie erwischten ihn nicht. Nach dem Frühstück schoß er, während die anderen das Frühstücksdankgebet verrichteten, auf das Ofengestell zu, wo er ein paar Kleidungsstücke herunterriß. Bis Burger die Arbeit angeschafft hatte und alle fertig angezogen waren, hielt Konrad sich hinterm Ofen beim Schuhleisten auf, als wollte er jeden Augenblick mit diesem zuschlagen. Er kam erst hervor, nachdem alle draußen waren, und zog sich auch fertig an.

Das wöchentliche Heimgehen von Konrad stellte sich Holl erbärmlicher vor als sein eigenes Alle-heiligen-Zeiten-Heimfahren. Er kannte seine Halbbrüder von der Schule her, seine Mutter vom Sehen und das alte Haus, in dem diese wohnten, vom Vorbeifahren. Konrad war immer nur ein paar Stunden aus, und immer war er gleich finster, kein Unterschied zwischen Weggehen und Zurückkommen. Holl konnte sich nicht erinnern, ihn auch nur einmal lachen gesehen zu haben.

Die Mägde hatten wieder einmal ihren ausgelassenen Tag. Zuerst gingen sie auf den alten Wildenhofer los, kitzelten ihn, bis er vor Lachen fast erstickte, dann war es ein leichtes, ihm die Hose auszuziehen. Sie waren schon mit der Hose aus der Stube hinaus, wollten sie irgendwo verstecken, da stießen sie im Vorhaus auf die Bäuerin, die ihnen die Hose abnahm und sie dem alten Wildenhofer bei der Stubentür hineinwarf. Daraufhin kicherten die Mägde in der Küche herum, eine lief immer wieder hinüber in die Stube, kam zurück und flüsterte den anderen ins Ohr. Auf einmal wurden sie ernst und taten, als wollten sie schlafen gehen. Holl, der in der Küche seine Aufgaben machte, kannte die Täuschungskünste der Mägde. Er schlich ihnen nach. Sie gingen hinauf in den ersten Stock, zurück bis zur Männerkammer, rissen die Tür auf und stürmten auf Konrad los, der schon im Bett lag. Zu dritt rissen sie an seiner Decke, sie wollten ihn unbedingt nackt sehen. Es gelang ihnen nicht, ihm die Decke zu entreißen. Sie hatten plötzlich Angst und liefen hinauf in ihre Kammer, wo sie sich einsperrten. Auch Holl nahm Reißaus. Er war noch nicht in der Küche, da hörte er draußen etwas krachen. Er lief hinaus und sah, daß Konrad seine Bettstatt beim Fenster hinunter-

geschmissen hatte. Sein erster Gedanke war: Konrad bricht in die Dirnenkammer ein und bringt die Mägde um. Was tun? Die Knechte auf der Alm. Der Bauer noch nicht zurück. Rudi nicht da. Der Felbertaler schon im Bett. Holl verständigte sofort die Stiefmutter, die mit ihren beiden Söhnen in der Küche war.
Dort, wo sein Bett gewesen war, lag Konrad, in Kleider eingewickelt. Die Bäuerin redete ihm zu, er möge sich doch in ein Bett legen, in irgendein Bett, nicht da auf dem Boden liegenbleiben. Als sie sah, daß er nicht dazu zu bewegen war, schloß sie hinter sich die Tür und ging hinunter in die Küche.

An diesem Abend spielte der Bauer seinen Kindern in der Kammer auf der Zither eine flotte Polka vor. Er sang auch etwas. Irgendein *waisiges* Lied, das Holl an einen singenden Bettler erinnerte. Er konnte lang nicht einschlafen, immer wieder sah er den Bettler, der an einem Sommerabend auf der Hausbank gesessen und bis spät in die Nacht hinein Lieder vorgetragen hatte, die er nie vorher gehört hatte. Lieder, die aus allen Gesichtern eine ihm völlig unbekannte Heiterkeit hervorkehrten. Der Bauer hatte den Bettler eingeladen, ein paar Tage zu bleiben, aber der Bettler hatte es eilig, von Haudorf wegzukommen.

Mit einem Plattenspieler hatte der Felbertaler dem Rudi die Maria abspenstig gemacht. Untertags war mit ihm kein Auskommen, aber nach dem Nachtmahl brauchte nur jemand das Wort Musik in irgendeinem Zusammenhang zu erwähnen, dann war er schon oben in der Kammer und schleppte alles, was er an Polkas, Ländlern und Wildererliedern oberm Bett hatte, in die Stube herunter, den Plattenspieler selbstverständlich dabei. Zehn Platten legte er auf einmal auf. Die spritzigsten Stücke von den ‚Lustigen Inntalern' tanzte er in Filzpatschen, bis die Mägde schwindlig und atemlos auf die Bänke fielen. Zwischendurch zum Verschnaufen den ‚Wildschütz Jennewein' oder die ‚Herz-Schmerz-Polka' oder ‚Fliege mit mir in die Heimat'. Dann ging's weiter mit den ‚Pustertaler Spitzbuam', mit Englischen und Wiener Walzern, dann wieder den ‚Andreas-Hofer-Wallfahrtstango'.

Weil Rudi mit dem Felbertaler nicht mehr auskam und Konrad und Burger wie Hund und Katz aufeinander waren, kam Konrad in den Stall und Rudi heraus. Der Bauer meinte, weil Konrad sowieso immer Gummistiefel anhabe, sei die Stallarbeit wie geschaffen für ihn, außerdem sei im Stall die Arbeit genau eingeteilt, so daß er mit niemandem zu reden brauche.

In der Früh, wenn Konrad nach dem Melken einen Teil der Milch durch die Küche in die Speisekammer zur Zentrifuge trug, gab's schon böse Blicke und Gemurmel, weil die Mägde jedesmal hinter Konrad den Boden aufwischen mußten. Während er in der Speisekammer die Milch in die Zentrifuge goß, sagten sie heraußen, diese Drecksau könnte sich gefälligst vorm Haus die Stiefel abputzen. Tauchte er in der Speisekammertür auf, waren sie still. Die Stiefel immer noch voll Mist, ging er quer über den Küchenboden und setzte sich hinter den Tisch, um zu frühstücken. Die Mägde, die um diese Zeit an der Abwasch zu tun hatten, rauften sich um das schmutzige Melkgeschirr, weil keine Konrad bedienen wollte. Den Felbertaler, der meistens etwas später frühstückte, bedienten sie sofort.

Für die Stallarbeit brauchten zwei flinke Männer mindestens zehn Stunden, wenn sich nichts wehrte. Zwei gute Knechte kamen vormittags meistens aufs Essenläuten bei der mittleren Stalltür heraus.

Die Mägde hatten es kommen sehen. Der frisch geriebene Stubenboden machte auf Konrad keinen Eindruck. Als ob jemand vom Misthaufen herunter in die Stube gesprungen wäre, sah es aus. Es war ihr Glück, daß sie beim Bodenreiben den Schuhleisten in die Machkammer geschmissen hatten. Konrad war kaum hinterm Ofen, da kamen die Mägde, jede mit einem nassen Putzfetzen bewaffnet, in die Stube und schlugen auf ihn ein.

Die Stallarbeit hatte den Vorteil, daß Konrad wenigstens zweimal am Tag aus den Gummistiefeln kam. Ihr größter Nachteil war die Eintönigkeit. Tagein, tagaus mußte er in der Früh und am Nachmittag vis-à-vis vom Zuchtstier zu melken anfangen, die ganze Kuhreihe durch neben dem Felbertaler her melken, der auf der Zuchtstierseite sich von einer Kuh zur anderen setzte. Das Ausmisten war immer das gleiche. Der Dorfschmied, der lieber mit ein paar pensionierten Eisenbahnern, dem Pfarrer und dem Oberlehrer seine Tage in den Wirtshäusern verbrachte, hatte auf das Umständlichste eine Mistbahn hineingebaut, die obendrein lebensgefährlich war. In die Scheune mußte auch immer Konrad hinauf, das Heu zuerst von einem der Heustöcke werfen, dann durch das Futterloch hinunterschmeißen, ebenso die Streu. Die freien Nachmittage, die Konrad zustanden, waren oft verpatzt, weil bald die, bald der mit einer Kuh zum Stier kamen. Da wurde dann oft gestritten. Das war ein Herumpassen. Gerade die katholischsten Bäuerinnen stritten den ersten Sprung prinzipiell ab. Ein zweiter Stier mußte her. Aber das schlimmste war, daß Konrad vor Wut fast platzte, weil er sah, daß sich in der Küche die Mägde und die Bäuerin vor Lachen bogen.

Die schmale Kammer, die Konrad mit dem Felbertaler teilte, war durch eine zwei Zentimeter dicke zirbene Wand von der Kuchlkammer getrennt. Was Maria zum Felbertaler sagte, was sie unterm Felbertaler sagte, mußte Konrad sich anhören. Die Unmöglichkeit des Entrinnens führte bald zu heftigen Auseinandersetzungen zwischen ihm und dem Felbertaler. Jedes lachende Gesicht war schon eine Verschwörung gegen ihn. Jede Heiterkeit war gegen ihn gerichtet. Man fing schon an, ihn halblaut Spinner zu nennen. Die Mägde sagten: „Aufpassen, der Spinner!" wenn er mit den Milchkannen die Haustür aufstieß. Ganz gleich, ob er hinterm Stall den Mistwagen einhängte, ob er auf einem Heustock Staub aufwirbelte, ob er zusammengekrümmt oder wie eine Leiche ausgestreckt im Bett lag, ob er auf dem Misthaufen oder im Schnee stand, er hörte rund um sich Gelächter.

Holl starrte in die Finsternis und verfluchte wieder einmal seine Geburt. Aus dem tiefsten Schlaf hatte es ihm plötzlich die Augen aufgerissen. Er spürte bis zu den Schultern hinauf die Nässe und wagte vor Verzweiflung kaum zu atmen. Die Glieder waren wie tot, während der Kopf von einem Augenblick auf den andern hellwach und voll mit Schuldbewußtsein angeräumt war. Dieses Daliegen in seinem eigenen Urin war so schrecklich, denn sosehr er sich auch dagegen sträubte, es passierte ihm immer wieder. Es vernichtete ihn jedesmal. Wenn er eine Vorstellung vom Jüngsten Gericht hatte, die Vorstellung vom schrecklichen Elend, dann waren es solche Tagesanfänge. Hier war er mit sich allein. Er wollte aus seinem Körper heraus und weg. Er haßte sich. Er haßte das Schlafen auf roten und blauen Gummimatten, das Schlafen in dieser Kammer, wo immer die Tür zur Kammer seines Erzeugers und dessen Frau offenstand. In jedem Stall hätte er lieber geschlafen als hier, wo er diese Ängste ausstand. Jeder Schritt unter ihm verfolgte ihn. Bei jeder Tür, die geschlossen wurde, mußte er damit rechnen, daß die Stiefmutter kam oder daß die Stiefmutter eine Magd hinaufschickte.

Wenn die Stiefmutter kam, mußte Holl vor ihr hinunter in die Küche. Sie sagte nichts, aber er spürte die Verachtung. Obwohl er die Stiege hinunterging, kam es ihm vor, als würde er mit einer schweren Last einen immer steiler ansteigenden Berg hinaufgetrieben. Er sah schon alle Blicke auf seinen nassen Rücken geheftet, als er die Schwelle überschritt. Die Stiefmutter allein war schon mörderisch, aber da erwarteten ihn viele Personen. Man konnte ihm ansehen, daß es eine Tortur für ihn war. Er hatte es eilig, seinen gestrickten Rock zu finden, um den Schandfleck zu verdecken. Weil er ihn nicht dort fand, wo er ihn vorm Schlafengehen hingelegt hatte, faßte er es als einen Anschlag auf, als eine ganz große Gemeinheit. Es war ja schon eine Gemeinheit, daß Holl sein Gewand nicht in der Stube haben durfte. Es blieb ihm nichts anderes übrig, als vorläufig auf den gestrickten Rock zu verzichten, weil ihn der Bauer vom Küchentisch aus beobachtete. Er zog schnell Socken und Schuhe an und ging um den Herd herum zum Waschtrog. Das eiskalte Wasser tat ihm gut. Auf der Truhe neben der Küchentür lagen zwei Gemeinschaftshandtücher, die beide gleich stark stanken. Holl trocknete sich rasch die Hände und dann das Gesicht ab. Er mußte diese Reihenfolge einhalten, weil der Bauer keine andere duldete.

Wenn er nach solchen Morgen wie ein geprügelter Hund das Haus verließ, glaubte er, draußen immer noch eingeriegelt zu sein. Er brauchte Stunden, um den Dienstboten wieder ins Gesicht schauen zu können, was ihm freilich nicht weiterhalf, aber es beruhigte zumindest, so daß ihm die Arbeit etwas leichter von der Hand ging. In diesen ganz und gar verzweifelten Zuständen der Selbstbezichtigung dachte er oft an seine Leidensgenossen. Ohne daß er es wollte, stellte er sich jeden mit den dazugehörigen Faustschlägen vor. Das war dann so eine Art Rechtfertigung, nicht ganz allein auf der Welt zu sein. Eine heimliche Heimat, der er sich verbunden fühlte.

Der Bauer und die Bäuerin waren jedesmal böse, wenn Holl von der Mutter oder vom Stiefvater sprach und in diesem Zusammenhang das Wort „daheim" gebrauchte. Sie sagten: „Dort bist du nicht daheim, hier bist du daheim", oder: „Er wird schon noch draufkommen, wo er daheim ist." Aber das geschah sowieso selten, meistens nur, wenn Holl vor lauter Glück nicht mehr auskonnte.

In der Schule regierte der Stock. Der Direktor trank. Der Pfarrer trank. Da die Lehrer keine Ahnung hatten oder bewußt übersahen, aus welchen Zuständen viele Kinder in der Früh in die Schule torkelten, faßten die meisten dieser Kinder die Schule ohnehin bald als Witz auf oder als Raststätte. Holl gehörte zu denen, die die Schule zwar nicht ernst nahmen, aber trotzdem Angst hatten und gleichzeitig sich dort ausruhten. Weil ihn die Lehrerin in der ersten und in der zweiten Klasse wegen der nicht gemachten Hausübungen oft bestraft und seine Zeugnisse jedesmal mit dem Vermerk „er könnte mehr leisten“, versehen hatte, beschloß er, sich später einmal an einer Vergeltungsaktion zu beteiligen. Er hatte ihretwegen häufig Züchtigungen über sich ergehen lassen müssen, weil ihm der Vater nicht glaubte, daß sie ihn hatte nachsitzen lassen, umgekehrt glaubte sie ihm nicht, daß er so viel arbeiten mußte. Es dauerte nicht lange, dann glaubten ihm nur mehr Leo und der Huberleibeigene, der auch selten eine Hausübung gemacht hatte. Dem sah man ja die *Leibeigenschaft* schon von weitem an, während es sich bei Holl um eine *versteckte Leibeigenschaft* handelte. In seinen Kleidern konnte er sich sehen lassen. Das hatte aber den Nachteil, daß er auf dem Schulweg Gehässigkeiten begegnete, die in Wirklichkeit seinem Vater galten. Es waren Gehässigkeiten, die nicht von Gesicht zu Gesicht ausgetragen wurden, sondern über die Kinder. Wegen seines sauberen Gewandes glaubten viele, daß Holl zur Familie halte. Wäre er aber zerlumpt dahergekommen, wie es sich für *Leibeigene* gehörte, hätte ihm der eine oder der andere nützliche Hinweise geben können, so aber verwirrten sie ihn. Es kam ihm vor, als wüßten alle Leute über ihn Bescheid, und manche wußten es ja wirklich, denn sie arbeiteten von Zeit zu Zeit als Taglöhner auf 48. Sie fürchtete er am meisten, besonders mit einigen Frauen machte er immer wieder die übelsten Erfahrungen.

Hartinger, ein pensionierter Tischler und Bauerntheaterregisseur, hatte beim Kartoffelausgraben nach dem Mittagessen eine Maus gefangen und sie der Maria in den Ausschnitt gesteckt. Die einen hörten plötzlich ihr Geschrei, die anderen sahen endlich ihre Brüste. Sie hatte sich bis zum Schurz hinunter die Bluse auseinandergerissen. Die Straußin, eine Tagwerkerin, war darüber empört. Die Bluse ging nicht mehr zum Zuknöpfen. Maria lachte. Sie hielt die Bluse mit der Hand zusammen und ging über den Kartoffelacker davon. Besonders die Männer schauten ihr nach, weil sie nicht zum Tor, sondern zum Zaun ging. „Ja steigt die übern Zaun!" rief die Straußin entsetzt. Maria stieg recht umständlich über den Zaun, sie hob dabei den Kittel so hoch, daß einem der Männer der Krall aus den Händen fiel. Die Straußin riß den Mund auf und schloß ihn erst wieder, als Maria auf der anderen Seite in den Hohlweg hinunterstieg. Dann begann sie laut über Maria herzuziehen. Sie wollte Maria mit einem Metzgergesellen in der Au gesehen haben. Sie erwähnte dabei, daß Maria noch in die Schule gehe, und sagte darauf, zu ihrer Zeit habe man bis zwanzig nicht einmal gewußt, daß es zwei Gattungen von Leuten gebe, weil da habe man noch zupacken müssen. Während sie so redete, bekam Holl Lust, ihr einen Streich zu spielen. Es störte ihn nicht, daß sie über Maria eine Geschichte zu erzählen wußte; es störte ihn der Neid. Die Straußin gönnte es Maria nicht, daß ihr der Hartinger die Maus in den Ausschnitt gesteckt hatte. Bei diesen Gedanken fiel ihm ein, der Straußin die Maus in den Feigenkaffee zu tun, und er beschloß auch sogleich, sich bei der erstbesten Gelegenheit unbemerkt an die Stelle zu pirschen, wo Maria die Maus aus der Bluse geschüttelt hatte.

Als Maria zurückkam, weihte er sie sofort in seinen Plan

ein. Bis zur Nachmittagspause hatten sie große Mühe, das Lachen zu verhalten, aber nachdem das allgemeine Gelächter dann verstummt war, hatte Holl bis zum Abend seine Not. Weil er und Maria so heftig gelacht hatten, war es rasch aufgekommen. Obwohl der Bauer selber lachte, ließ er beide niederknien und Abbitte leisten, aber das ging gar nicht, denn beim Anblick der Straußin brachen sie wieder in Gelächter aus. Selbst am Abend, als Holl bereits in der Gewölbekammer auf den Strick wartete, kam es ihm noch komisch vor.

Wenn Holl in den Oberpinzgau schaute, erinnerte er sich oft an seine Mutter. Es kam ihm so vor, als ob er dort einen Rückhalt hätte. Maria und Moritz taten ihm leid, denn sie hatten keinen, zu dem sie notfalls fliehen konnten. Wie die meisten Dienstboten existierten sie immer nur provisorisch.

Während der Heiligen Messe auf den Mittelgang hinausknien müssen, stellte sich Holl schrecklich vor. Zweieinhalb Jahre waren seine Kirchgänge von dem Vorsatz erfüllt, sich während des Gottesdienstes nichts zuschulden kommen zu lassen. Er machte Kniebeugen, wo die anderen Kniebeugen machten. Er betete, wenn die anderen beteten. Er bekreuzigte sich gleich und so oft wie die andern. Er stand mit ihnen auf, kniete sich mit ihnen nieder, saß, schwieg und sang mit ihnen.

Aber einmal erwischte es auch ihn. Sein Nachbar wollte wissen, wer von den Schmiedegesellen den neuen Opferstock gemacht habe? Holl verhielt sich ganz ruhig und tat, als hätte er die Frage nicht gehört. Da stieß ihn sein Nachbar mit dem Ellbogen in die Rippen und wiederholte die Frage: „Wer von den Schmiedegesellen hat den neuen Opferstock gemacht?" „Weiß ich nicht", flüsterte Holl verärgert. „Du weißt es, aber du sagst es nicht", zischte der andere. Holl starrte auf den Seitenaltar, der Pfarrer verstummte, auf einmal stand, wie aus dem Erdboden gestampft, die Kindergartenschwester vor Holl. Jetzt war er dran. Während der Pfarrer die knarrenden Stufen von der Kanzel herunterstieg, mußten Holl und sein Nachbar auf den Mittelgang hinaus. Die Gläubigen erhoben sich zu Ehren des Pfarrers und begannen ein Gebet. Holl spürte das kalte Pflaster unter seinen Knien. Mit Entsetzen dachte er an seinen Vater, der weiter hinten im 48er Stuhl stand. Ein Vaterunser um das andere schleuderte Holl gegen den Hochaltar, einerseits um von diesem furchtbaren Zustand abzulenken, andrerseits um Gott zu bitten, alle Gläubigen wenigstens bis nach dem Segen erblinden zu lassen. Der Pfarrer, der in der Schule so schnell mit dem Stock auf die Kinderhände schlug, trank den Wein so langsam und machte alles mit einer Seelenruhe, besonders die Wandlung, daß Holl ihm am liebsten die Hostie aus den Händen gerissen hätte.

Eines Morgens gegen sechs hörte Holl die Stiefmutter die Stiege heraufkommen. Die zwei jüngeren Halbbrüder schliefen noch. Er drehte sich mit dem Gesicht zur Wand und stellte sich schlafend, weil er hoffte, dann nicht aufstehen zu müssen. Aber die Stiefmutter kam und sagte: „Aufstehen!" Dann stand er auf, zog eine graue Lodenhose an, ging hinunter, schlüpfte in die Stiefel und ging schweigend hinaus in den Stall. Die Kühe waren bereits gemolken. Man schickte ihn in die Scheune hinauf, Heu hinunterschmeißen. Das war schwer, weil das Heu auf dem Heustock so fest war. Die Kühe brüllten und reckten ihre Zungen heraus. Als Holl mit dem Heuhinunterschmeißen fertig war, kamen Konrad und der Felbertaler vom Frühstücken zurück. Der Felbertaler sagte, Holl könne jetzt frühstücken gehen.

Der Vater saß am Tisch und las den ‚Rupertiboten'. Holl drückte sich auf die Bank und frühstückte. Eine Magd und Maria waren beim Abwaschen. Zehn vor halb acht. Holl ging hinauf und zog sich schnell um. Wieder in der Küche, fragte die Stiefmutter, warum er kein weißes Hemd angezogen habe. Dann ging alles sehr schnell. Der Weiße Sonntag nicht bewußt. Schulbeichte nicht nachgeholt. Schrecken. Aufspringen des Vaters. Resignation. Holl in die etwas höher liegende Speisekammer gestoßen. Hose herunter. Mit Riemen zugeschlagen. Wie immer mußte Holl um die Züchtigung bitten, nach der Züchtigung sich bedanken. Eine Übernahme vom Großvater. Die ersten Riemenhiebe schmerzten am meisten, dann sah Holl nur noch gelangweilt zum vergitterten Fenster hinauf. Das Keuchen des Vaters widerte ihn an. Die Hose mußte er halten, weil die Knöpfe ausgerissen waren. Dann warf ihn der Vater über die Stufen auf den Küchenboden hinunter, wo er hart aufschlug. Aufschreien der Stiefmutter. Stumme Gesichter der Mägde. Schmerz. Holl schämte sich. Dann befahl ihm der Vater, daheim zu bleiben. Die Stiefmutter fing gleich nach dem Aufbetten mit dem Kochen an. Die Mägde mußten Kirchegehen. Holl drückte sich herum, bis alles im Haus und in der Siedlung ruhig war, dann lief er querfeldein davon. Mit den Fehlstunden stand er in der Schule weitaus an der Spitze. Am Tag der Schulbeichte mußte er mit den Knechten ins Zulehen hinauf, weil man ihn zum Düngen brauchte. Er hatte auf die Schulbeichte vergessen. Der Vater sprach von einer großen

Schande, die ihm Holl angetan hätte. Er wäre allein in der vorletzten Bank gesessen, während die andern Kinder fleißig kommunizierten. Ein Invalide, dem Holl am Samstagnachmittag zwei Fuhren Gartenmist hatte zustellen müssen, ermöglichte ihm die Flucht. Neun Schilling klingelten jetzt in seiner Hosentasche. Es war eine schöne Fahrt. Nur ein wenig Angst, von jemandem gesehen zu werden. Die meisten Leute hielt er für Spitzel des Vaters. Man mußte ihm ansehen, daß er auf der Flucht war, denn er trug das zerrissene Stallgewand. Er hatte Angst, der Schaffner würde ihn aus dem Zug werfen. Es war ein schöner Tag. Er hatte Gründe. Pläne. Eine Lawine von Gedanken auf ein paar Worte. Er setzte alles auf den Stiefvater. Ein milder Mensch, ein wortkarger. Der Stiefvater hatte ihn zum Angewöhnen nach 48 gebracht, sich früher für ihn eingesetzt, war selber in Pflege gewesen bei einer Frau mit einem Rübengarten. Die Frau selber arm. Der Stiefvater war als Kind aufgefallen. Er hatte einen großen Bauch und Hunger, weil er immer Rüben essen mußte. Die Leute haben über ihn gelacht. Das führte zu einem ständigen Unterdrücken seiner Erinnerung, zu seinen Magengeschwüren, zu seiner Gereiztheit, zu seinen Magenoperationen.

Der Zug fuhr viel zu langsam. Hätte man ihn gelassen, wäre Holl in die Lok geklettert und hätte wie ein Wahnsinniger geheizt. Das Tal wurde immer schöner, weitete sich und war in Neukirchen schon Flachland. Holl lief durch den Markt, den Hügel hinauf und wurde überhaupt nicht müde.

Neukirchen war wunderbar. Eine Weltstadt. Der Bürgermeister ein Heiliger. Der Pfarrer ein Gott. Und alle hatten sich versammelt, um Holl zu empfangen und zu feiern. Es war eine lange Fahrt.

Der Zug fuhr viel zu schnell. Die Leute waren bis auf die Augen gelähmt. Die Straßen ungeheuer breit. Die Gräben Kämme. Die Straußin stand am Weg und redete einen Sommernachmittag lang auf die Mutter ein. Über das frisch aufsprießende Gras liefen die Supankinder hinter einem Ball her. Sie begegneten einem Fuhrwerk. Die Beine mit den aufgeschlagenen Knien trugen Holls Körper rücksichtslos neben der Mutter her, die mit ihm durch die enge Gasse, stumm und verschlossen, über den holprigen Weg auf Haudorf zuschritt, das grausam und hoch vor ihm aufstieg. Felder, Zäune, Häuser und Gesichter, die er nicht mehr sehen wollte, die er auf der Flucht schon alle durch neue und viel menschenfreundlichere ausgetauscht hatte. An den Empfang auf 48 wagte er noch gar nicht zu denken. Er wollte versinken tief ins Erdinnere und woanders herauskommen, aber er sank nur schuhtief ein und spürte Steine unterm Dreck, der schon seit Wochen schwarzgrau den Weg bedeckte. Taub wollte er sein, aber er hörte sich und neben sich die Mutter gehen, Stalllärm und Kinderstimmen aus dem Schneiderhaus und weiter hinten Hunde bellen, er sah den Backofen und das große Haus dahinter, klammerte sich an einem Regenwurm fest und geriet schnell ins Vorhaus und in die Küche, wo um den Tisch die Dienstboten, der Bauer und die Bäuerin saßen. Alle starrten ihn an, mitleidlos, neugierig, kopfschüttelnd, böse und streng. Während er dieses Augenbad über sich ergehen lassen mußte, sah er, wie die Mutter ihren ehemaligen Liebhaber begrüßte, und hörte sie mit ihm und der Bäuerin über ihn reden. Sein Verstand reichte gerade noch, um einen Teil der Ungeheuerlichkeit zu begreifen. Da erschlägt mich der Bauer wegen einer unschuldig versäumten Schulbeichte fast, und die Mutter erzählt ihm jetzt, daß ich in der Kirche habe herausknien müssen. Sie verabschiedete sich schnell vom Bauern und der Bäuerin, gab Holl die Hand und ging. Er schaute ihr nach. Dann spürte er einen Schlag, flog unter die Bank und erhob sich in der Erwartung, noch mehrere Male umfallen zu müssen.

Der Nachmittag war schön.

Es regnete leicht. Burger hatte Holl zu einem frisch angelernten Pferd gegeben, das jung und lustig war. Es machte Holl Freude, vor dem jungen, lustigen Pferd herzulaufen, watend durch den Dreck zu stapfen, während der Rücken ganz mit Dreck bespritzt wurde. Die Torsäule machte ihm Angst. Torsäulen wurden immer zu eng gesetzt. Holl hatte nichts mitzureden. Er hätte die Torsäulen viel weiter auseinander gesetzt. Auch hätte er gern Aufsätze über das Durchfahren von Toreinfahrten geschrieben. Er hatte mehr Toreinfahrten zu meistern, als er im Jahr Tage in der Schule saß. Jede ohne Karambolage durchfahrene Toreinfahrt bereitete Holl schon ein Glücksgefühl.

Moritz bekam stets ein trauriges Pferd.

Umgefahrene Torsäulen und gebrochene Achsen gingen fast immer auf sein Konto. Dann schrie man mit ihm und nannte ihn Trottel. Man sagte immer: bei ihm helfe das Schlagen auch nicht mehr. Für Moritz war eine Torsäule wie die andere, egal ob er nun mit dem Schlitten, mit dem Wagen, mit dem Jauchenfaß, mit einer Heufuhre daherkam, ob steil, ob eng. Er überließ alles dem Pferd. Manche Pferde haben diesbezüglich ein Talent entwickelt, mit dem sie den Lipizzanern um kein Haar nachstehen. Nach den Ohrfeigen waren die umgefahrenen Torsäulen schön. Nach dem *Rücktransport* stieß Holl in der Gasse auf Moritz. Da waren beide vor Rührung ganz verwirrt.

Moritz hatte seinen langen schwarzen Mantel an. Die Ärmel viel zu lang. Die Knie durchgedrückt. Die lange Pfeife im Mund. Den Zügel locker um den Arm gehängt. Jeder einen Hut auf. Holl sein unmöglich rot kariertes Jacket an, das ihm der Vater vom Tandler mitgebracht hatte. Jeder in Gummistiefeln. Im Hohlweg, in den man weder vom Haus noch vom Feld aus einen Einblick hatte. Da herrschte Übereinstimmung.
Als Holl mit der Mistfuhre auf dem Feld angelangt war, fluchte Burger. Einerseits regnete es, andrerseits war Holl nicht in der Lage, das junge Pferd im Zaum zu halten. Es ging so schnell, daß Burger riesige Schritte machen mußte, die überhaupt nicht zu seinen kurzen Beinen paßten, und die Misthäufchen, die er dabei Schritt für Schritt vom Wagen zu krallen hatte, wurden kleiner und weniger. Insgesamt war es ein schöner Tag.

Der Pfarrer war mürrisch, als Holl am nächsten Tag, nach der Frühmesse, ihn hinterm Altar bat, ihm die Beichte abzunehmen. Er mußte ihn zweimal bitten. In der Sakristei kniete sich Holl vor dem Pfarrer nieder und legte, während sich die Ministranten ihrer Gewänder entledigten, die nachzuholende Beichte ab. Er war noch nicht damit fertig, da trug ihm der Pfarrer die Buße auf, sprach ihn von seinen Sünden los, gab ihm anschließend eine Hostie zu essen und schickte ihn hinaus. Vor dem Altar machte Holl eine Kniebeuge und bekreuzigte sich. Als er sich umdrehte, sah er ganz deutlich das Gesicht der Kindergartenschwester. Sie stand auf dem Platz, von wo aus sie, wie aus einem Hinterhalt, während der *Kirchzeit* die Schüler beobachtete. Einen Augenblick war ihm, als müßte er zurücklaufen und ihr das bleiche Gesicht zerkratzen, aber der Gedanke an die ausweglose Lage, in der er sich befand, fuhr wie ein Blitz in seine Glieder. Er ging langsam zu dem Stuhl, wo er seine Schultasche gelassen hatte. Dort wartete er fünf Vaterunser lang, denn fünf Vaterunser hatte ihm der Pfarrer zur Buße aufgegeben, er betete keine Sekunde, aber hinaus wagte er sich auch nicht, weil ihm plötzlich alles wie eine unheimliche Verschwörung vorkam. Er wußte nur, daß er nirgends hingehen konnte, ohne daß man ihn sofort wieder nach 48 zurückbringen würde, aber er kannte die Verstecke dieser neuen Feindschaft nicht, in die er sich innerhalb so kurzer Zeit hineingestürzt sah, so schnell, so entsetzlich.

Anna erwartete ihn vor dem Seiteneingang. Sie war kränklich und deswegen in letzter Zeit nur mehr ganz selten auf 48. Jemand hatte ihr von seiner mißlungenen Flucht erzählt. Er dachte sofort an die Straußin, die auch seiner Mutter die Hinaus-Knie-Geschichte erzählt hatte, aber er wollte sie nicht fragen, er wollte nur schnell von Anna loskommen, weg von ihrem gebrechlichen Trost, der ja doch immer nur mit Bekreuzigungen und Rosenkranz-Nachbeten endete. Mit ihren krummen, von der Arbeit aufgerauhten, dicken Fingern strich sie über sein Gesicht. Wahrscheinlich dachte sie dabei an ihren Sohn in Australien. Der Geruch ihrer Kleider erinnerte ihn an den Geruch ihrer engen Kammer, die so dunkel war wie ihre Kleider, in denen ihr Körper weiß zusammenschrumpfte. Nur das schmale Gesicht, aus dem mitleidgetrübte Augen redeten, war rot, von ganz früher her verwittert. Es existierte von dieser Frau ja nur mehr der Körper, mit ihm ging Holl dann auch aus dem Friedhof. Sie hatte wieder in Gebeten zu ihm gesprochen. Er begleitete ihren Körper bis zur Dorfbrücke, dort blieb er stehen, und sie ging, in dem Glauben, daß er immer noch neben oder hinter ihr hergehe, Gebete lispelnd weiter. Während er sie von der Dorfbrücke aus über den Hügel hinunter verschwinden sah, beschloß er, in der Metzgerei den Schulbeginn abzuwarten. Es war das erste Mal, daß er um eine Stunde zu früh im Dorf war, ohne daß man ihm irgend etwas aufgetragen hatte. Bis zur Wandlung hatte er noch an den Schmied gedacht, aber jetzt zog es ihn plötzlich zu den Metzgergesellen, obwohl sich die Schmiedegesellen bisher immer freundlicher gegeben hatten als die Metzgergesellen. Er sehnte sich auf einmal nach dem Schlachthaus, von dem er sich erhoffte, bis kurz vor Schulbeginn zuschauen zu können, ohne denken zu müssen, und den lästigen Fragen der Haudorfer Schulkinder so lang wie möglich aus dem Weg zu gehen. Ganz grobe Grausamkeiten, wie sie sich in diesem Schlachthaus eingebürgert hatten, beobachtete er zuerst schüchtern vom Kastanienbaum aus, durch die halboffene Tür. Während er auf der anderen Seite, hinter der verschlossenen Stalltür, hungrige Schweine schreien hörte, sah er im Schlachthaus ein Kalb verschwinden und wenig später Blut über das Pflaster strömen. Dann näherte er sich frech und beobachtete von der Tür aus, wie einem anderen Kalb, während es brüllte, der Hals durchgeschnitten wurde. Bevor die Vorderbeine nachgaben, wurde es schon mit den Hinterbeinen auf die Fleischhaken gehängt. Kein Kalb wurde mit dem Holzschlägel betäubt.

Tag für Tag erwartete Holl, daß ihn der Vater wegen der Flucht zur Rede stellen würde. Aber nichts geschah. Es war ganz gegen die Art des Bauern, jemanden im dunkeln zu lassen. Warum auf einmal dieses Schweigen? Warum vorher das plötzliche Gebrüll, das sich in Holl festgefressen hatte? Jedesmal wenn er in die Speisekammer ging, an die Speisekammer dachte, von der Speisekammer hörte oder die Speisekammer sah oder roch, würgte es ihn. Wurde er in das Zulehen hinaufgeschickt, dachte er an den Tag, an dem er oben war, während er unten hätte die Beichte ablegen sollen. Bald war ihm das Zugpfeifen unerträglich, bald das Wort Verwandtschaft. Der Ekel vor seinem Erzeuger war auch der Ekel vor den Mahlzeiten, die er an der Seite seines Erzeugers einnehmen mußte. Jeden Bissen mußte er mit Gewalt hinunterwürgen, und hinterher hatte er die größte Not, den kaum überwindbaren Brechreiz für die Dauer der Mahlzeit zu bezwingen. Das kostete ihn so viel Kraft, daß er sich während des Tischgebets kaum auf den Beinen zu halten vermochte.

Am meisten beschäftigte ihn die Mutter. Er konnte sich einfach nicht erklären, warum sie ihn mit dieser abscheulichen HINAUS-KNIE-GESCHICHTE nach einem noch abscheulicheren Prügelerlebnis bei seinem vielgehaßten Vater wieder abgeliefert hatte. Noch dazu, wo sie die Straußin, dieses Gras-wachs-hör-Weib, nie zuvor gesehen hatte. Er erinnerte sich, daß er während des *Rücktransports* kein einziges Wort mit der Mutter gesprochen hatte. Er ist neben ihr auf der Bank gesessen und hat von der Abfahrt bis zur Ankunft zum Fenster hinausgeschaut und hat mit jedem Augenblick seine Ausgesetztheit empfunden, und dann plötzlich, nachdem sie ihn allein gelassen hatte, der Schlag ins Gesicht. Immer wieder hatte er vor Augen, wie die Küchentür hinter der Mutter zuging, wie er dort hinschaute und plötzlich diesen Schlag ins Gesicht bekam. Viel Zeit hatte er ja nicht zum Grübeln, aber jedesmal, wenn das Wort MUTTER fiel, überhäufte es ihn mit Fragen, die er nur selbst beantworten konnte. Daß sie ihn zurückbringen mußte, begann er einzusehen, weil drei andere Kinder da waren, weil der Stiefvater immer noch schlecht verdiente, weil die Wohnung immer noch dieselbe, winzige war, aber mit ihrem Abschiedsverhalten konnte er sich nicht abfinden. Nur wußte er nicht, was sie dazu bewogen hatte? Warum ihr diese Dreckgeschichte viel wichtiger war als er, was diese Verfolgungen zu bedeuten hatten?

Ein Jahr später oder zwei, zu Ostern, auf der Fahrt zu Verwandten, saß Holl neben seinem Stiefvater und ließ sich die Gehöfte zeigen, wo dieser überall als Kind und später als Knecht gearbeitet hatte. Der Stiefvater nannte ihm Namen und erzählte ihm Geschichten, die Holl sofort an seine Geschichten erinnerten, weil sie, genauso verlassen wie seine Geschichten, sich meistens irgendwo auf den Feldern bei der Arbeit abgespielt hatten. Er redete schnell und zwischendurch schwieg er.

Am Ersten Mai dann, in der Früh, auf den Stufen zur Speisekammer, als Holl sich anschickte, die Feiertagsschuhe anzuziehen, überraschte ihn die Strafe, die sein Vater sich für sein Ausreißen ersonnen hatte: „Da bleibst! Du wirst heut arbeiten. Zur Strafe. Weil du davon bist. Wenn das Durchhauen nimmer nutzt, muß ich andere Saiten aufziehen.“ Holl staunte: was sollte denn das schon wieder bedeuten? Arbeiten eine neue Strafe? An eine solche Möglichkeit hatte er noch gar nicht gedacht. Verdrossen stellte er die Schuhe hin. Eine eigenartige Bitterkeit bemächtigte sich seiner, als er die Bauernkammer betrat. Hier haßte er ja schon jeden Gegenstand, weil in dieser Kammer niemand außer dem Vater und der Stiefmutter etwas berührte. Einen Augenblick dachte er daran, das ganze Haus in Brand zu stecken, aber dann erinnerte er sich, daß er daran bereits früher gedacht hatte, dabei aber immer an den Dienstboten und nicht zuletzt auch an den Nachbarn gescheitert war. Allein die kleine Habe eines einzigen Dienstboten hinderte ihn schon, sich an seinem Vater zu rächen.

Nicht irgendein Feld, sondern das Feld, über das er geflohen war, mußte er eggen. Den ganzen Tag vor den stampfenden Pferdehufen hertrotten, bald mit dem Gesicht zu Haudorf, bald mit dem Rücken. Es erinnerte ihn wieder an seine Flucht, an den Wunsch, nie mehr auf 48 zurück zu müssen, an die mit Schneeflecken bedeckten Felder und an die zerrissene Hose, die die Mutter sofort gesehen hatte, als er außer Atem in die kleine Wohnküche gestürzt war, und während er nun über das gedüngte Feld ging, sah er sich im Hemd in der kleinen Wohnküche sitzen, und ihm gegenüber sitzt die Mutter und flickt die Hose und hört ihm halb zu, während er immer wieder sagt, daß er unter keinen Umständen auf 48 zurück wolle. Auf der Landstraße und in den Gassen sah er Menschen in Feiertagsgewändern. Auch er wäre gern zur Maifeier gegangen, um wenigstens für ein paar Stunden viele Menschen um sich zu haben, aber er mußte über das Feld trotten, über das er schon oft und oft getrottet war, durch Gras, Heu, Schnee und Mist und Regen, weil hier die Zeit stehengeblieben war.

Mit der Sonne stiegen auch die Bitterkeit und der Ekel. Er haßte dieses Tal und die Menschen rundherum so sehr, daß er auf einmal keine Angst mehr hatte.
Da hatte Holl zwei Beine, zwei Hände, zwei Augen und Ohren und einen Mund zum Essen. Da war alles, was er nicht VATER und MUTTER nennen brauchte, plötzlich schön.

Er ging zu einer tiefen Schlucht, wie in einen Selbstbedienungsladen. Er bekam Lust, giftige Schlangen am Schwanz zu halten und sie dann in unmittelbarer Nähe wieder fallen zu lassen. Er kletterte auf Hochspannungsmaste. Er lachte, wenn die andern schwiegen. Er spielte derbe Streiche. Er besuchte die Gräber der Selbstmörder. Da wurde plötzlich alles zum Spiel. Hatte Holl früher noch öfter trotz der allgemeinen Feindseligkeit versucht, eine Beobachtung mitzuteilen, so behielt er sie nun für sich. Er redete nur mit seinem Freund Leo und den Dienstboten. Was er sagen mußte, waren aufgetragene Botschaften, in knappste Worte gefaßt, weil keine Zeit war.

Die Gegenstände erinnerten an Menschen, weil sie so gleich aussahen, und die Menschen oft neben den Gegenständen starben oder oft schnell von den Gegenständen weggebracht werden mußten. Dann starben sie beim Abtransport oder sie wehrten sich und starben oder sie wehrten sich nicht und starben vor dem Spital oder sie starben im Spital, weil sie so plötzlich die weiße Wand nicht aushielten. Ein so wahnsinnig weißes Zimmer bedeutete für viele von vornherein ein Unheil; sie sahen so viel Weiß und konnten nicht mehr atmen oder sie bäumten sich auf und erstickten sich mit dem Leintuch, indem sie anfingen, es zu schlucken. Weiß bedeutete Kalk, mit Kalk desinfiziert man. Da war ja jede Arbeit von vornherein ein Spiel mit dem Tod. Das waren ja alles Tote. Das war ja ein so plötzlicher Umschwung, als ob man Holl durch den Fleischwolf getrieben hätte. Lauter breitgeschlagene Stücke, die er sich sammeln mußte. Alles, was er anfaßte, war intensiv. Er machte alles in einem ungeheuren Glauben, weil er noch nicht krepieren wollte. Da war ja alles so schön, so paradiesisch falsch, daß ein Schlag ins Gesicht nur noch alles verschönerte. Man lachte einfach mit und

lachte hinterher erst richtig, weil alles so lustig war. Ein Steinbruch kam einem schon so witzig vor, weil er so unschuldig aussah. Das Dorf war schon so ungeheuer fremd. Man ging nur hinein oder durch, wenn man mußte, dann tastete man die Häuser außen ab und verhielt sich schüchtern. Man lernte sparsam mit der Hoffnung umzugehen. Man war in der Fremde beschäftigt mit der Fremde.
Das war *Autodidaktik.*

Was einer für den andern tun konnte, war nicht viel. Da waren ja lauter solche, wo keiner dem andern helfen konnte. Wer davonlaufen konnte, lief davon. Viele standen es durch, bis sie ihre Situation erkannten, dann brachten sie sich um. Es hieß dann einfach: der oder die HAT SCHLUSS GEMACHT. Das war der ganze Kommentar auf ein Leben. Die Leute fragten gar nicht WARUM? Es klang wie eine Billigung, als ob man von denen, die von der letzten Möglichkeit Gebrauch machten, nichts anderes erwartet hätte. Selbstmord war und ist für diese Leute Übereinstimmung.

Besonders an unfreundlichen Sonntagnachmittagen, wenn der Bauer und die Bäuerin schliefen und die Dienstboten außer Haus waren, machte es den Kindern Spaß, mit Moritz ihr Spielchen zu treiben. Sie saßen um den Ofen herum und warteten, bis Moritz ein Uhrwerk zerlegt hatte. Dann stellten sie in der Mitte der Stube ein Fahrrad auf und pirschten sich von hinten an Moritz heran, griffen schnell nach einem Bestandteil der Uhr und liefen damit vor Moritz her um das Fahrrad herum, bis dieser mit dem Fahrrad, auf das Fahrrad, fluchend zu Boden stürzte und stöhnte. Dann liefen die Kinder lachend davon. Nun lag der Alte zornüberströmt da, und die Fensterscheiben waren voll mit boshaften Kindergesichtern, die nicht wußten, wieviel dieser Mensch gelitten hatte. Er war unter fürchterlichen Umständen aufgewachsen und deswegen sein ganzes Leben lang verständigungsunfähig geblieben. Nur wenn er ganz ruhig war, konnte er in Brocken seine ärgsten Erlebnisse wiedergeben, die freilich wieder nur ganz wenige verstanden. Über seine Kindheit konnte er überhaupt nichts sagen. Sobald ihn jemand daraufhin anredete, geriet er sofort in Tobsucht. Das gleiche geschah, wenn man ihm den Namen seines Bruders ins Gesicht schrie. Man wußte nur, daß sein Bruder ihn nach dem Tod der Eltern in einer Kammer gefangengehalten hatte. Die Angaben schwankten zwischen zwei und fünf Jahren. Es ist anzunehmen, daß Moritz während dieser Gefangenschaft sein uhrmacherisches Talent entwickelte, jedenfalls konnte er später, nachdem man ihn aus dem brennenden Haus geholt hatte, plötzlich „Uhrmachen". Sein Bruder hatte damals Haus und Stall in Brand gesetzt, wahrscheinlich wollte er – wie das oft bei Familientragödien der Fall ist – alles auslöschen. Den Bruder haben Holzknechte Wochen später weiter hinten in einem Graben tot aufgefunden.

Nach vielen qualvollen Jahren, die Moritz im Oberpinzgau auf Bauernhöfen zugebracht hatte, landete er auf Grund eines Fürsorgebescheids auf 48.

Sein im zweiten Stock befindliches Zimmer hatte er bald mit reparaturbedürftigen Uhren angeräumt. Ins Bett, das anfangs von den Mägden mit weißen Laken überzogen wurde, legte er sich mitsamt dem Gewand. Aber bald verzichtete er auf das Bett und schlief auf der Ofenbank, einerseits um den Nörgeleien von seiten der Frauen aus dem Weg zu gehen, andrerseits um das Bett als Uhrenablage zu benützen. Weil er tagsüber arbeiten mußte, konnte er die vielen Aufträge nicht termingemäß erledigen, mußte die Leute vertrösten, und die Kunden kamen wieder, wurden ungeduldig. Dieses Drängen und der Druck, der allgemein auf 48 auf ihn ausgeübt wurde, brachten ihn dann schließlich dazu, seinen Kundschaften ihre kaputten Uhren nachzuwerfen. Meistens handelte es sich um Wecker, manchmal um wertvolle Wanduhren. Bei den Leuten genoß Moritz großes Vertrauen. Von den Damenarmbanduhren aufwärts konnte Moritz jede Uhr wieder zum Gehen bringen. Nur später, als seine Sehkraft nachließ, weil er meistens nach Mitternacht und bei schlechtem Licht arbeitete, nahm er Damenarmbanduhren nicht mehr an. Außerdem fing er an zu zittern, und jeden Winter, weil er nie von sich reden machte, erfror er sich bei der Arbeit die Hände, so daß ihm die Finger oft ganz dick anschwollen. Dann freilich, wenn die anderen seine aufgezogenen Gefrierblasen sahen, meistens wenn er sich hinterm Küchentisch die Pfeife anzündete, bekam er gestopfte Fäustlinge. Die Uhrenbestandteile mußte die Bäuerin, nachdem er vorher die Nummern aus einem Katalog geschrieben hatte, für ihn bestellen, weil er nur seinen Namen schreiben konnte. Ältere Kunden bestellten bei ihm oft neue Uhren, meistens Wecker, weil er außer Versandspesen auf die von der Firma Ludmilla zu Großhandelspreisen bezogenen Uhren höchstens zwei oder drei Packl Landtabak aufschlug. Sein größter Tag war, als die Besitzerin der Firma Ludmilla im Zusammenhang mit einer Händlerbereisung unangemeldet zu Moritz auf Besuch kam.

Das muß auch ihr größter Tag gewesen sein.

Denn sie kam mit der Erwartung, mitten im Dorf ein

großes Uhrengeschäft vorzufinden. Es war Frühjahr, hatte geregnet, und Moritz ging, in seinem langen Mantel, mit Dreck bespritzt und hängendem Kopf vor einem Pferd her. Die Besitzerin der Firma Ludmilla hätte ihr Vorhaben schon längst aufgegeben, hätte sie nicht so plötzlich eine Desillusionierung auf der kurzen Fahrt vom Dorf bis zum Hof 48 befallen. Der Weg wurde immer dreckiger. Auf dem Hof sagte man ihr, Moritz sei beim Mistfahren. Dann mußte sie zu Fuß, in Stöckelschuhen, die Gasse hinunterwaten. Die Leute, die sie dabei sahen, schüttelten den Kopf. Moritz war vor Freude sprachlos, und die Besitzerin der Firma Ludmilla brachte, im Dreck stehend, vor Staunen kein Wort hervor. Dieser Mensch hatte eine für diese Gegend erstaunliche Anzahl von Uhren abgesetzt, immer nur in Kurrentschrift geschriebene Bestellungen gemacht, war bis zu diesem Augenblick ein stummer und bis zu seinem Tod ein lizenzloser Geschäftsmann geblieben. Das war der erste und der letzte Besuch, den die Besitzerin der Firma Ludmilla dem Geschäftspartner Moritz abgestattet hat.

Wenn er saß, schlief er meistens, weil er immer übernächtig war, sofort ein. Er wurde in der Früh oft geschimpft, weil er den Stubentisch verschmiert und durch sein Hämmern oft die Bäuerin aufgeweckt hatte. In der Küche verschmierte er häufig eine Tischdecke, auf der er sein Feuerzeug mit Normalbenzin füllte, wobei er durch sein Zittern immer danebengoß. Sauber abgeriebene Tischplatten waren ihm verhaßt. Wenn er sich in der Früh von der Ofenbank erhob, griff er sofort nach seiner Pfeife, hängte sie in den Mund und nahm sie nur beim Essen und Schlafen heraus. Schlief er ein, fiel sie meistens auf den Boden.

Oft wurde ihm, während er schlief, der Tabak gesalzen, manchmal die Pfeife mit einer kleinen Dosis Schwarzpulver geladen; einmal bei einer von seinen Wanderungen sogar so heftig, daß es den Pfeifenkopf zerriß und Moritz beinahe abgebrannt wäre. Ein andermal wurde ihm, während er mit offenem Mund schlief, von jemandem die Notdurft in den Mund hinein verrichtet – mit dergleichen mußte man ja andauernd rechnen. Oder man verkleidete einen Mann und stellte ihm diesen als Frau vor, mit der er dann an einem Sonntagnachmittag, von deren Freunden begleitet, sein erspartes Geld verzechte, und am Abend, wenn er keines mehr hatte, begann der Mann sich plötzlich auszuziehen. Oder ein Wirt bestellte ihn an einem Sonntagnachmittag zu sich in die Zechstube, wo man ihm eine alte Uhr zur Reparatur vorlegte, dann versteckte man ihm ein Zahnrad oder gab ihm präparierten Schnaps zu trinken.

Die Uhren waren sein Heiligtum. Jahre hindurch opferte er ihnen Nacht für Nacht. Sobald es im Haus ruhig war, erhob Moritz sich von der Ofenbank, kramte aus seiner Werkzeugkiste die Taschenlampe hervor und schlich über die knarrenden Stufen hinauf in den zweiten Stock, sperrte neben der Dirnenkammer eine Tür auf und holte aus dem Raum, wo man keinen Schritt gehen konnte, ohne auf eine Uhr zu treten, eine bestimmte Uhr hervor, dabei war keine Uhr durch einen Zettel gekennzeichnet. Wo eine Uhr lag, wann sie abgegeben wurde und wem sie gehörte, hatte er im Kopf.

Aber gerade die Tatsache, daß dieser Mensch ein für die andern unvorstellbar hoch entwickeltes Gedächtnis besaß, machte ihm die Tage zur Hölle. Einerseits registrierte er jede Gemeinheit, andererseits mutete man ihm Arbeiten zu, die weit über seine Kräfte gingen. Anstatt ihn bei seinen Uhren zu lassen, holte und trieb man ihn von den Uhren weg, hinaus, ungeachtet der Witterung, ungeachtet seiner physischen Verfassung, geschweige denn seiner psychischen, dabei war sein Elend augenfällig, das stumme Gesicht, der Gang, die vorgeschobenen Knie, die Stiefel, Jahr und Tag war dieser Mensch in schwarzen Gummistiefeln zu sehen, in geflickten Lodenhosen, immer mußte er Kleider tragen, die nicht paßten, in denen andere vorher geschwitzt hatten, überall war er der LETZTE, bei den Mahlzeiten wurde er von der Gemeinschaft ausgeschlossen, wenn die anderen Feierabend hatten, mußte Moritz Arbeiten verrichten, vor denen sich die anderen drückten. In der Früh wurde er von der Ofenbank hochgerissen, am Abend durfte er erst dorthin, wenn niemand anderer mehr da lag, überall mußte er weichen, Belästigungen hinnehmen, sich herumkommandieren lassen; jeder Knecht, jede Magd, jedes Kind konnte ihm im Namen des Bauern Befehle erteilen, und es geschah auch, weil alles so eingerichtet war, daß einer für den andern mehr Haß als Mitgefühl aufbrachte.

Um auf sich aufmerksam zu machen, mußte Moritz umfallen, unter das Roß kommen, von einem Wagen mitgeschleift werden, von einer Leiter fallen, er mußte irgendwo blutend aufgelesen werden, und das bemerkte man nur, weil *etwas* mit ihm ausblieb, nicht weil *er* ausblieb; das Ausbleiben eines Menschen fiel da gar nicht auf, weil er nur im Zusammenhang mit Handgriffen existierte. Man dachte die Menschen auch nur im Zusammenhang mit Handgriffen; weil man sich die Menschen vor lauter Handgriffen nicht mehr ohne Handgriffe denken konnte. Man konnte sich die Menschen als Menschen gar nicht vorstellen, sondern nur als Verkrümmungen, als wehrlose Schreie, aus denen man Krüppel machte. Was half da der Zorn, den Moritz von Kind auf, tagtäglich, gegen den Unverstand seiner engsten Verwandten in sich versammelte? Wenn er vor lauter Bitterkeit nicht mehr reden konnte, nicht einmal in den dringendsten Fällen einen Notschrei von sich zu geben vermochte, höchstens einen langgezogenen Schrei, einen Seufzer, ein Stöhnen, wenn es bereits passiert war, wenn er bereits auf dem Boden lag, daß er auf Zaunstecken gelegt und weggetragen werden mußte, oder wenn er Durchfall hatte und an der zugenagelten Aborttür riß, bis alles in die Hose ging, oder wenn er in der Kirche saß, und während der Predigt fingen plötzlich in seinem Rucksack mehrere Wekker zu rasseln an, wenn er sich nach einem Unfall plötzlich aufraffte und für Wochen verschwand, bis ihn andere Peinigungen wieder zurücktrieben, zu bösen Blikken, zu den Vorwürfen, zu den unfreiwilligen Schritten, die ihm zu Tagen wurden, bis ihn ein anderes Ereignis zu Boden warf. Dieses Umhergetrieben-Werden hatte ihn schon so abgestumpft, daß er den Gefahren nicht mehr auswich, blindlings ging er zu einem Pferd, schlug es und ließ sich schlagen. Dabei war Moritz kein Mensch, der nichts anderes wollte, sondern ein Mensch, der etwas mit sich anfangen konnte, der unter den tristesten Bedingungen, von sich aus, etwas gelernt hatte, worüber seine Peiniger staunten. Und trotzdem wurde er überall ständig in den Dreck getreten und als ZUFRIEDENER MENSCH hingestellt, obwohl er nie ein zufriedener Mensch war, sondern ein zutiefst verzweifelter, der oft weinend neben den Milchkannen auf der Landstraße stand. Zu der Stelle, wo er jeden Tag in der Früh die Milch hinbrachte, hatte er mehr Bezug als zu den Menschen, obwohl es nur ein schwarzer Fleck war. Hier klagte er, weil hier niemand war, der ihn auslachte oder beschimpfte. Aber selbst diese Art der Verzweiflung blieb unverstanden, war höchstens Anlaß für ein rohes Gelächter, obwohl es sich um *Menschenflucht,* um einen ganz deutlich hervorgekehrten *Menschenhaß,* um *Menschenverachtung* handelte, um einen Ausdruck großer Einsamkeit. Selbst wenn Moritz bei niedersten Temperaturen auf die Landstraße hinunterflüchtete, sei es, daß ihn alles irritierte oder daß ihn die Mägde hinter den Ofen bugsieren wollten, um ihm mit einer Reisbürste den Hintern zu schrubben, wurde dies nur mit einem Kopfschütteln oder mit „heut spinnt er wieder" abgetan. Sowohl von seiten der Fürsorge als auch von seiten der Gendarmerie wurde Moritz zur Gänze ignoriert, sein Zustand wurde einfach aus dem Tal weggedacht, wie die Behörden alle üblen Zustände einfach wegdenken. Das Offensichtliche existierte für sie gar nicht. Kein Holl-Zustand. Kein Maria-Zustand. Kein Moritz-Holl-Huber-Lechner*leibeigenen*-Zustand.

Der neue Pfarrer, ein Bauernsohn aus dem Flachgau, der auf Betreiben einflußreicher Bauern für den alten, weil dieser sich zusehr in die Wirtshäuser zurückgezogen und statt des Religionsunterrichts Geschichten erzählt hatte, rasch eingesetzt wurde, kam regelmäßig zweimal in der Woche auf 48 zu Besuch, um mit dem Bauern über Kirchentaktiken zu reden, um zu erfahren, wie die Bauern nach der HEILIGEN MESSE über seine Predigt sprachen.
Wenn Holl zunächst mit den Besuchen dieses Herrn nichts Rechtes anzufangen wußte, so verhalfen sie ihm schließlich doch dazu, etwas Morgenlicht in seine dunklen Tage zu schleusen. Dieser Herr, der auf der Kanzel bald der

leiseste, verzweifeltste, dann wieder der zornigste, lauteste Mensch war, gab sich auf 48 freundlich, grüßte und redete mit allen, die während seiner Besuche die Küche betraten, ließ sich von der Bäuerin Namen nennen, die Kinder vorstellen, reichte Holl die Hand und erfand herzliche Worte und lächelte gütig aus einem rötlichen Gesicht, brachte die Augen der Bäuerin zum Leuchten, lobte ihre Arbeit, stimmte ihr zu, bestätigte die Ansichten des Bauern, der mit verschränkten Armen hinterm Tisch zu sitzen pflegte und Holl von Zeit zu Zeit einen Blick zuwarf, um zu sehen, ob dieser noch da war, sein eingeschüchterter, verängstigter Sohn, der nicht redete, der auf einen Blick hin gehorchte, der um diese Zeit ein völlig lächerlicher Mensch war, ein ELFJÄHRIGER, von dem die Leute sagten, er werde einmal als Knecht auf den 48er Grundstücken sterben.

Der Vater hatte ausgespielt. Er war mit seinen Erziehungsmethoden, die ja nichts anderes als vom Großvater übernommene Dressuren waren, auf die Haut, auf den Schmerz angewiesen, er wollte damit den Kopf treffen, traf aber nur den Schwanz. Der Bauer war von der Idee besessen, aus seinem Sohn einen willenlosen Menschen zu machen, aber er geriet ins Hintertreffen. Holl machte zwar alles, was ihm befohlen wurde, um dem Vater möglichst keine Gelegenheit zu Handgreiflichkeiten zu liefern, aber dessen Welt, dessen Vorstellungen von der Welt, verabscheute er zutiefst.

Abgeschrieben. Hin und hin abgeschrieben. Wenn er in der Früh aus dem Haus trat, wußte er schon, daß er ein lächerlicher Mensch war. Vom Augenblick des Aufwachens bis zum Augenblick des Einschlafens atmete er das Ausgesetztsein. In der Nacht träumte er, daß er nicht laufen konnte, daß er in einem fremden Land plötzlich bekannte Menschen auf sich zukommen sah; sobald sie nach ihm griffen, erkannte er, daß es gar kein fremdes Land war, sondern ein Grundstück seines Vaters. Die Träume erzählte er nicht. Er hatte einmal einen Traum erzählt, da hatte man ihn ausgelacht. Damals ist ihm auch zum erstenmal aufgefallen, daß seine kümmerlichen Sprechversuche im engsten Familienkreis unerwünscht waren. Er wußte nicht warum. Es wurde ihm auch nicht verboten, nicht ausdrücklich verboten, sondern nur unmißverständlich angedeutet, in einer Art Geheimsprache, die ihn mitten im Satz verstummen ließ. Das war das langsame Kopfschütteln der Stiefmutter. Eine stumme Vernichtung, die sofort seine Zunge zum Erlahmen brachte, eine Lawine von Gedanken aufwirbelte und sein Inneres gleichzeitig mit Schuldgefühlen durchwühlte, obgleich er in dem Gesagten oder Halbgesagten weder eine Schuld noch eine Erklärung für das Verhalten der Stiefmutter finden konnte. Seine natürliche Reaktion war, daß er sich in ihrer Gegenwart das Reden abgewöhnte. Er mußte es sich abgewöhnen, denn es stellte sich selbst in Situationen, wo er sich zu Recht verteidigte, wo er ganz genau wußte, daß er im Recht war, die Sinnlosigkeit seines Unternehmens heraus. Selbst wenn er mit Beweisen aufwartete, mußte er eine Niederlage hinnehmen. Freilich kam er sich dann oft wie ein Trottel vor. Sein Aufwachsen war ja auch nichts anderes gewesen als das Aufwachsen eines Trottels, ein ständiges Zum-Narren-gehalten-Werden.

Das fing schon damit an, daß er einen notorischen Viehdieb zum Taufpaten hatte und daß man ihm auf 48 gelegentlich vorwarf, daß sein Taufpate ein notorischer

Viehdieb sei. Über seine mütterlichen Verwandten, die Holl hin und wieder zu Gesicht bekam, wurden immer nur die lächerlichsten Geschichten erzählt. Den Leuten, die auf 48 zu Besuch waren, wurde er meistens als *Jugendsünde des Bauern* oder als *sein Lediger* vorgestellt. Dann gab es ein süßes Lächeln, und anschließend wurde in seiner Anwesenheit über ihn gesprochen: Er sei halt doch ein wenig danebengeraten. Im Gegensatz zu den anderen interessiere er sich überhaupt nicht für das Vieh. Man müsse halt bei ihm immer dahinter sein. In der Schule ließe er auch zu wünschen übrig. „Gell. Was hat die Lehrerin in der zweiten Klasse in dein Zeugnis geschrieben?" Darauf die Antwort zu verweigern, hätte Handgreiflichkeiten zur Folge gehabt, also sagte er lieber, was die Lehrerin in sein Zeugnis geschrieben hat. Wenn er diesen Satz gesagt hatte, durfte er gehen. Die Sätze aus dem Mund der Stiefmutter waren immer dieselben und bis auf wenige gelogen. Damit mußte er sich abfinden, aber es quälte ihn, daß sie ein ganz offenes Spiel mit ihm trieb, daß sie ihm vor fremden Leuten zeigte, wie wehrlos er war.

Es stimmte, daß Holl für das Vieh, das der Stolz des Bauern war, wenig Interesse aufbrachte, aber der Vorwurf ärgerte ihn vor allem, weil er so oft Stallarbeiten verrichten mußte. Oft, während Viehhändler da waren, konnten ihm die Brüder vorführen, daß sie über ihm standen, daß sie ihn verachteten, daß er nicht zum Hof gehöre, nicht zur Familie gehöre, wie sie gelegentlich sagten. Sie gingen zu zweit neben dem Vater her, grinsten Holl hämisch zu, und er mußte es sich gefallen lassen, obwohl es in ihm kochte und brodelte. Arbeitsgänge, die er schon im Schlaf beherrschte, die feste Bestandteile seiner

Träume waren, machte er auf einmal falsch, oder er brachte ihre Reihenfolge durcheinander, was wiederum zur Folge hatte, daß man beanstandete, er hätte den Kopf nicht bei der Arbeit. Immer hieß es, er habe den Kopf nicht bei der Arbeit, er sei mit den Gedanken weiß Gott wo, er sei mit den Gedanken überall, nur nicht bei der Arbeit, „aber das werden wir ihm schon noch austreiben". Oder: „Wir werden ihn schon katholisch machen."

Er wollte ja gar nicht zur Familie gehören. Das hatte er schon bewiesen. Diese Möglichkeit war schon durch die Umstände, wie er sie in der Zeit vor 48 erlebt hatte, erschwert, obwohl das früher die mildesten Umstände gewesen waren, die er sich vorstellen konnte (abgesehen von der kurzen Zeit auf der Alm, wo er überhaupt keine Umstände wahrgenommen hatte). Aber dadurch war doch die Möglichkeit, zur Familie zu gehören, zur Familie gehören zu *wollen*, ausgeschlossen. Wie jedes Kind, wenn es seine Erzieher nicht hindern, sich mit seiner Umwelt auseinandersetzt, wollte sich auch Holl damals mit ihr auseinandersetzen, sich die Bekanntschaften aussuchen in der schulfreien Zeit, über seine Schritte verfügen, über seine Hände, über seine Augen, statt dessen wurde er einer Dressur unterzogen, auf Schritt und Tritt beherrscht.
Unsichtbar und unsagbar wuchs der Haß zwischen ihm und den Brüdern. Jeden Abend verwickelte ihn der Jüngere in ein Wettbeten. Obwohl der Bruder selber ungern betete, ging er weit über das vorgeschriebene Pensum hinaus, einerseits um sich bei der Mutter einzuschmeicheln, andererseits um Holl vor dem Einschlafen ein letztes Mal zu ärgern. Die Brüder wußten, daß Holl ihnen ausgeliefert war, daß er nie bei ihren Eltern Gehör suchen würde.

Auch die Brüder wurden zurechtgezüchtigt, aber es gab Unterschiede. Sie waren jünger. Ihnen wurden andere Eigenschaften zugeschrieben, obwohl sie kaum andere Eigenschaften hatten; die Eigenschaften wurden ihnen nur vorgestellt, ständig eingeredet. Dem Älteren wurde von Kind auf eingeredet, er habe Bauer zu werden, er werde einmal ein *guter* Bauer werden, ein guter Bauer, genau wie sein Vater, ganz der Vater. Tatsächlich fing er auch an, sich vom jüngeren Bruder zu unterscheiden, indem er aus der Sicht des Bauern von Arbeiten redete, die dann und dann, dort und dort zu geschehen hätten. In dem älteren Stiefbruder sah Holl immer deutlicher einen Menschen heranwachsen, der ganz nach den Vorstellungen des Vaters gedieh, der offensichtlich schon gebieterische Gehversuche unternahm, die Holl zutiefst verabscheute. Mit dem jüngeren Bruder hatte er wenigstens noch ein paar sogenannte Missetaten gemeinsam, aber der ältere entwickelte sich neben ihm zu einem ihm völlig entgegengesetzten Menschen, der in ihm seinen Feind sah und umgekehrt.

In der Nähe des Hauses mußte Holl auf der Hut sein, weil der Ältere die Tücke hatte, sich von hinten an ihn heranzuschleichen, um ihm etwas über den Schädel zu hauen, was diesem auch öfter gelang, ohne daß Holl ihn zu fassen bekam, zumindest nicht, solange sein Zorn andauerte, sondern erst viel später, wenn sich in ihm der Zorn schon zu verflüchtigen begonnen hatte. Holls Kampfstätten befanden sich weit weg von Haudorf, irgendwo im Wald, der sich vom Anger bis zu den Sonnseitalmen hinaufzog und durch den Holl mit den Brüdern oft Vieh hinauf- oder hinuntertreiben mußte. Da zeigten die Brüder Angst, Angst, daß sie nicht vor Anbruch der Dunkelheit in das Haus mit den dicken Mauern zurückkehren würden, während Holl keine Gelegenheit ausließ, Abkürzungen zu erfinden, um sie vom markierten Weg abzubringen. Er zögerte, indem er vorgab, er wisse nicht mehr weiter, und dort, wo der Wald am finstersten war, gab er das zu, wovor die Brüder die größte Angst hatten: er kenne sich nicht mehr aus, er habe sich verirrt. Er sparte auch nicht mit Geschichten, die den Wald zu einem düsteren machten, und er leistete sich Fragen, Fragen, was sie, die Brüder, ohne ihre Eltern wären? Was, wenn die Eltern gerade stürben, wenn man sie gerade erschlüge wie der Bauernsohn die Sennerin, wenn ihnen beim Eintritt durch die Hinterhaustür schon der Aufbahrungsgeruch entgegenströme?

In den arbeitsfreien Stunden hätte sich Holl mit den Brüdern abgeben sollen, aber er gab sich nicht mit ihnen ab, statt dessen bildete er lieber mit Leo, seinem einzigen Schulfreund, den Schwanz unter den Haudorfer Kindern, beteiligte sich an Versteckenspielen und am Bau von Verstecken, die viel zu entlegen für ihn waren, wo er beim Hingehen schon hätte umkehren müssen, um rechtzeitig *nach Hause* zu kommen zu den Seinen. Er war ein schweigender Spielgefährte, der gegen sein Gewissen anzukämpfen hatte, schließlich waren es ja nicht irgendwelche Kinder, bei denen er sich um Anschluß bemühte, sondern viele von ihnen durfte er zu Hause mit keinem Wort erwähnen, geschweige mit ihnen gesehen werden, noch weniger durfte bekannt werden, daß er mit ihnen onanierte und rauchte, daß der eine oder der andere vorbrachte, worüber in Gegenwart der Kinder nicht geredet wurde, was aber in Gegenwart der Kinder gemacht wurde. Manche dieser Schilderungen hätte er lieber nicht gehört.

Er empfand es als abgeschmackt, Menschen, die sich ihm als lebende Kleiderbündel aufgedrängt hatten, sich plötzlich als bleiche, aufeinanderliegende Gestalten vorstellen zu müssen; Menschen, von denen er angenommen hatte, sie würden nur essen, arbeiten, beten und schlafen, weil er sie immer nur so wahrgenommen hatte, kamen ihm plötzlich lächerlich vor, lächerlich, daß sie zusammenkrochen, daß sie sich womöglich zu diesem Zweck aus den Kleidern schälten. Er schämte sich für diese Menschen, besonders wenn er ihnen begegnete.

Aber warum? Es waren dieselben Menschen, und doch waren sie auf einmal ganz anders, näher und irgendwie nicht mehr so mächtig. Ja, er stellte sich plötzlich die Menschen in eine Schuld verstrickt vor, als ob sie sich entblößt hätten. Aber es waren nicht seine Vorstellungen, sondern Vorstellungen, die an ihn herangetragen wurden, in der *Schule,* in der *Kirche, zu Hause.* Sie hatten mit ihm nichts zu tun, denn man hatte sie ihm beigebracht, noch bevor er sich dagegen hätte wehren können. Er fühlte sich hintergangen. Von ihm verlangte man stets Aufrichtigkeit, aber entgegenbrachte man ihm Lügen und Verbote. Wem konnte er da trauen, wenn von allen Seiten Tag für Tag neue Eindrücke auf ihn zukamen, die einander widersprachen und die Holl in ihrer Vielfalt verwirrten und beeinflußten. Wenn Holl nach dem Abendgebet neben den Brüdern wach in der Kammer lag, war es ja nicht eine Umwelt, die ihn beschäftigte, sondern Umwelten, die er sich in seinen Verwirrungen mühsam auseinanderklauben mußte. Zugehörig fühlte er sich schon lange den Dienstboten, und er bemühte sich auch um diese Zugehörigkeit, aber die Anerkennung erreichte er nur bei einigen, obwohl er es den Dienstboten gegenüber an feindlichen Bemerkungen, den Bauern und die Bäuerin betreffend, nicht fehlen ließ und sich damit oft unnötig in Gefahr brachte, weil es Leute gab, denen jedes Mittel recht war, um sich beim Bauern oder bei der Bäuerin beliebt zu machen. Die Welt der Dienstboten war die einzige, die seiner Welt noch am ehesten entsprach, aber auch sie war zerrissen und voll von Intrigen und Mißtrauen, hin und hin abgewertet, erniedrigt und voll von geheimen Schlichen, die Holl erst ausfindig machen mußte, um sich in ihr zurechtzufinden.

Zu Lichtmeß holte sie der Bauer *einzeln* in die Kammer hinauf, streng nach ihrer Rangordnung. Während Holl sich unter den Wartenden in der Stube befand, hatte er den Eindruck, daß sich die Dienstboten ungewöhnlich benahmen. Sie redeten viel und lachten, aber jeder kam schweigend und so mancher verstört, und mancher kam überhaupt nicht zurück. Holl bekam nie richtig heraus, was da oben besprochen wurde, niemand sagte etwas Eindeutiges, aber er konnte es sich vorstellen. Den Eindrücken nach zu schließen, wendete der Bauer seine ganze Selbstherrlichkeit auf, um die Dienstboten in *seiner Kammer*, im Zuge von althergebrachten Beichtstuhlmethoden, zu überrumpeln, um sie ganz klein zu machen und gleichzeitig ein bißchen leben zu lassen.

Die meisten Dienstboten wußten voneinander nicht einmal, wieviel beziehungsweise wie wenig sie verdienten, obwohl sie gemeinsam aßen, arbeiteten und in Gemeinschaftsräumen schliefen, an Sonn- und Feiertagen gemeinsam den Kirchgang zurücklegten, nicht wie die größeren Bauern in der Kirche einen Stuhl hatten, nicht wie die Bauern sich auf dem Kirchplatz versammeln durften, nicht wie die Bauern auf dem Kirchplatz ihre Interessen vertreten durften, nicht wie die Bauern Fahnen hatten, aber bei Prozessionen für die Bauern die Fahnen tragen mußten.

Ein jämmerlicher Boden, auf dem Holl sich bestimmten Personen gegenüber unter anderem bewähren wollte, nachdem er das Gesicht verloren hatte. Wie hätte er sich verhalten sollen, als eines Tages die Frau des Vizebürgermeisters in der Küche stand und behauptete, daß er der Kruzifixschänder sei, sie habe ihn am Rock erkannt, und sie zeigte auf seinen grauen Lodenrock, der ein ganz gewöhnlich gearbeiteter Rock war, wie sie die Schneider zu Dutzenden für die Schulkinder machten. Sie nannte nicht einmal den Tag, wann das Kruzifix geschändet worden war, sondern zeigte nur auf seinen Schulgehrock. In diesem Rock sei er mit noch einem davongelaufen. Noch bevor er anfing, sich zu verteidigen, wußte er schon, daß er damit nur Ärger verursachen würde, aber er verteidigte sich bis zum Verlust der Glaubwürdigkeit. Immer wieder beteuerte er, er habe das Kreuz nie angerührt, er sei nie weiter als höchstens drei Schritte an das Kreuz herangekommen, er möge tot umfallen oder vom Blitz erschlagen werden; aber all das Schwören war zwecklos. Er blieb der Kruzifixschänder. Er bekam seine Strafe, und er mußte es beichten. Später erkannte er, daß es in diesem Fall besser gewesen wäre, er hätte die nichtbegangene Tat sofort auf sich genommen, dann wäre er nur der Kruzifixschänder gewesen, so aber war er der Kruzifixschänder und ein Lügner, so daß ihn auch noch das Sprichwort, wer einmal lügt, dem glaubt man nicht, und wenn er auch die Wahrheit spricht, zu allem Überfluß verfolgte. Zwar waren auf einmal bekannte Kirchengegner auf seiner

Seite, aber was hatte er von dieser Freundlichkeit, wenn sie auf einem Irrtum beruhte. Die Kirchen*gänger* waren überzeugt, daß Holl es gewesen war, weil die Kirchen*gegner* überzeugt waren, die Kirchen*gegner* waren überzeugt, daß Holl es nicht gewesen war, weil die Kirchen*gänger* überzeugt waren. Die einen wie die anderen brachten die Kruzifixschändung mit seinen früheren Geschichten in Zusammenhang. Auch er erinnerte sich jetzt wieder öfter an diese Geschichten. Nachdem er dem Pfarrer die Kruzifixschändung gebeichtet und die Kommunion empfangen hatte, stattete er dem Schlachthaus einen kurzen Besuch ab. Eine schwere Sau wurde geschossen und gestochen. Es faszinierte ihn, wie der Metzgerlehrling, den die Straußin einmal mit Maria in der Au gesehen haben wollte, der auf dem nassen Pflaster liegenden Sau ein langes, scharfes Messer in den dicken Hals rannte, in Richtung Herz, und sofort wieder herauszog. Nachfolgte ein breiter Strahl Schweinsblut, den der Metzgerlehrling mit einer Schüssel auffing, sie vollaufen ließ und das Blut in einen daneben stehenden Eimer goß. Als der Blutstrahl nachließ, begann die Sau noch einmal zu zappeln. Darauf hatte Holl gewartet; er wollte die Sau, die ihn durch ihr Geschrei, während er durch den Friedhof ging, sofort auf andere Gedanken gebracht hatte, noch einmal zappeln sehen. Die Vorgänge der letzten Tage waren weit über seinen Verstand hinausgegangen. Während er die enge Metzgergasse hinunterging, kam es ihm vor, als ginge er zum erstenmal durch diese Gasse, als torkle er von einem Schritt in den anderen. Einerseits spürte er den Drang, stehenzubleiben und sich auf der Stelle umfallen zu lassen, andererseits gehorchte er einem dumpfen Befehl. Vielleicht aus Neugierde oder in der Hoffnung, der Arzt könne ihm helfen. Der Bauer hatte ihm befohlen, wie schon so oft, zum Arzt zu gehen, damit ihn dieser für die Arbeit krank schreibe, von der Schule befreie. Der Schäferhund bellte und riß an der Kette, während Holl vor der Haustür stand und läutete. Eine Frau öffnete und führte ihn durch mehrere dunkle Räume, an Möbeln, Tassen, Bekleidungsstücken vorbei, in die Ordination, wo der Arzt gerade in seinen weißen Mantel schlüpfte. Holl mußte den Mund öffnen, das Hemd ausziehen. Der Arzt schrieb etwas, steckte den Zettel in einen Briefumschlag, übergab Holl den Briefumschlag. Dieser Brief sei für seinen Vater; er, Holl, sei krank, er müsse drei Wochen in häuslicher Pflege bleiben.

Zu Hause erwartete ihn der Vater schon, nahm ihm den Brief ab, schlitzte ihn auf, überflog den Zettel und sagte: *umziehen.* Holl zog sich um und stellte sich wieder vor den Vater. Todkrank, von einem nicht erkennbaren Dahinsiechen befallen, hörte er den Vater Arbeiten nennen, die dieser sich für ihn ausgedacht hatte, die seinen Tag zu einem Scheunentag machen sollten. Dann ging er und machte Handgriffe. Den ganzen Tag tat er nichts anderes, als Handgriffe machen. Es trieb ihn nichts. Es hinderte ihn nichts. Es kam der Mittag. Es kam der Nachmittag, und es wurde Abend. Dann kam Maria und holte ihn. Er kehrte ins Haus zurück, zog in der Küche die Stiefel aus, sah die Bäuerin den Kittel heben, sah Moritz hinterm Küchentisch die Pfeife aus dem Mund nehmen, Rosa Wasser wegschütten, die Bäuerin das Strumpfband richten, sah Maria mit einem Stoß Teller, sah das Essen, hörte Knistern, erhob sich von den Stufen zur Speisekammer, sah Rosa sich bücken um eine Schüssel, hörte die Tür gehen, sah Moritz die Pfeife anzünden, sah den Bauern einen Rock an die Küchentür hängen, ging um den Herd herum, schaute Rosa ins Gesicht, bückte sich um die Waschschüssel, stellte die Waschschüssel auf den Waschtrog, sah, während er den Wasserhahn aufdrehte, durch die dreckbespritzten Fensterscheiben Prosch hinter dem Felbertaler aus dem Stall kommen, hörte das Wasser in die Schüssel laufen, stülpte den Hemdkragen nach innen, drehte den Hahn zu, griff nach der Seife und wusch sich den Staub vom Gesicht, hörte hinter sich den Bauern mit der Bäuerin reden, stieß mit dem Ellbogen an Rosas Hüfte, erinnerte sich plötzlich an Klampferer, an die Stelle, wo Klampferer geschrien hatte, wo die Holzfuhre Klampferer das Gesäß zerquetscht hatte.

Gesicht und Hände naß, ging er an Rosa, die an der Abwasch stand, vorbei, dachte an den stöhnenden Klampferer, sah Moritz rauchen, erinnerte sich, während er um den Herd herum zur Tür ging und den Bauern und die Bäuerin über ein Schriftstück gebeugt am Fenster stehen sah, wie von oben und unten Männer zusammengelaufen waren, um Klampferer von der Holzfuhre zu befreien, wie sie Klampferer an ihm vorbei in das weiter oben liegende Bauernhaus getragen hatten, griff nach einem blau-weiß karierten Handtuch, hielt, während er sich abtrocknete, den Atem an, um dem in diesem Handtuch aufbewahrten Sammelgeruch von einem halben Dutzend ihm verhaßter Menschen zu entkommen; er ließ das schmutzig-steife Handtuch fahren und ging, ohne sich umzusehen, aus der Küche.

Ja. Er hat das Gesicht verloren.
Kaum hatte er die ersten Schritte in das Vorhaus gesetzt, tat es ihm leid, daß er nicht in der Küche geblieben war. Solange jemand bei ihm war, fürchtete er sich nicht, aber

sobald er allein war, war er von der Vorstellung besessen, daß Anna ihn verfolge.

Vor dem Backofen sah er ihre bucklige Gestalt Brot herausholen, im Vorhaus sah er sie den Ofen heizen, die Selch heizen, er sah sie über die Stiege gehen, er sah sie im Hühnerstall, im Schweinestall, in der Speisekammer, um den Herd herum, im ersten Stock, in der Waschküche, in der Holzhütte, im hinteren Keller, im vorderen Keller. Jetzt war er zwischen zwei Türen und hatte plötzlich Angst. Er sah vor sich die Stubentür und hörte dahinter Gelächter. Er wollte weder in die Küche zurück noch wollte er die Stube betreten, obwohl er bisher immer mit Freuden von der Küche in die Stube hinübergewechselt war. Die Angst vor den einzigen ihm zugänglichen Menschen, die er hinter der Stubentür bei der Waschschüssel um den Ofen und auf den Bänken wußte, war auf einmal viel größer als die entsetzlichen Vorstellungen, die ihn nun schon seit Jahren in diesem Vorhaus befallen und ihm das Vorhaus zu einem unheimlichen Ort gemacht hatten. Einen Augenblick blieb er stehen und schaute auf die Stelle, von wo aus immer der Ofen geheizt wurde, dann stürzte er das Kellergeländer entlang, auf das halboffene Haustor zu, ins Freie. Dort spürte er die Steinplatte unter den Füßen und Regentropfen im Gesicht. Die Furcht war weg. Jetzt sah er nur den alten Backofen vor sich, den Küchengarten, das Schneiderhaus, den Dreck, durch den er und Moritz und Maria nun schon seit Tagen vor den Pferden hergewatet waren. Die Pferde hatten ihn mit den Hufen aus der Erde gestampft, mit den eisenbereiften Rädern aus dem Boden geholpert. Obwohl Holl den ganzen Tag von Staub und Häckselgeräuschen umgeben war, hatte er jetzt Fuhrwerksgeräusche im Ohr. Er hörte aus aufgeblähten Nüstern das Pferd atmen und quietschen, daß es ihm kalt über den Rücken fuhr. Ein leichter Ekel ließ ihn wieder ins Vorhaus treten, in den Geruch von Milchkannen, Kochdunst, altem Holz und Speiseresten. Er ging bis zur Mitte vor und stürzte in die Stube, wo er die Tür hinter sich zuwarf. Dann setzte er sich neben der Tür auf die Bank und starrte auf den Boden. Er hörte Maria vom Tisch herüber lachen und kurz darauf aus der Stube gehen. Der Tisch war gedeckt. Es mußte nur noch das Essen von der Küche herübergetragen werden. Der Felbertaler, Prosch, Gufft, Loferer, Neiser, Konrad und Holl warteten darauf. Loferer und Gufft waren bereits umgezogen. Die Tür wurde aufgestoßen, und herein kam Rosa mit einer dampfenden Pfanne.

Holl wollte nichts essen, aber er mußte essen. Zwei Knödel würgte er Bissen für Bissen hinunter. Nach dem Tischgebet lief er hinaus und erbrach alles in den Abort. Der Gestank, der ihm dabei aus dem finsteren Loch herauf ins Gesicht kroch, beschleunigte den Vorgang. Er wollte sich ganz erbrechen und beugte sich zu diesem Zweck immer tiefer. Mit leerem Magen kehrte er dann in die Stube zurück, wo er nur mehr Konrad und Prosch vorfand. Vor ihnen hatte er keine Angst. Natürlich. Vor ihnen brauchte er auch keine Angst zu haben. Vor Konrad wegen der Schweißfüße nicht, wegen seiner komischen Gangart nicht und vor allem nicht wegen seiner Schamhaftigkeit und seiner großen Empfindlichkeit. Bei der geringsten Beanstandung fing er sofort an, wild um sich zu schlagen, wie damals im Stall, als der Felbertaler die Flucht ergreifen mußte. Nur eins ging Holl nicht ein, und er wunderte sich jetzt, da er Konrad gegenübersaß, wieder, warum der Bauer Konrad nicht den Laufpaß gegeben hatte, als dieser vor lauter Zorn eine Kanne Milch auf den Küchenboden schleuderte. Warum hat er ihn nicht vom Hof gejagt? Warum hat er ihn am Arm gepackt und hinausgeführt? Ihn selber stellte Holl sich vor, hätte er dafür windelweich geschlagen, und jedem andern hätte er auf der Stelle gekündigt. Was hat es für eine Bewandtnis, daß Konrad trotz der vielen Vorkommnisse noch immer da ist? Wahrscheinlich hat der Bauer mit ihm Mitleid. Aber mit mir hat er kein Mitleid. Mit Konrad hat er Mitleid, aber mit seinem Sohn nicht. Warum muß ausgerechnet ich sein Sohn sein, wo ich doch viel lieber ein ganz anderer oder noch lieber gar keiner wäre? Ein Alois Prosch, stellte er sich vor, wollte er auch nicht sein. Der schaut immer so finster, und wenn er redet, versteht man ihn nicht, er murmelt durch die Nase. Immer rinnt bei ihm der Rotz aus der Nase. Holl erinnerte sich, wie er mit großer Spannung auf die Ankunft von Alois Prosch gewartet hatte, wie er dann, als Prosch hinter der Mutter hervortrat, erschrocken war und sich wegen dessen verstümmelter Nase sofort grobe Kindheitszustände ausgemalt hatte. Jetzt wußte er, daß Grobheiten und Verwahrlosungen ihn so zugerichtet hatten; er konnte es sich nicht anders denken, als daß hier nur mehr ein Gespenst vor dem offenen Kleiderschrank stand. Prosch nahm halbverfaulte Röcke und Hosen aus dem Einbauschrank und probierte sie an. Es waren Röcke und Hosen von Dienstboten, die einmal auf 48 gearbeitet hatten. Es waren vor allem die Röcke, die Holl plötzlich mehr interessierten als der Mensch, der fünf Schritte vor ihm nach einem gut erhaltenen Rock suchte. Für Prosch waren es nur zerrissene, alte, stinkende Röcke. Er konnte nicht wissen, was die Röcke für Holl bedeuteten, was er mit dem Herausreißen dieser Röcke in Holl auslöste. Mit den Röcken brachte Prosch plötzlich Menschen hervor, er hob einen

Rock aus dem Einbauschrank, und Holl sah einen Menschen, den Zuginspieler. Den Zuginspieler bei den Mahlzeiten. Den Zuginspieler beim Wettmähen auf dem Bürgermeisterfeld. Wie der Zuginspieler im Wirtshaus ißt und das Besteck mitgehen läßt. Holl erinnerte sich an die Wilderergeschichte. Wie sich die Bäuerin bereit erklärt hatte, gegen Beteiligung den Hirsch zu selchen, den einer, der Siegfried hieß, beim Heuziehen auf der Sonnseitalm geschossen hatte. Wie jener Siegfried an einem Sommerabend in der Stube mit dem Messer auf den Bauern losging. Wie Siegfried im Sommer zweimal in der Woche am Abend mit dem jungen Kohlenbrenner in den Englischkurs ging. Wie der junge Kohlenbrenner mit den Mägden Mensch ärgere dich nicht spielte und dabei immer den Würfel unter den Tisch warf, um beim Würfelsuchen einer Magd unter den Kittel zu greifen. Wie die Mägde schrien, aber sitzen blieben. Da war der Zuchthäuslerrock, den Prosch anzog und wieder auszog, weil er um die Schultern zu sehr spannte. Der Ukrainerrock war ihm viel zu groß. Den Pustererrock warf er gleich weg. Während Holl noch an den Hamburger Studenten dachte, den der Bauer nur wegen seiner Länge und seiner Unbeholfenheit zum Spaß eingestellt hatte, schloff Prosch in den Bibergerrock und strahlte, weil er endlich einen passenden Rock gefunden hatte, der noch dazu gut erhalten war. Er drehte sich ein paarmal vor Freude und lachte. Das war das erste Mal, daß Holl ihn lachen sah. Während Holl sich an alle Einzelheiten des Bibergerunglücks erinnerte, räumte Prosch alle herausgerissenen Röcke und Hosen in den Schrank.

Es war natürlich alles falsch. Wenn Holl auch froh war, die nächsten drei Wochen nicht in die Schule gehen zu müssen, so war diese Maßnahme doch grundsätzlich falsch. Obwohl Holl das In-der-Früh-von-der-Arbeit-Wegspringen, das In-die-Küche-Springen und das Dort-schnell-Waschen, das Umziehen und das In-die-Schule-Laufen immer haßte, wäre es besser gewesen, der Bauer hätte ihn weiterhin in die Schule laufen und von der Schule nach Haudorf zurücklaufen lassen. Aber der Arzt hatte ihn krank geschrieben. Da er sich überhaupt nicht krank fühlte, dachte er am nächsten Tag gar nicht mehr daran, daß er am Vortag nach dem Beichten vom Arzt krank geschrieben worden war, sondern glaubte vielmehr, daß es ein ganz normaler Tag wäre – was natürlich überhaupt kein normaler Tag war, das glaubte er nur, weil die Tage immer ekelhaft angefangen hatten. Für sich unterschied er zwischen einem nassen und einem trockenen Tagesanfang. Dann zwischen einem Daheim-bleib-Tag und einem Arbeit-Schulgeh-Arbeitstag. Es war ein nasser Tagesanfang. Ein schreckliches Erwachen-und-in-die-Finsternis-Starren-und-Horchen. Er dachte an einen Anlaß, um aufstehen zu können. Er dachte an eine kalbende Kuh, an einen Brand, an eine Viehverladung im Finstern. Von der Stube herauf hörte er hämmern. Moritz. Später Weckerrasseln, eine Tür auf- und zugehen, Schritte über die Stiege hinunterpoltern. Früh aufstehen und melken. Das stand ihm bevor. Davon war schon oft die Rede. Halb vier, dachte er, und versuchte zu schlafen, aber er konnte nicht. Er mußte den Tag abwarten, das *Auf-in-Gottes-Namen!* Es war schließlich besser, sich im nassen Bett von den Gewissensbissen halb auffressen zu lassen, als unnötigerweise von sich aus in einen Bettnässertagesanfang zu gehen. Je später er unter die Leute kam, desto besser. Er wollte ganz rasch einen möglichst späten Tagesanfang, einen ganz kurzen Tag, möglichst weit weg. Es dauerte eine Ewigkeit, bis die Bäuerin aufwachte. Er hörte, wie sie nach der Nachttischlampe tastete. Ein Türrahmen voll Licht fiel in die finstere Kammer. Dann sah er ihren Schatten an der Wand. Er hörte, wie sie fröstelte. Er kannte die Ankleidegeräusche, die folgten. Er hörte sie den Nachttopf unterm Bett hervorziehen und urinieren. Auch dieses Geräusch war ihm bekannt. Seufzend erhob sie sich und ging auf den Türrahmen zu. Minuten später hörte er sie ober ihm die Mägde wecken, dann in der Küche die Herdringe wegziehen. Nach den Mägden mußten die Knechte aus den Betten. Dann wurden im ganzen Haus Türen zugeschlagen. All die Jahre hindurch waren die Morgen beherrscht von diesem verdammten Türenzuschlagen. Verläßt jemand einen Raum, knallt er die Tür zu. Allein im Erdgeschoß wurden ununterbrochen neun verschiedene Türen zugeknallt.

Es ist das fünfte Frühjahr. Die Erde dreht Haudorf in den Tag. Der Himmel ist grau. Es regnet. Die Knechte Gufft und Neiser laden Mist auf den Wagen. Holl steht mit dem Rücken zur Stallwand und friert, aber es ist ihm gleichgültig, daß er friert. Im Stall hört er Kühe und Kälber brüllen, Schweine schreien. Er denkt, daß der Felbertaler nun auch mit Prosch verfährt, wie er mit Rudi und mit Konrad verfahren ist, er schaut Gufft an und denkt, wie Gufft mit seinem älteren Bruder gerauft hat, wie Gufft noch am selben Abend mit einem Rucksack nach Haudorf heruntergekommen ist und den Bauern um Arbeit gefragt hat. Es macht Holl auch nichts aus, daß es regnet, daß ihn der Rappe auf und auf mit Dreck bespritzt, während er vor dem Rappen herwatet, weil er sich selber wie ein Misthaufen vorkommt. Er ist Lügner, Bettnässer und Kruzifixschänder in einer Person. Er weiß, daß alle in Haudorf davon wissen, und er stellt sich vor, daß er in vierzehn Häusern immer wieder als solcher gedacht und besprochen wird. Er geht auf ein Haus zu und vorbei. Er geht auf einen Menschen zu und vorbei. Und es ist nichts als ein pausenloses Abschiednehmen. Während des ganzen Tages geht er immer wieder an Menschen vorbei, die er schon zehntausendmal und öfter flüchtig gesehen hat. Er geht auf den ihm bis zum Wahnsinn vertraut gewordenen Wegen und merkt vor lauter Gehen gar nicht, daß sie ihm schon so vertraut geworden sind. Jede Stelle, die er betritt, hat er schon in allen möglichen, in allen für ihn möglichen Gemütszuständen, zum wiederholten Male, in irgendeinem Zusammenhang, betreten und verlassen. Er will stehenbleiben und kann nicht. Misthaufen, Gasse, Feld, Gasse, Misthaufen. Gufft, Neiser, Loferer und zwischendurch begegnet er immer wieder Moritz, Konrad und Maria. Loferer krallt auf dem großen Feld den Mist vom Wagen. Durch das hinterste Stubenfenster sieht Holl im Vorbeigehen seine Leintücher. Das Essenläuten erfüllt ihn mit Entsetzen, weil er weiß, daß alle beim Betreten der Stube sofort die Leintücher sehen. Nach dem Essen geht er erniedrigt aus der Stube und füttert die Pferde. Er spürt nicht einmal, daß es regnet. Er denkt zum erstenmal an Selbstmord.

Ein paar Schritte vor der Toreinfahrt, wo Moritz vor einem Jahr unter den Wagen gekommen ist, ging Konrad mit einer Zaunlatte auf Maria los und schlug sie blutig. Er hätte sie sicher erschlagen, wäre ihr Loferer nicht im letzten Moment zu Hilfe geeilt. Unweit davon ist auch die Stelle, wo Martha vor Jahren, an einem Sommervormittag, hochschwanger vom Zaun gehüpft ist und danach ein Dienstbotenkind ins Gras geboren hat.

Während des ganzen Abendessens wird nicht ein Wort gesprochen. Es ist Holl unerträglich, so eingeklemmt zwischen dem Bauern und Konrad Maria gegenüberzusitzen. Er befürchtet, daß Maria in ein Gelächter ausbricht. Von einem Augenblick auf den anderen, befürchtet er, daß etwas Schreckliches passiert, gleichzeitig ärgert ihn, daß sich niemand über das Essen aufregt. Er erinnert sich, daß er sich gleich am Anfang seiner Aussetzung mit Händen und Füßen gegen die Speckknödel gewehrt hat, weil ihm zum Kotzen war, aber die Schläge und Ohrfeigen und die Angst vor den Schlägen und Ohrfeigen haben schließlich den Brechreiz niedergerungen, so daß es ihm möglich wurde, jeden zweiten Tag mit zunehmender Abneigung dieselbe Magenumdrehspeise zu sich zu nehmen, und er tut es noch immer. Während er den Knödel zerlegt, denkt er, daß es lächerlich und dumm ist, ihm immer wieder die Speckknödel aufzuzwingen. Eher kann er noch verstehen, daß der Lechner seine Söhne von Zeit zu Zeit hungern läßt.

Auf 48 war arbeiten ein Milderungsgrund. Als Holl nach drei Wochen mit einer vom Arzt unterschriebenen Entschuldigung vor den Lehrer trat, hoffte er, der Lehrer würde der Sache nachgehen, denn es konnte ihm niemand einreden, daß der von dem Schwindel nicht wußte. Nicht daß Holl gern in der Schule gewesen wäre, nein, die Schule betrachtete er ja als eine zusätzliche Belästigung, und er verhielt sich auch danach. Am liebsten wäre er ja überhaupt nicht mehr in die Schule gelaufen, dann hätte er nach dem Nachtmahl keine Hausübungen zu machen gehabt, kein Nachsitzen, keine Strafaufgaben, keinen Schulweg, keine Bezichtigungen. Jetzt mußte er wieder nachschreiben. Daran hatte er die ganzen drei Wochen, in denen er um des Friedens willen und der Anerkennung halber fleißig gearbeitet hatte, nie gedacht. Nun konnte er Abend für Abend in der Stube oder in der Küche sitzen und Hefte abschreiben, aber nur bis acht, dann mußte er schlafen gehen, beten und schlafen bis sechs, dann auf und hinein in die Hose und hinunter und hinein in die Stiefel, hin zum Waschtrog, dann frühstücken und hinaus in den April, in das Vogelgezwitscher, das aus den umliegenden Obstgärten lechzt und grunzt, halb Haudorf schläft noch, es ist schon Tag, es ist schon wieder Tag. Wie wird er ausgehen? Wird Moritz rechtzeitig kommen und mich ablösen? Wird der Lehrer meine Hefte verlangen? Sicher. Er wird sie verlangen und er wird sie heute nachmittag anschauen. Hoffentlich brauch ich morgen nicht in die Schule. Aber er denkt nicht nur an die Lücken in seinen Heften. Während er auf der ausgeschwemmten Gasse, eingehüllt in das Wagengepolter, hinter Loferer und Gufft auf die Wiese zu schreitet, denkt er auch an den alten Diwan in der Schlafkammer und erschrickt plötzlich, daß ihm nicht schon vor Tagen eingefallen ist, an den Diwan zu denken, und denkt plötzlich nur mehr an den Diwan. Noch wäre es Zeit zurückzulaufen, aber vor lauter An-den-Diwan-Denken fällt ihm nichts ein, er braucht einen triftigen Grund, damit ihm einer von den beiden Männern die Zügel abnimmt, einen triftigen Grund hat er ja, aber den kann er unmöglich nennen, hier nicht, im Gehen, er kann unmöglich zwei Männer schreiend in seine tiefsten Geheimnisse in dieser steinigen Gasse im Gehen einweihen. Einfach den Zügel loslassen und davonlaufen, geht auch nicht. Das hätte dann zusätzlich schlimme Folgen.

Damit würde er sich verraten, und der Diwan hätte ihn womöglich noch nicht verraten. Holl fühlte sich vom Pferd rücksichtslos dahingestoßen, ganz brutal in die entgegengesetzte Richtung gedrängt, über die Landstraße in eine schmale Gasse, über das Zuggleis. Der Weg wurde weicher und ruhiger, und ihm war übel zumute. Ein schwieriger Sachverhalt quälte ihn. Auf der Wiese mußte er auf Befehl gehen und stehen. Gufft schlug vom Wagen aus Zaunpfähle in den Boden, Loferer hielt sie, und zwischendurch unterhielten sie sich über Rosas Unterleib. Sie kamen zu einer Stelle, die Holl auf andere Gedanken brachte, auf einen Sommersonntagnachmittag. Der Vater hatte ihn von der Landstraße aus quer durch ein Getreidefeld geschickt, damit er ihm eine Kuh entgegentreibe, aber mitten im Getreidefeld ist Holl von den Ähren so fasziniert, daß er die Kuh und den Vater vergißt. Auf einmal hört er einen lauten Pfiff und läuft sofort durch das hohe Getreide auf die Wiese zu und sieht mit Entsetzen, daß der Vater hinterm Zaun auf ihn wartet, und er weiß plötzlich selber nicht, warum er sich so lang im Getreidefeld aufgehalten hat, warum er die Kuh und den Vater vergessen konnte. Hier habe ich die saftigsten Ohrfeigen bekommen. Ich hätte nach der ersten Ohrfeige liegenbleiben sollen. Ich bin aber immer wieder aufgestanden. Er erinnerte sich, daß er nach jedem Hinfallen sich genau überlegt hat, soll ich liegenbleiben oder soll ich aufstehen. Ich steh auf, dann gibt er vielleicht Ruh, oder wenn ich jetzt liegenbleibe, reize ich ihn, ich kenne ihn ja, er reißt mich hoch und ohrfeigt mich trotzdem, oder jetzt sind es schon vier, eine fünfte wird er mir wohl nicht mehr geben, oder ich bin neugierig, ob ich jetzt noch eine abfange. Er erinnerte sich noch, unter welchen Gemütszuständen er dann die Kuh hinter dem Vater her zur Verladerampe getrieben hatte und von dort an der Seite des Vaters den ganzen Weg schweigend nach 48 zurückgekehrt war, dann war er über die Stelle hinweg und hatte wieder den abgewetzten, zerrissenen, braunen, ledernen Diwanüberzug vor Augen. Er versuchte sich vorzustellen, wieviel Licht vom Kammerfenster aus unter den Diwan fallen könne, wie weit die Stiefmutter vom Türrahmen aus unter den Diwan sehen könne.

Endlich schlurft Moritz über die taunasse Wiese, mit Tränensäcken unter den Augen und aufgeschundenen Handrücken, Landtabak qualmend, und Holl kann weg, über Felder und Zäune, quer über das halbe Tal, gaffenden Gesichtern entgegen. Häuser. Gärten. Er sieht breite verhüllte Frauenärsche aus den Gärten ragen. Keuchend stürzt er in die Küche. Leer. Aus den Stiefeln. Zehn vor acht. Hinauf in die Kammer. Die Stiefmutter, bleich, beim Aufbetten. Sie sagt nichts. Er geht vorbei und betritt die Kinderkammer. Der alte Diwan steht unverrückt da. Unterm Diwan liegt Schatten. Neben seiner Bettstatt legt er sich auf den Boden und schaut und stellt fest, daß er nur Schatten sieht. Er wechselt schnell Hemd und Hose und verläßt acht Minuten vor acht mit der Schultasche auf dem Rücken freudig das Haus und beginnt auch schon zu laufen. Aus Haudorf hinaus. Auf die Au zu. Straußin. Schlangenhügel. Kruzifix. Vizebürgermeisterhaus. Kindergartenschwester. Schlachthaus. Metzgergasse. Arzt. Kriegerdenkmal. Pfarrhof. Garderobe, und noch nicht einmal Viertel nach. Zerzaust, außer Atem, betritt er die fünfte Klasse und hat das Gesicht voller Blicke. Er murmelt etwas, was niemand versteht, und begibt sich zurück in die letzte Bank zu Leo, dem Freund, mit dem er nicht umgehen soll, weil der ein Arbeitersohn ist, der über seine Freizeit entscheiden kann, der aber auch entscheiden kann, ob er am Sonntag in die Kirche geht oder nicht in die Kirche geht, der vor allem entscheiden kann, ob er beichtet oder nicht beichtet. Und Holl sitzt da und soll sich konzentrieren, aber es ist ihm unmöglich, ohne daß er es will, gehen die Gedanken mit ihm durch, er schaut zwar über die auf die Schulhefte gebeugten Köpfe hinweg zur Tafel und schreibt, was die Lehrerhand auf die Tafel schreibt, so gut es geht, in sein Heft, weil er weiß, daß der Lehrer Schatz von Zeit zu Zeit die Hefte einsammelt, um zu überprüfen, ob tatsächlich alles mitgeschrieben wird, was er auf die Tafel schreibt, aber mit den Gedanken ist Holl draußen, und er merkt es gar nicht. Das merkt er erst, als der Lehrer ihn aufruft ...

Das Lied der Bernadette geht um. Die Bäuerin und die Wildenhoferin lesen um die Wette. Holl kniet auf dem Boden und schichtet Brennholz in den Holzkasten. Auf dem Tisch liegt ein dickes Buch. Von einem Bauernmädchen und der Muttergottes ist die Rede. Von einem Brief, den der Papst gelesen hat. Der Felbertaler und Prosch kommen, und die Wildenhoferin geht mit dem dicken Buch aus der Küche, und Holl ist es gleichgültig, ob der Papst den Brief einmal vorlesen wird oder nicht. Er muß ins Zulehen hinauf, das Jungvieh füttern, weil Bartl in einem der Wirtshäuser sitzt und säuft. Er geht schnell den Angerweg hinaus und hofft, daß Leo mit ihm geht. Aber Leo ist nicht in der kleinen Küche, ist nicht unter den Kindern auf dem Anger. Leos Mutter vermutet ihn in der Mühle. Aber in der Mühle ist er auch nicht, und Holl weiß herunten schon, daß er oben Angst haben wird. Oben ist ein finsteres Holzhaus mit kleinen vergitterten Fenstern. Von zehn Räumen ist der kleinste notdürftig bewohnbar.

Sommerabende kommen zum Vorschein. Auf dem steilen Weg hinauf erinnert er sich an heiße verschwitzte Sommertage, die einfach nicht enden wollten, und er sieht sie wieder kommen, mit Loferer, Gufft, Neiser, Konrad, Maria, Rosa und anderen, und der Bauer wird wieder in der kleinen Kammer sitzen und Geschichten erzählen, bis es vollkommen finster ist, bis alle in ihrer Angst sitzen, wie in den Sommern zuvor, wo alle ganz eng zusammenrükken, wie im letzten Sommer, während der Bauer die Lawinengeschichte erzählte, wo Holl zwischen zwei Mägden fast erstickt wäre. Der Nachmittag geht rücksichtslos gegen ihn vor. Was der Lehrer zu seinen Heften sagen wird, ist ihm gleichgültig. Er wartet immer noch darauf, daß der Lehrer Schatz den Schwindel mit seiner Krankengeschichte aufdeckt. Hunde kläffen ihm entgegen. Er sieht Menschen mit zerfurchten Gesichtern schwere und schwerste Arbeit verrichten und denkt nach, ob er zuerst das Vieh im obersten Stall oder das herunten beim Haus füttern soll, und kommt schließlich, je näher er dem Haus kommt, zu dem Entschluß, unten anzufangen, weil er glaubt, vor dem obersten Stall am wenigsten Angst zu haben. Selbst wenn es mir herunten spät wird, denkt er, traue ich mich immer noch in den obersten Stall. Während er auf das braune verwitterte Haus zugeht, beschließt er schon, das Haus überhaupt nicht zu betreten. Es kostet ihn die größte Überwindung, sich dem Scheunentor zu nähern. Er reißt es auf, und es ist immer noch voller finsterer Winkel. Er reißt die Stalltür auf. Gebrüll. Er muß in den Stall hinein, vom Stall über eine steile Stiege hinauf in die Scheune, mit Heu hinunter in den Stall, hinauf, hinunter, hinauf, hinunter, vierzehnmal, dann das Vieh zum Brunntrog, einstreuen, das Vieh herein, anketten, dann ausmisten, dann noch eine Kuh melken. Diese Arbeitsgänge denkt er sich vor der offenen Stalltür. Dann betritt er den Stall und hat entsetzliche Angst. Während er sich Schritt für Schritt über den weich anmutenden Boden in die Finsternis vortastet, rechnet er von einem Augenblick auf den andern, daß ihn ein Mensch beobachtet, daß er an einen Menschen stößt, daß von einem Versteck aus ein Mensch nach ihm greift, und plötzlich streift er etwas, was er sofort für einen gestrickten Rock hält, und denkt augenblicklich: ein toter oder ein lebendiger Mensch in einem gestrickten Rock, und streckt die blitzschnell zurückgezogene Hand aus und hat tatsächlich einen gestrickten Rock in der Hand, einen Ärmel. Wie er dann in der Finsternis über die steile Futterstiege in die Scheune hinaufkam, wie er das Heu herunterbrachte und wie er alles andere erledigte, konnte er sich am Abend nicht mehr erinnern, er wußte nur, daß er noch nie so lange von einem Augenblick auf den andern soviel Angst ausgestanden hatte und daß er sich im untern Stall den tiefen Kratzer am rechten Handrücken zugezogen hatte, denn als er zum obersten Stall hinaufging, blutete auf einmal die Hand, aber wo und wie er sich den rechten Handrücken im unteren Stall aufgeritzt hatte, konnte er sich nicht erinnern, obwohl er sich an den gesamten Ablauf der Handgriffe im obersten Stall lückenlos erinnerte, als wäre er gerade aus dem obersten Stall getreten, was nun aber schon über eine Stunde zurückliegt. Jetzt noch einmal allein in den Abend hinaus, wäre sein Tod, nicht einmal in das Vorhaus würde er gehen, geschweige in den Stall oder hinters Haus. Er bleibt bis zum Schlafengehen neben Moritz hinterm Küchentisch sitzen und geht dann dicht hinter den Brüdern, die sich an den Kittel ihrer Mutter klammern, hinauf.

In der Nacht wird er munter und hört plötzlich lautes Seufzen und dazu ein Geräusch, daß er glaubt, jemand wird in eine Pfütze getreten. Er hat plötzlich Angst, daß etwas Ungeheures geschehen ist. Er steht auf und geht zum Türrahmen und sieht auf einmal im Halbfinstern zwei bleiche Körper aufeinanderliegen, die niemand anders sind als Vater und Stiefmutter. Er hört sie keuchen und weiß auf einmal, was sie machen. Er geht zurück und legt sich wieder ins Bett. Die Geräusche gehen weiter. Er muß jetzt pissen. Weil er weiß, daß er so nicht einschlafen darf, steht er auf und pißt wieder in den Diwan, obwohl er sich in der Früh vorgenommen hat, nicht mehr in den Diwan zu pissen.

Er wußte ja, daß es falsch war, ihn in dieser Kammer schlafen zu lassen, aber es war ihm ganz und gar unmöglich, darüber zu reden, gerade über das Peinlichste zu reden, über etwas, worüber immer gelacht und gespottet wurde, noch dazu, wo er so schnell zu einem verschwiegenen Menschen, zu einem Beobachtungsmenschen gemacht wurde. Sobald er am Abend die Schlafkammer betreten hatte, war es ihm unmöglich, diese vor dem Wecken wieder zu verlassen. Er wußte nicht, was es war, aber es kam ihm vor, als würde er mit der Schwelle zur Bauernkammer sich selbst überschreiten. Bevor er die Schwelle zur Bauernkammer übertrat, um zum Nachttopf unterm Bett der Bäuerin zu gelangen, ging er lieber in der Schlafkammer umher und suchte dringend eine unauffällige Pißstelle, was ihn dann tagsüber quälte und irritierte.
Er konnte tagsüber nirgends das Wasser abschlagen, ohne daß er an den Diwan, an den Boden unterm Diwan, den Boden unterm Bett, an die Wand hinterm Nachttisch denken mußte. Von einem Wasserabschlagen auf das andere

und zwischendurch mußte er daran denken, daß über kurz oder lang stinkende Pißflecken seine Verstecke rücksichtslos aufdecken, ihn radikal entwaffnen würden, und er ist wieder unter allen Beschissenen der erste beziehungsweise der letzte, innerlich wach-finster, nach außen hin der Idiot, der noch immer um die Züchtigung bittet und sich nach der Züchtigung bedankt, der innerlich Geohrfeigte, der aus sich hinausspringen wollte.

Der Lehrer Schatz schlug ihm die lückenhaft nachgeschriebenen Hefte um die Ohren und sperrte ihn im Klassenzimmer ein, bis er den Stoff von den drei versäumten Wochen zur Gänze nachgeschrieben hatte. Zu Hause gab's Prügel. Mit einem brennenden Hintern trat er vor dem Vater aus der Speisekammer. Seine Augen waren ein wenig feucht. Er hatte sich vorgenommen, nicht zu weinen, um den Brüdern keine Gelegenheit zur Genugtuung zu bieten, und er hatte auch tatsächlich nur während des ärgsten Schmerzes ganz kurz gewimmert, so daß er mit sich zufrieden sein konnte. Er ging die Stufen hinunter und schaute die Brüder an, als ob nichts gewesen wäre, aber dann hatte ihn die Bäuerin in den Klauen, gegen ihren Pendelblick war er machtlos. Diese stumme Quälerei war einfach entsetzlich, denn durch sie wurde ihm jedesmal seine ganze verdreckte, beschissene Existenz in ihrer gesamten Ausweglosigkeit von neuem vor Augen geführt. Ein ganz primitives Mittel. Ein Blick und die entsprechende Kopfbewegung dazu. Immer dieselbe verneinende Kopfbewegung, und in seinem Kopf herrschte für Augenblicke vollkommene Dunkelheit, etwas wie Gedankendurchfall. Ein solcher verneinender Blick, und sein Gehirn war kurzgeschlossen, innerhalb von ein paar Schritten aufgelassen. Daß er ganz nahe an ihr vorbeiging, ohne ihr ins Gesicht zu schlagen oder sie vom Stuhl zu reißen, war wahrscheinlich nur mehr instinktiv, aus einem dumpfen Überlegungsinstinkt heraus, und wegen der Tatsache, daß hinter ihm der Vater ging, aber der Gedanke an ein späteres Blutbad lag nahe. Es war Obszönität im höchsten Grad, lieber hätte er sich durch den After in einen Kuhbauch zurückgezogen oder sich bis zu den Mundwinkeln in die Abortgrube versenkt, als hier so ganz allein mit der Familie in der abendlichen Idylle zu sitzen und das Schlafengehen abzuwarten. Einen Schritt in das Vorhaus, und er hatte Ängste zu durchlaufen, war froh, unbehelligt die Bauernkammer zu betreten, trotz des penetranten Ekels, den ihm dieser Raum bereitete, sein Nachtgefängnis zu erreichen. Ein Seelenzirkus, der ihn immer mehr quälte, weil er ihm von Tag zu Tag bewußter wurde. Und dann das Abendgebet. Die Tür offen. Draußen zog sich die Bäuerin aus. Herinnen betete ihr Lieblingssohn mit Holl um die Wette.

Natürlich war jegliches Interesse, sich Schulwissen anzueignen, längst in Holl abgestumpft, aus ihm verbannt. Schatz ist in seinen Augen überflüssig geworden. Der Lehrer hatte dem Bauern die Gendarmerie nicht auf den Hals gehetzt, obwohl Holl solange in der Schule gefehlt hatte. Holl verfolgte jetzt nur mehr das Ziel, sich die Schultage nach seinem Geschmack zu gestalten. Er kam regelmäßig zu spät, dann redete er während des Unterrichts und schrieb nicht mehr mit. Er ließ sich von Schatz an den Haaren durch das ganze Klassenzimmer ziehen und lachte. Das war ja so mild, daß er es kaum spürte. Auch das An-die-Wand-Stellen empfand er nicht als Strafe, höchstens als Mißverständnis. Er nahm es als Anlaß, um von der Wand aus Witze zu machen. Schließlich kam es so weit, daß nicht nur er allein an die Wand mußte, sondern daß es mit ihm anfing und nach einer halben Stunde standen mehr an der Wand, als in den Bänken saßen, und Schatz hatte Mühe, sie auf die Bänke zurückzubringen. Ein anderer Lehrer hätte es gar nicht soweit kommen lassen, und wenn, hätte er sie dann mit dem Stock zurückgetrieben, aber Schatz hatte nicht einmal einen Stock im Klassenzimmer, er drohte nur mit dem Direktor, aber den Direktor fürchtete Holl nicht, denn er wußte, wofür der vom Bauern immer wieder Brennholz und Fleisch bekam, er wußte, daß zwischen seinen Fehlstunden und dem Brennholz für den Direktor und dem Fleisch für den Direktor ein Zusammenhang bestand. Kopfzerbrechen machten ihm nur die Noten in *Betragen* und *Fleiß*, aber für den Spaß und die Gewißheit, daß man ihm in der Schule nicht mehr ankonnte, nahm er einen Speisekammerbesuch in Kauf.

Arbeiten, das Beherrschen von Arbeitsgängen und das Lernen und Beherrschen von Arbeitsgängen und der völlige Verzicht auf sich selbst waren das Um und Auf. Dazu gehörte das Bescheidwissen, das Wissen um jedes Gerät, das Wissen um alle Aufbewahrungsorte, im Haus, in der Machkammer, in den Geräteschuppen um das Haus, auf dem Zulehen, auf den Almen, das Im-Kopf-Haben von Grundstückslagen, von Hängen, Nocken, Steinen, Pfützen, Gräben, das Im-Kopf-Haben von Viehbeständen, das Wissen um Viehverhalten, um Mensch-Vieh- und Vieh-Mensch-Verhalten. Nur indem Holl gelernt hatte, in der ärgsten Sommerhitze, Nachmittag für Nachmittag den übelsten Launen ausgesetzt, barfuß die schwierigsten Situationen zu meistern oder nicht zu meistern und dann doch zu meistern, war es ihm nun möglich, trotz Arbeit seine Welt mit etwas Licht zu beschicken. Nur indem er sich bis über die Ohren mit Arbeit überzog, konnte er sich wenigstens bei Tag vor den gröbsten Zugriffen in Sicherheit bringen. Zwar hatte es vieler blutig gestoßener Zehen, aufgerissener Ohrläppchen, brennender Wangen, Hautabschürfungen, gehirnlähmenden Geschreis und anderer Unannehmlichkeiten bedurft, bis der Bauer ihn soweit hatte, aber nun hatte Holl diese Hürden hinter sich, so daß er sich gegen die anderen *Schikanen* wenden konnte. Die Arbeit war seine Rückendeckung und Gesichtsmaske zugleich. So dachte er beispielsweise an dem Nachmittag, als er inmitten eines Auflaufs hinter dem an der Schneiderstallecke hängengebliebenen Wagen dem Bauern den Hergang zu schildern hatte, dabei an dessen Audienz beim Erzbischof. Während er dem Bauern erklärte, daß vom Backofen her in Richtung Gänseteich eine Sau zwischen ihm und den Vorderbeinen der Stute durchgerannt sei und damit die junge Stute vergrausigt habe, stellte er sich vor, wie der Bauer durch viele Räume und Hintertüren zum Erzbischof vorgelassen worden war, und während er die Gasse dann hinunterlief, um die scheu gewordene Stute einzufangen, dachte er, der Pfarrer sitzt schon wieder in der Küche. Der alte Pfarrer ist fast nie nach Haudorf gekommen, aber der neue kommt wegen jedem Scheißdreck. Was hat der Pfarrer wegen jedem Dreck nach Haudorf zu kommen? Vorgestern ist er gekommen, und heute ist er schon wieder da. Was kann ich dafür, daß die Sau übern Weg läuft, hätte die Stute halten sollen, bin doch nicht dumm, der Bauer glaubt, ich soll die Stute halten, daß es mir geht wie Siegfried, hat auch geglaubt, er kann eine scheue Stute halten, und ist untern Wagen gekommen, wäre ja mit dem Kopf gegen den Schneiderstall, nein, da laß ich aus, das sagt er nur, weil es ihm um den Wagen leid tut, daß er die Stute gehalten hätte, nie, nie hätte er die Stute gehalten, er hätte die Stute genauso ausgelassen, wie er geschaut hat und gejammert, der beste Wagen, ausgerechnet der beste Wagen, und die Bäuerin, sie muß natürlich sofort herauskommen und blöd schauen und sagen, die Sau ist ja in meinen Gänseteich, mein Gänseteich, sie hat ihn doch nicht angelegt, den hab' doch ich anlegen müssen, strafweise, weil ich dem Jörg mit der Hose aus dem Abort davon bin und die Hose in die Kalkgrube geworfen habe. Mit dem Pfarrer hat sie geredet unterm Haustor, möchte wissen, was sie da zum Pfarrer gesagt hat, möchte überhaupt wissen, was den Pfarrer das angeht, immer sagt sie, der Herr Pfarrer hat gesagt, der Herr Pfarrer sagt, wo ist denn die verfluchte Stute, wird doch nicht durchs Tor sein, wie sie die Gasse hinuntergaloppiert ist, der kann ja froh sein, daß sie sich vom Wagen losgerissen hat, sonst wäre hier der Zaun nieder, wie damals, als Moritz ein Wekker abgegangen ist, als ihn der Zweispänner um ein Haar überrollt hat, da braucht er nicht jammern um den Wagen, soll lieber seine Sauen einsperren, die andern lassen ja auch nicht ihre Sauen frei herumlaufen, nur er, er nimmt sich einfach das Recht, spielt sich auf, fährt heimlich mit dem Bauernführer nach Salzburg, ich möchte auch einmal nach Salzburg, aber nicht zum Bischof. Scheißgasse, durch diese Gasse bin ich gekommen, mit dieser Gasse hat es angefangen, durch diese Gasse bin ich davongelaufen, aber das stimmt ja nicht, mit ihm hat es ja angefangen, er ist einmal mit einer großen Schachtel voll Keks gekommen, und die Mutter hat gesagt, das ist dein Vater, und ich hab' mich so gefreut, und jetzt . . .

Als Holl in die Küche ging, um dem Bauern zu sagen, daß die Stute sich beim Durchspringen des Zauns an der Brust verletzt hatte, sah er den Bauern und die Bäuerin böse Maria anstarren, und kaum eine Stunde später hörte er von der mittleren Scheune aus die Wildenhoferin und die Straußin laut über Maria herziehen, und kurz darauf sah er die Straußin vor der Lechnerwagenhütte, und als er auf dem Anger die Pferde holte, erfuhr er, daß Maria bei der Singübung der Kindergartenschwester ins Gesicht gespuckt hatte. Da wußte er auch, welche Bewandtnis der Pfarrerbesuch gehabt hatte.

Moritz war der billigste Knecht, Maria die billigste Magd. Auf Grund der Rechtschaffenheit des Bauern war auch Maria durch einen Fürsorgebescheid auf 48 gelandet. So wie Moritz, Holl, die Kinder auf dem Lechnerhof, der eine auf dem Huberhof, wie all die anderen *Leibeigenen*, wurde auch Maria mindestens einmal im Jahr von der Fürsorgebeamtin besichtigt, aber nach dem Vorfall in der Kirche kam sie eigens wegen Maria. Holl, der gerade mit zwei Stuten vom Hengst zurückkam, mußte mit dem Fahrrad übers Tal zu der Wiese fahren, wo Maria arbeitete, um sie zu verständigen und gleichzeitig ihren Arbeitsplatz einzunehmen.
Mit verweintem Gesicht ging sie dann aus der Unterredung hervor, die in der Bauernkammer stattgefunden hatte, und half mit, das Abendessen aufzutragen, und als alle mit dem Gesicht zum Herrgottswinkel vor dem Tisch standen und der Bauer mit dem Tischgebet anfing, preßte Maria die Lippen fest aufeinander und schaute der Bäuerin, die ihr mahnende Blicke zuwarf und mit jedem Gebetsanfang lauter und zorniger wurde, gerade ins Gesicht, und Holl bewunderte sie um ihren Trotz, und gleichzeitig

hätte er sich töten können wegen all der Gebete, die er, wenn auch unter Zwang, schon gesprochen hatte. Er aß und dachte die blutigsten Flüche, wie er sie vom alten Wildenhofer immer wieder zu hören bekam und sie vom Pusterer in Erinnerung hatte und vom Ukrainer und vom Burger und vom Ungar und von anderen, und während er aß und innerlich fluchte und die anderen essen sah und hörte, dachte er, wenn Gott wirklich immer unter uns ist, wie der Herr Brunner in der Kirche und im Religionsunterricht behauptet, so muß er mich hier und jetzt hören, und ich will, daß er mich hier und jetzt hört! Hörst du! ich will, daß du mir zuhörst! hörst du! ich fluche. Nein, ich habe es mir anders überlegt. Ich rede lieber mit dir. Der Brunner behauptet, daß du nach deinem Tod auf einem Feldweg zwei Aposteln erschienen bist. Wenn das stimmt, was der Brunner behauptet, dann kannst du doch ohne weiteres morgen beim unteren Almtor auf uns warten und die erste Kalm, die zum Almtor kommt, durch den dichten Jungwald in Richtung Graben treiben und abstürzen lassen, damit endlich wieder einmal Fleisch auf den Tisch kommt. Wir arbeiten schwerstens und bekommen nur alle heiligen drei Zeiten Fleisch. Gib uns etwas von dem Fleisch, wofür wir so schwer arbeiten. Du brauchst keine Fleischvermehrung zu machen, es gibt genug in diesem Tal. Gib endlich allen Dienstboten und Taglöhnern ihr tägliches Fleisch! Ob Konrad, Gufft, Loferer und Neiser jetzt auch essen? Oder steht Loferer jetzt in der Vorhütte vor dem offenen Feuer und kocht? Um wieviel lieber würde ich jetzt oben in der Hütte sein oder drinnen auf der Alm bei Prosch und Felbertaler oder droben auf dem Zulehen bei Bartl, als hier hinterm Tisch zu sitzen und zu essen, zwischen Hartinger und ihm zu essen. Ohne Knechte fühlte Holl sich einsam. Er beschloß, nach dem Essen Leo aufzusuchen, um den bösen Gesichtern bis zum Schlafengehen zu entfliehen. Hier konnte er nichts tun für Maria. Es schmerzte ihn nur. Gott, wenn es dich gibt, tu endlich etwas. Das kannst du doch nicht wollen. Das glaub' ich einfach nicht, daß du das willst. Es dauerte eine Ewigkeit, bis der Bauer und Hartinger zu essen aufhörten. Um von Maria abzulenken, lobte der Bauer Hartingers Eßfreudigkeit, und gleichzeitig rügte er Holl und Maria, die fast nichts gegessen hatten. Holl haßte derlei Anspielungen. Maria betete wieder nicht. Holl führte die rechte Faust von der Stirn im Zickzack hinunter zur Brust und lief hinaus in den Juniabend, vorbei am Lechnerhof, wo der Bauer ihm von der Hausbank aus zulachte, hinaus in die Angergasse, aber die Vorstellung von der bis ins äußerste gehenden Widerlichkeit, der Maria in der Küche nun ausgesetzt war, ging mit ihm und verfolgte ihn auf dem Anger, wo gerade eine Brennesseljagd auf Mädchen veranstaltet wurde. Sie trieben die Mädchen zurück in die Klamm und schlugen ihnen neben dem Wasserfall die Brennesselbuschen um die nackten Beine, daß sie schrien und weinten, und Holl machte mit, ohne daß er mitmachen wollte, er lachte, aber es war ihm nicht zum Lachen zumute, aber allein auf dem Anger stehen und zusehen wollte er auch nicht, das wollte er überhaupt nicht. Er wollte unbedingt einen Anschluß finden, so fühlen und sich so bewegen wie die andern, und blieb deshalb trotz schlechten Gewissens lange bei ihnen, bis vom Anger und von ihnen nichts mehr da war, dann kehrte er zurück ins Vorhaus, in die sauber aufgeräumte Küche, wo der Bauer auf ihn wartete hinterm Tisch, mit dem üblichen zornroten Gesicht und der überflüssigen Frage: „Wo warst?!" Während Holl schon die Zähne zusammenbiß, wollte der Vater immer noch wissen, mit wem und wo Holl sich aufgehalten hatte, aber Holl schwieg, ließ sich quer durch die Küche ohrfeigen und ging in die Speisekammer und stellte mit Entsetzen fest, daß neben dem Brotlaib kein Messer lag. Nirgends ein Messer, ging es ihm durch den Kopf, und hinter sich hörte er schon das Hosenriemenabschnallen. In den Bauch wollte er ihm das Messer rennen. Es dauerte lange, mit jedem Schlag wollte er aus der Haut fahren, er zählte bis dreiundzwanzig und biß sich in die Hand, um nicht zu schreien, und schrie auch nicht, deshalb schlug der Bauer so oft auf ihn ein, so wütend, aber Holl mußte ihm zeigen, daß dieses Verfahren ausgeleiert war. Er blieb lange in die Nacht hinein wach.

Um vier wurde Holl geweckt. Die Bäuerin kam mit dem Weihwasserkessel hinters Haus und sprengte die mit Kleie, Viehsalz und Proviant bepackten Stuten. Dann zogen sie los, den Angerweg hinaus. Holl, Maria, Hartinger und der Bauer. Erst allmählich sah Holl sich in den Tag gestürzt, und ein unheimlicher Verdacht stieg in ihm auf, er begann zu begreifen, was der ganze Aufzug bedeutete. Das Gras war schon wieder so hoch. Das Tal kam ihm vor wie ein riesig großer Kerker mit einer eingebauten Foltermaschine, und er ging auf einen Hof zu, machte ein Tor auf, ging am Misthaufen vorbei, am Stall vorbei, machte ein Tor auf und ging und ging, machte ein Tor auf und ging, machte ein Tor auf und ging und ging und machte ein Tor auf und ging und ging und machte ein Tor auf und sah den Mann, den alle Mörder nannten, mit einem Eimer voll Milch aus dem Stall kommen, grüßte den Mörder, und ging ganz dicht an einem niedrigen weißen Haus mit kleinen vergitterten Fenstern vorbei und ging und dachte: Jetzt trägt der Mörder die Milch ins Haus, und seine kränkliche Frau macht ihm ein Frühstück, und da ist der Hohlweg, wo wir im Winter mit den Holzfuhren heraus sind, und da oben ist schon Liebstall, ein gemütliches Nest, wo der Bauer nie schimpft, wo die Kinder im Sommer schlafen, bis sie aufwachen, wo Milan lebt, von dem es heißt, er habe ein Verbrechen auf dem Gewissen. Von Milan sagen sie, er habe ein Verbrechen auf dem Gewissen, und vom Ukrainer sagen sie, er habe kein Verbrechen auf dem Gewissen, und von mir sagen sie, ich bin hinterlistig, und Maria nennen sie verdorben, und reden soll ich, wenn ich gefragt bin, und jetzt geh' ich, obwohl ich gar nicht gehen will, und da ist schon der Zaun, und dort ist schon das Tor, und vor dem Haus wartet schon Bartl und sagt wahrscheinlich nichts, der braucht viel Zucker, Schnaps und russischen Tee, und wenn er trinkt, redet er von Taxenbach, wo er vorher gewesen ist. Hoffentlich hat er genug Schnaps mit, damit er nicht ins Dorf hinunter muß, Schnaps fassen, und ich werde wieder auf die Alm hinaufgejagt, muß melken, ausmisten, viehsalzen, viehzählen und weiß der Teufel, was noch, hoffentlich überlebt er den Sommer, kann ja sein, daß er diesen Sommer schon stirbt im Graben, im Stall oder sogar im Bett verendet, und es vergehen Tage, bis den Hütern auf den umliegenden Almen auffällt, daß mit dem Vieh etwas nicht stimmt.

Kaum hatten sie das Vieh aus der Umzäunung hinausgetrieben, lief es auseinander und wollte grasen, jede Kuh, jede Kalm, jedes Kalb ließ sich treiben, so daß sie nur mühsam vom Stall wegkamen. Sie mußten schräg über den Hang auf das obere Tor zu, in einem vom Schneewasser zerfurchten Hohlweg, und dahinter war schon der Liebstallanger. Holl pirschte sich durch Erlengesträuch, um einen Ausbruch nach oben zu verhindern, während Maria unten durch den Lärchenwald auf den Anger zulief, Bartl ging hinten, weiter hinten der Bauer und Hartinger mit den Stuten und Fohlen. Sobald Holl den Hut des Bauern auftauchen sah, lief er aus dem Erlengebüsch hinaus, hinunter und mit Schwung ganz dicht vorm Bauern übern Weg in den Lärchenwald und vor zu Maria, wo der kugelförmige Liebstallanger schon voller Rinderköpfe war. Holl und Maria schlugen auf die Rinder ein und liefen vor ihnen auf und ab und hin und her, bis sie alle wieder auf dem Weg hatten, der waagrecht in den Fichtenwald mündete. Bartl nahm einen braunen Pfropfen aus dem Mund und schob frischen Landtabak nach und knöpfte neben Maria den Hosenschlitz auf, dann lief Holl über den weichen Waldboden zur nächsten Weggabelung vor, hinten hörte er den Bauern und Hartinger über Quellwasser reden, diese Trotteln, Maria und ich schwitzen, und die zwei Deppen gehen gemütlich hinten nach und reden über Quellwasser.

Während der Bauer und Hartinger niederknieten und ihre Hüte mit Wasser füllten und daraus tranken, zog Bartl eine Schnapsflasche aus der inneren Rocktasche. Jetzt lief Maria vor, der Weg wurde steiler und steiler, und die Sonne leuchtete, wärmte und brannte, Holl vergaß seine Bitte nicht, er hielt sich eigens weiter hinten und schaute die Rinderbäuche entlang, der erste Bauch ging durch das Almtor, der zweite, der dritte, dann gab er es auf. Jesus hatte ihnen nicht geholfen. Über Almrausch und Enzian liefen sie hin und her und trieben das Vieh hinauf und kamen völlig erschöpft zur Hütte, nahmen ihm die Ketten ab, luden die Säcke von den Stuten ab, hätte Holl es nicht gewußt, hätte er da oben glauben können, Haudorf und das Tal seien völlig ungefährlich. Bartl spuckte eine braune Brühe aus, griff in die innere Rocktasche und ging zum Scheißhaus, Maria und Holl liefen in die Hüterkammer und schauten ihm vom Fenster aus zu. Auch in der Hüterkammer gab's einen Herrgottswinkel und gleich daneben mit Grünspan überzogene Löffel und darunter eine verrußte Zuckerschachtel und eine leere Rumflasche und eine Schachtel voll mit Salbentiegeln. Daß sein Onkel von hier aus als Sechsjähriger und Siebenjähriger in die Schule gehen mußte, kam jetzt selbst Holl ungeheuerlich vor, und auf den Bänken sah er wieder den Mausdreck. Draußen war es grün und braun. Um sich bis zum Essen die Zeit zu vertreiben, lief er in den Graben und stieß plötzlich auf einen verendeten Hirsch, halb Skelett, halb Aas, mit nackter Haut überzogen, und darunter plätscherte weiß schäumendes Wasser. Der Anblick fesselte ihn. Er ging um das Skelett und sprang über das Skelett und hätte sich gerne noch länger aufgehalten, hier konnte er gehen und ständig das Gefühl haben, der Boden taumle unter seinen Füßen. Durchs Hüttendach stieg Rauch auf, die Knechte kamen der Reihe nach von oben herunter und lachten verlegen. Holl erhob sich vom Sautrog und trat hinter Konrad in die Hütte, wo der Bauer, wie zu erwarten, vom Feuer aus ihnen sagte, sie seien jetzt da, und die Knechte gingen gleich durch in die Hüterkammer und ließen sich hinterm Tisch auf die Bänke plumpsen, und während sie mit gekrümmten Rücken aßen, fing der Bauer schon an, Fragen zu stellen: Wieviel Zaunholz aufgegangen sei? Loferer mußte ihm genau sagen, wieviel Schritte die Pflöcke unten im Graben und wieviel sie zum Mallinger Kar hin auseinander seien, dabei musterte er die anderen, den Aussagen des Loferer traute er nicht, aber er verlangte immer und überall, daß alle unumschränkt allem aus seinem Munde vertrauten. Er verlangte nur Antworten, selbst auf die Frage, wo sie jetzt seien, erwartete er als Antwort, wie weit sie mit dem Zaun seien, daß sie jetzt um den Tisch herum saßen, interessierte den Bauern nicht, aber Holl erfuhr plötzlich, daß oben ein großer Schneefleck sei, weil Loferer sagte, beim großen Schneefleck seien sie. Nach dem Essen stiegen sie fluchend auf, und gegen Abend ließen sie Bartl zurück und stachen in den Wald und kamen auf dem Anger heraus, und ein paar Tage später gingen sie in großen Abständen voneinander mit dem Gesicht voran auf das erste Feld zu, Holl mitten drunter, im Motorlärm der Mähmaschine. Er ging absichtlich auf der Auspuffseite und atmete den blauen Rauch ein und stieß den Blick talaufwärts, wo er die Mutter wußte und einen Haufen Verwandte, aber seine ganze Hoffnung war jetzt der Messerantrieb und der betrunkene Schmied. Geht der Messerantrieb nicht, muß der Mäher zum Schmied, muß der Schmied gefunden werden. Loferer zog die Kupplung, betätigte einen Hebel, ließ die Kupplung aus und fuhr in das tiefe Gras, und Holl mußte einsehen, daß seine Hoffnung null und nichtig war, von einer Sekunde auf die andere mußte er einsehen, daß der Sommer da war, so weit er sehen konnte, war Sommer, das ganze Tal Sommer, und gleichzeitig mußte er zusehen, daß sich kein Gras zusammenschob, mußte neben dem Mähbalken herlaufen und aufpassen, daß sich der Rechen nicht verhängte, daß er dabei halb lief, halb ging, merkte er streckenweise gar nicht, nur daß ihm die Sonne aufsaß. Er spürte sie im Gesicht, im Nacken, vorne, hinten und in den Stiefelschäften. Er konnte die Stiefel nicht ausziehen. Er hätte sie gleich ausziehen sollen, sofort nach dem Toraufmachen, hätte sie zum Benzinkanister dazuschmeißen sollen, aber da hatte er sich noch nicht entschließen können, so plötzlich die Stiefel abzustreifen, wegen der Brennesseln entlang des Zaunes und der dicken, steifen Grasstoppeln. Jetzt bereute er es, weil er schwitzte und spürte, wie sich die Fußfetzen zusammenschoben, jetzt wäre ihm jeder Augenblick recht gewesen, aber jetzt hatte er Arbeit, daß er mitkam, mußte, neben dem Mäher herlaufend, ausharren bis zum Messerwechsel, und daß das Messer bricht, will ich, daß vor dem Messerwechsel das Messer bricht, dann kann ich aus den Stiefeln, aber am Abend oder morgen früh muß ich mit dem Messer zum Schmied. In diesem Stadium neigte er eher schon dazu, ohne viel Umschweife weiter in den Sommer hineinzugehen. Als Loferer dann endlich die Kupplung zog, den Mäher ein Stück zurückriß, den Zündschuh von der Kerze riß und den Benzinhahn zudrehte, war es plötzlich so still, daß er den Loferer atmen hörte, aber in seinem Kopf gingen das Messerrasseln und der Motorlärm weiter. Er lief über das niedergemähte Gras, über Grashaufen hinunter zum Tor, streifte die Gummistiefel ab, zog die Fußfetzen heraus und breitete sie auf das Gras, nahm ein Messer und den Benzinkanister und trug sie zum Mäher hinauf, und während Loferer das alte Messer herauszog, das geschliffene hineinschob und festschraubte, hörte er erst das Getier im Gras. Loferer warf sein Hemd weg. Holl warf das Hemd weg. Loferer wickelte den Anlaßriemen um die Startscheibe, zog, und der Lärm war wieder da und kurz darauf ein Knall, und beide wußten: das Messer ist gerissen. Nun mußte er hinunter um ein anderes Messer.

Konrad geht wahrscheinlich im Sumpf. In seinen Stiefeln möchte ich jetzt nicht gehen. Warum zieht er sie nicht aus? Sie gingen essen. Beim Stocklein vorbei. Vor ihnen das Schneiderhaus. Rechts die 48er Obstgärten und in der Mitte das Greinhaus, das Alois Stunk bewohnte, den Holl noch nie hatte reden hören, nur brummen und aus Heustadeln heraushusten. Holl ließ seinen Blick durch die Obstgärten schweifen. Neiser hielt sich dicht an Maria. Vor ihm hatte Holl eigentlich Angst. Zu allen anderen hatte er irgendeinen Zugang, wenn auch nur durch die Hintertür, aber zu Neiser nicht. Zwar kannte er das Neiserhäusl vom Vorbeifahren, aber was konnte er von einem solchen Haus aus schließen? Er sah eine Reihe von schwierigen Heustadeln vor sich und fragte sich, was wird Neiser tun, wenn ich anfahre oder zu weit weg bin oder zu weit fahre, wird er herunterspringen und zuschlagen? oder schreien? Um das Korbflechterstalleck kamen ein Lechnerfuhrwerk und der Lechner weit ausschreitend mit einem großen, weißen Schneuztuch und einem neuen Strohhut auf dem Kopf. Zu mir ist er freundlich, aber die Söhne, die ja gar nicht seine Söhne sein sollen, verdrischt er. Er grüßt. Er ist gut aufgelegt, oder grüßt er nur wegen Maria und Rosa?

Bis zum Viertelläuten mußten die Dienstboten aus dem Haus sein. Von allen Gängen betrachtete Holl den Kirchgang als den unnützesten. Er hatte auch nicht das Gefühl, daß er im Feiertagsgewand einem Feiertag entgegenschritt, sondern nur einem anderen Werktag. Von den höchsten Lehen herunter kamen Kinder und Erwachsene und gingen schweigend neben- und hintereinander auf den Friedhof zu. Holl trottete vor dem Bauern her. Hinter ihm durfte er nicht gehen, neben ihm wollte er nicht gehen, also ging er vor ihm her, und sobald sie zu dem von Holl angeblich geschändeten Kruzifix kamen, tat er, als bekreuzige er sich, und sagte dreimal Sauhund, und sobald ich kann, scheiß ich der Vizebürgermeisterin vor die Haustür. Das Grab der Großeltern mußte er besprengen und wußte nicht wofür. Irgendein fremdes, eines von den verlassenen Gräbern hätte er lieber besprengt, für das Großelterngrab empfand er nur Abneigung. Es war ihm widerlich, besonders weil der Alte da unten lag. Er hatte diesen Menschen nie gesehen, nur auf Fotografien, aber immer wieder von ihm gehört. Er ging schnell vom Grab weg zum Seiteneingang, kniebeugte sich an der Kindergartenschwester vorbei und drückte sich in einen Stuhl. Er fand es lächerlich, daß so viele Menschen dem *Getue* des Herrn Brunner zuschauten. Die ganze Aufmachung war in seinen Augen lächerlich geworden, die Verkleidung, das Gebücke und Gelispel, das Aufsingen. Links von ihm sah er Weiber, völlig in sich zusammengesunken, Rosenkränze durch ihre Finger ziehen, vorne den Brunner umblättern, hinten hörte er die Kindergartenschwester zischen, dann mußte er wieder aufstehen oder auf die Knie oder wurde in ein Gebet verwickelt. Und diese Langeweile, nirgends langweilte er sich, nur hier, eine Ewigkeit, bis der Brunner zurückkam und die Kanzel bestieg und da oben des langen und breiten sein Geschrei und Gespucke vollbrachte. Dann mußte er wieder aufstehen, weil hinten ein abgerackertes Bergbäuerl ein Gebet anfing. Dann rannten die Geldeinsammler durch, mit genagelten Schuhen über die rutschigen Platten, mußten beim Brunner vorn auf die Knie, dann aufstehen und um den sogenannten Hochaltar herum, und heraus kamen sie jeder mit einer Stange und einem Beutel dran und drangen in die Bänke vor und reckten sich, daß die Hosen- und Rocknähte krachten, und vorne wurde endlich der Wein aufgetischt und der Christuskerker aufgemacht, dann wurde es auf einmal ganz ruhig, und alle mußten auf die Knie und die Köpfe senken und sich an die Brust schlagen, dann wieder auf und mit den Ärschen auf die Bänke, dann wurden allmählich vorne die Tore zugemacht, wieder ein Gebet mit Brustschlag, dann die ewigen Kommunizierer, die vor lauter Heiligkeit die Füße nicht hoben beim Gehen, lauter Knieexistenzen, die sich am liebsten von Brunner mit der ganzen Faust hätten ins Maul fahren lassen, wie Holl es vom Viehsalzen her kannte, hinten wurde schon das Tor aufgerissen, und vorne fuchtelte der Brunner immer noch mit Brotscheiben von Zunge zu Zunge, dann sah es aus, als versagten den Kommunizierern die Beine. Sie taten, als könnten sie sich nicht erheben, als hätte jede und jeder von ihnen einen Laubkorb voll Mist auf dem Rücken. Ihre Gesichter schleiften sie hinter sich her. Dasitzen und zuschauen zu müssen und *so viel* von den Leuten zu wissen, brachte ihn jedesmal von neuem beinahe um den Verstand, als wären alle Schlechtigkeiten und Quälereien das ganze Tal auf und ab durch diesen Ort erst möglich. Niemand konnte ihm mehr vormachen, daß diese Gaukelei etwas mit Gott zu tun hatte, aber sie geschah im Namen Gottes. Er zwängte sich zwischen die Kinder und drängte auf den Seitenausgang zu und sah einen bewölkten Himmel. Das war ein kleiner Trost. Er ging schnell an der Metzgerei vorbei und schloß sich Maria und Rosa und Kindern vom Mallingberg an, aber er fühlte sich sehr einsam. Rosa und Maria machten einander Mitteilungen über den und den und wie der und der zu ihnen vor der Wandlung hinübergeschaut hatte, hin und wieder schauten sie sich um, über Holl und die Mallingbergkinder hinweg. Vor ihnen ging der *Kommunist,* ein großer, hagerer Mensch mit einem braunen Rucksack voll Salben. Die Straußin riß ihre Ziegen aus dem Stall. Der pensionierte Elektriker, den der Bauer manchmal von Holl oder Moritz holen ließ, saß vor der Lechnerbaracke. Die Kramerfamilie saß auf dem Balkon. Das Hartingerhaus hatte neue Küchenfenster bekommen. Der alte und der junge Wildenhofer gehen wenigstens nicht in die Kirche, aber die Wildenhoferin trägt der Bäuerin alles zu. Dann ging Holl plötzlich in Richtung Scheune. Ich will die Bäuerin nicht sehen, bevor es nicht sein muß. Eine Ringelnatter kroch über den Weg. Er überlegte, ob er sie dem Schneider bringen oder töten sollte? Er faßte sie am Schwanz, hob sie auf und ging mit ihr hinter die Scheune. Die Schlange wandte sich um sich selbst herum und kam höher. Er wartete, bis sie mit der Zunge seinen Zeigefinger berührte und ließ sie fallen und zerquetschte ihr mit einem Stein den Kopf. Wieder um eine weniger, dachte er, und ging. Im Stall hörte er eine Schaufel. Moritz mistet aus. Er ging zwischen Machkammer und Gänsestall durch, sah den Korbflechterstall, das Tor und den Garten. So nahe neben 48, nie fällt da drüben ein schiefes Wort, nie wird da drüben ein Kind verprügelt. Er zog sich schnell um und ging wieder durch die Hinterhaustür am Abort und der Rampe vorbei. Sechs Tage sollst du arbeiten, und am siebten sollst du ruhen. Mit diesem Satz hatte er am vergangenen Sonntag Loferer zum Lachen gebracht und die anderen zu einem schmerzhaften Schmunzeln, und nun dachte er, sechs Tage sollst du arbeiten, und am siebten weiß man es nicht. Auf dem großen Feld lag viel Gras. Auf der Höhe des hintersten Stubenfensters, des sogenannten Waschschüsselfensters, blieb er stehen und schaute zum Gänseteich. Beim nächsten Streit mit den Brüdern muß ich ihn wieder ausschöpfen. Zu ihnen sagt die Stiefmutter, sie sollen schauen, daß sie weiterkommen, und zu mir: Und du gehst und schöpfst den Gänseteich aus. Vom Lechner herunter kam die Stocklein, die älteste Lechnertochter. Sie hatte er im vergangenen Winter über ein Dutzend Schritte lang für den Teufel gehalten. Seitdem mußte er jedesmal, wenn er sie sah, daran denken, daß er an jenem Morgen geglaubt hatte, das ist niemand anderer als der Teufel, wie sich zwischen Mauererhaus und Milchrampe etwas Dunkles aus dem beißenden Nebel ihm entgegenschob, und im nächsten Augenblick, wenn es der Teufel ist, hat es keinen Sinn, davonzulaufen, und im nächsten Augenblick, wann habe ich das letztemal *gültig* gebeichtet? Und so fuhr er mit dem Milchschlitten auf die zottige Gestalt los. Dann war er sehr froh. Und jetzt schämte er sich. Die Stocklein lächelte ihm wehmütig zu. An das Beichten wollte er nicht gedacht haben, und der Teufel kam ihm gar nicht mehr so schrecklich vor, im Gegenteil, Gott hielt er nun eher für den, den er sich früher als Teufel vorgestellt hatte. Gott war ja der Schreckliche. Wenn er sich weh tat, hieß es nicht: „Jetzt hat dich der Teufel gestraft!“ sondern: „Jetzt hat dich der Himmelvater gestraft!“ Der Himmelvater war das Ungeheuer, das anscheinend überall lauerte. Der Himmelvater war der grausamste von allen Göttern, wogegen das Jesukindlein völlig harmlos war. Es zählte für ihn gar nicht, weil die Leute dem Jesukindlein keine Macht zukommen ließen. Gegen das Jesukindlein hatte er auch nichts, aber gegen Gott, den Schöpfer Himmels und der Erden. Ihn hielt er für einen, dem es Spaß macht, daß Menschen gequält werden. Er war für ihn der, der mit den Menschen spielt. Für Holl war das Leben schon Strafe genug, wozu dann noch einmal eigens von ihm gerichtet und bestraft werden? Dieser Gott war für Holl nichts als eine abscheuliche Anmaßung. Deswegen gefiel ihm der alte Wildenhofer, weil der fluchen konnte wie kein anderer in Haudorf, und Holl beschloß, als er vors Haus hinunterging, Fluchen hinkünftig auf den Beichtspiegel zu setzen.

Mit dem Schutzengel wollte er eigentlich schon in Neukirchen, als er noch bei der Mutter war, nichts mehr zu tun haben, aber die Leute hörten nicht auf mit ihrem, er habe halt so einen guten Schutzengel. Sie zählten ihm auf, wo er überall hätte tot sein können. Zum Beispiel: „Auf dem Zulehen beim Heuaufseilen hättest du tot sein können, ohne Schutzengel wärst du jetzt tot", aber in Wirklichkeit hatte sich ein Knecht, als Holl mit einem beschienten Schlitten über den Bruchharscht hinunter auf einen Ahorn zusauste, dem wildgewordenen Gefährt entgegengeworfen. Er selber hatte nur gedacht, jetzt ist es aus, und als er unterm Schlitten hervorkroch, war er gar nicht so froh, wie es sich die Zuschauenden erwartet hatten. Er bedankte sich auch mit keinem Wort. Nur peinlich war es ihm, weil der Knecht es gut gemeint hatte und er nicht wußte, wie er dem Knecht beibringen sollte, daß er ihm keinen großen Dienst erwiesen hatte. Er wollte den Knecht nicht beleidigen, aber am Abend mit dem Rücken auf der Gummimatte dem Schutzengel mit Extragebeten für seine Rettung danken, das wollte er überhaupt nicht.

Besonders langweilig fand Holl die Umzüge. Drei Umzüge, unter der Aufsicht der Kindergartenschwester, betend hinaus zu dem angeblich von ihm geschändeten Kreuz, mit Himmelträgern, schwitzenden Fahnenträgern und Frauträgerinnen und Vorbeter und Vorbeterinnen und Chor. Vor dem Kreuz ein von der Vizebürgermeisterin hergerichteter Notaltar. Von dort herein bis kurz vor die untere Dorfbrücke. Von dort bis zum Posten und dann endlich wieder zurück ins Gotteshaus, und dann wurde erst der Umzug des langen und breiten bis in die kleinsten Einzelheiten besprochen. Daß einer mit der Fahne an der Lichtleitung angekommen ist. Welcher Bauer besitzt die schwerste Fahne? Daß der und der sich nicht ganz niedergekniet hat. Daß der Kooperator mit seinem Dirigieren aufhören soll. Wer ist der stärkste Fahnenträger? Hat die den angeschaut? Dort hätte es schneller gehen können. Der ist schlecht geworden, und die ist dick ...

Dann der umstrittene Umzug eigens für die Haudorfer oder besser gesagt für die Grundbesitzer links und rechts des Mallingbaches mit der 48er Fahne, einem Kreuzträger an der Spitze, vier Himmelträgern und vier Frauträgerinnen. Schon Tage vorher wurden auf dem großen Feld während der Arbeitspausen und nach dem Abendessen vor dem Haus und in der Küche kürzere und längere Geschichten über den Lechner erzählt, die längeren am Feierabend, die kürzeren, zum Beispiel die Zitzenabtretgeschichte, die Sautreibgeschichte, die Füllenabstechgeschichte, auf dem Feld. Mit irgendeinem Satz, den Lechner, den Lechnerhof oder die Lechnerhäuser betreffend, konnte der Bauer auf eine Geschichte kommen und hatte sofort die dankbarsten Zuhörer, die obendrein auch noch lachten und mit lachenden Gesichtern an die Arbeit gingen. Hartinger sprach sogar im Anschluß an die Zitzenabtretgeschichte davon, daß diese und die Füllenabstechgeschichte sich als Ausschmückung in ein Theaterstück einbauen ließen, um diesem Viehschinder, wie er sich ausdrückte, endlich das Handwerk zu legen. Er hütete sich, in Anwesenheit des Bauern, Lechner einen *Leut-*

schinder zu nennen. Holl wollte *Leutschinder* hören, aber Hartinger sagte nur *Viehschinder*, obwohl Lechner mehr Leutschinder als Viehschinder war. Das ging allein aus der Sautreibgeschichte hervor, die nur durch den Zufall entstanden war, daß der Lechner eines Tages aus einem unbekannten Grund *allein* auf die Alm hinaufgegangen war und oben sich plötzlich entschlossen hatte, zwei Sauen hinunterzutreiben, oder besser, sich in den Kopf gesetzt hatte, er sei imstande, zwei Sauen hinunterzutreiben. Aber er soll tatsächlich schon oben die größten Schwierigkeiten gehabt haben, die beiden Sauen mit Hilfe der Sennerin von den anderen Sauen zu trennen. Nach langem Hin- und Herhetzen seien sie dann doch von der Hütte weggekommen, und vom Almtor an soll er allein, weil die Sennerin zurück mußte melken, die Sauen weitergetrieben haben. Aber die Sauen sollen dann immer wieder in den Jungwald ausgerissen sein, so daß er kurz ober Malling der einen und ein Stück weiter drunten der anderen das Kreuz mit einem Schleifholzprügel abgeschlagen hat. So stellte sich Holl den Hergang vor. Der Bauer schilderte ihn natürlich etwas ausführlicher, mit genauen Angaben, wo der Lechner den Sauen in den Jungwald nach mußte, mit Hutabstreifen im Jungwald und mit Anspielungen, daß zwischen Lechner und der Sennerin etwas gewesen sei, auch das wollte Hartinger in einem Theaterstück unterbringen. Aber Holl stellte sich die Geschichte noch anders vor. Die Sautreibgeschichte war für ihn ja eine Leutschindergeschichte, denn die Söhne mußten sonst immer die Sauen treiben und sie auch unbeschädigt ans Ziel bringen, aber sprachgewaltig, wie der Bauer war, rückte er natürlich den Lechner hin, wo er ihn haben wollte: Lechner, der Lächerliche, der nichts unternimmt, ohne sich dabei lächerlich zu machen.

Holl lag die Zaunsteckengeschichte auf der Zunge, wie der Lechner mit dem Zaunstecken auf Xander losgegangen war, statt dessen erzählte der Bauer, wie der Lechner mit ein paar Sozis in der Küche Schnaps getrunken und dabei jedesmal sein Schnapsglas umgestoßen hatte. Dann schimpfe er immer mit der Bäuerin, mache die Bäuerin für das Umstoßen verantwortlich, er lasse die Bäuerin aufwischen und verjage sie sofort, und er rede mit den Sozis und stoße wieder das Schnapsglas um. Auch diese Geschichte erzählte der Bauer ausführlicher, gebrauchte Sätze, mit denen der Lechner öffentlich aufzutreten pflegte, und machte auf dem Brett, das Loferer, während Neiser und Konrad noch mit dem Fuderabladen beschäftigt waren, auf zwei Steine gelegt hatte, mit einer übrigen Kaffeeschale das Schnapsglasumstoßen nach, indem er die Kaffeeschale mit dem Arm vom Brett wischte und „Luz! aufwischen!“ schrie, dabei schaute er Lotte an, eine Tagwerkerin, die mit einem Maul voll sacharingesüßtem Feigenkaffee neben Konrad vor Lachen auf- und niederging, die überhaupt jede Äußerung des Bauern furchtbar lustig fand. Holl hörte halb hin und halb um das Stadeleck zum Nachbarfeld hinüber, wo schon seit Jahren mit zwei Stuten und einem Traktor geheut wurde, wohingegen man auf 48 immer noch mit zwei Stuten und ohne Traktor und immer mit zu wenig Dienstboten werkte.
Obwohl er die Stuten vor dem Einspannen am Bauch, auf dem Rücken, an der Brust und am Hals mit dem stinkenden Bremsenöl angestrichen hatte, mußte er immer noch alle Bittfüruns mit Haselnußruten an der stampfenden Stute herumwedeln und an sich selbst von der Lederhose abwärts auch. Einen Schritt aus dem Stadelschatten, und die Hitze war wieder da, und die Hetze. Moritz, der wie eine angelehnte Leiche mit seinem Aluminiumhaferl ab-

seits von allen und allem an der Stadelwand klebte, steckte die Pfeife in die rechte äußere Lodenrocktasche und raffte sich mit Hilfe seines Hakelsteckens auf, während der Bauer schon die Stute losband und, Moritz anschauend, „weiter! weiter!" kommandierte. Lotte, vom Bauern wegen seiner Vorliebe für gereimtes Sprechen oft die flotte Lotte genannt, ging kichernd vor Maria und Rosa zum Ziehrechen, und die Bäuerin schaute ihr nach und sagte zum Bauern, während Konrad in den Stadel kletterte, wenn nur alle so ein heiteres Wesen wie die Lotte hätten, und fuhr fort, Schalen, Messer, Butter und Brot in den Essentragkorb zu räumen, und zu Holl: „Mach kein so böses Gesicht! Du wirst schon nicht sterben!", und er konnte nichts machen, weil der Bauer so nahe neben ihm stand, nur Gott konnte er verfluchen, nach allem, was er von Brunner über das Tun und Lassen Jesu Christi gehört hatte, kam ihm dieser vor wie die Sommerfrischler, die die Gasse herunter- oder hinaufspazierten und manchmal stehenblieben und über den Zaun zuschauten. Moritz wurde mit jeder Fuhre, mit der er in Richtung Stadel abkommandiert wurde, niedriger, schob Knie und Oberkörper immer weiter nach vorn und stellte sich taub, wenn der Bauer, der jeden Stengel Heu sorgfältig bewachte, von irgendwoher plötzlich aus Leibeskräften schrie, weil Moritz mit dem Wagen über das schöne dürre Heu fuhr. Holl zuckte bei diesen Schreien jedesmal zusammen und glaubte für Sekunden, er sei wieder sechs oder sieben, weil ihn früher tagtäglich eine Menge solcher Schreie mit anschließendem Abfotzen betroffen hatte. Ein entsetzlicher Reflex, der sofort für Augenblicke eine Gehirnlähmung bewirkte und ihn gleichzeitig sein Elend wahrnehmen ließ. Ein Schrei aus dem Munde des Bauern, und er war noch immer wie aufgespießt, und kaum war dieser Zustand weg, war der Kopf voller Mordgedanken, immer wieder, ich bring ihn um, eines Tages bring ich ihn um ...

Daß der Lechner mit seiner Frau nun schon seit Jahren eine Josephsehe führte, war ja eigentlich seit Holls Gedenken immer schon Küchengespräch, aber in Anbetracht des bevorstehenden Umzugs nach Haudorf und bei Lechners eingefleischter Kirchenfeindlichkeit einerseits und des jüngst von Brunner ungeschickt eingefädelten Pfarrköchinaustausches andrerseits wurde Lechners Josephsehe wieder von neuem zum Gesprächsstoff, zumal der Lechner noch am selben Nachmittag, als Brunner die alte Köchin durch die plötzliche Einsiedlung der neuen mit Kasten und Kind, aus dem Haus verdrängt hatte, die im Dorf Quartier Suchende aufgefangen und sie zum pensionierten Professor ins Zickhäusl gesteckt hatte. Es wurden der Reihe nach Lechners Kinder aufgezählt und die Mütter dazu genannt und Betrachtungen angestellt, welches von den Kindern ihm wie aus dem Gesicht geschnitten und welche ihm nur zugeschrieben seien, um sie an ihn abzuschieben. Neben Holl sagte die Bäuerin, daß der Lechner jedes Kind vor der Zeller Fürsorgebeamtin sofort als das seine anerkannt habe, obwohl bei dem und dem ein Vaterschaftsprozeß offen auf der Hand lag. Und im nächsten Satz: Kinder seien Kinder, ein Bauer könne Gott sei Dank etwas mit ihnen anfangen, was natürlich eine Anspielung auf die vom Bauern oft *frei herumlaufende Fratzen* genannten Dorfkinder war. Sie sagte nicht, daß der Lechner auch jedes Kind sofort adoptieren ließ. Dafür nannte sie die Orte: Stall, Strohschuppen, Heustock und mit Vorliebe Wagenhütte. Strohschuppen ärgerte Holl, weil Loferer manchmal sagte, der Bauer habe ihn in einem Strohschuppen gemacht. Und die Bäuerin fuhr fort: Stube, und nannte die Namen der Mägde, darunter zwei, die sich Lechner gegen je eine Kredenz mehrere Male im Winter von 48 in die Stube hinaufbestellt haben sollte. Die Bäuerin habe sie *hintausteufeln* sehen, und der Ukrainer sei kurz darauf von der Angergasse herunter in die Stube gekommen und habe gesagt, der Lechner ziehe schon wieder die Vorhänge zu, worauf sie, um sicherzugehen, eigens in den zweiten Stock hinauf sei und an die Dirnenkammertür geklopft habe, da sich nichts rührte, habe sie wieder geklopft, wieder nichts. Darauf sei sie dann einfach in die Kammer und habe auch schon gewußt, beim Lechner sitzen alle in der Küche, der Lechner habe wieder alle von der Stube in die Küche hinübergetrieben, und die beiden Mägde lasse er nackt auf dem Stubentisch tanzen, und die Lechnerin, *die gute Haut,* sitze in der Küche. Sie habe am nächsten Tag die zwei beim Frühstückmachen gepackt, wo sie denn am Abend gewesen seien, daraufhin hätten sie ihr geantwortet, auf dem Abort, und sie habe sofort gewußt, daß ihnen so eine *blöde Antwort* nur der Lechner mitgegeben haben konnte. Es sei ihr aber zu dumm gewesen, hinaufzugehen und die Lechnerin zu fragen, und sie habe sich gedacht, bei der nächsten Frühmesse bekomme sie es heraus, und habe es auch auf dem Frühmeßheimweg herausbekommen, und da habe ihr auch die Lechnerin erzählt, daß er an solchen Abenden entweder von vornherein niemanden in die Stube lasse oder seine Frau und die Kinder mit dem Stecken in die Küche hinüberkommandiere. Aber die Lechnerin sei eben eine *gute Haut* und trage ihm nichts nach. Nicht einmal das Eiergeld lasse ihr der Lechner, wußte die Bäuerin weiter zu berichten. Die Lechnerin müsse jeden Groschen von dem Geld, das sie von den

Milchkundschaften und den Eierkundschaften einhebe, bei ihm sofort abliefern, und er finanziere damit seine Ausschweifungen, lasse diesen *Tranginnen* von ihren Einnahmen – darunter auch das Geld vom Schnapsverkauf – Kredenzen und dreiteilige Schlafzimmerkästen zukommen. Auch der Lechnerin sei es zuwider, daß die ehemalige Pfarrköchin im Zickhäusl untergebracht sei, daß diese Unfriedenstifterin nun allabendlich vom Zickhäusl herüber mit der Milchflasche ins Haus komme, aber die gute Haut bringe es nicht übers Herz, der ehemaligen Pfarrköchin keine Milch einzuschenken, sondern schenke übers Maß ein, weil sie ja nie wisse, wann er gerade vom Stall heraufkomme. Die *gute Haut* unterstehe sich einfach nicht, der Pfarrköchin etwas anmerken zu lassen, denn sie wisse ja nie, wann dieses *Saumandl* zur Tür herein komme, der sei ja imstande, der Lechnerin neben den Milchkundschaften die Milchflasche aus der Hand zu reißen und ihr neben den Milchkundschaften eine herunterzuhauen. Der einzige Ort, wo er ihr nichts tun könne, sei die Kirche, aber selbst da habe sie keine Ruhe. Stuhl hat sie keinen. Einen Lechnerstuhl gibt es nicht, sich in den 48er Stuhl setzen, habe ihr der unliebe Kerl verboten. Sie, die Bäuerin, habe die Lechnerin ein paarmal nach der Frühmesse angesprochen, sie solle sich doch in den 48er Stuhl setzen, aber das traue sie sich nicht, schon wegen der Ratschweiber nicht, und letzten Endes lasse es wahrscheinlich auch ihr Stolz nicht zu. Jetzt müsse die Lechnerin sich als Bäuerin irgendwo dazusetzen. In die Frühmesse lasse er sie auch erst, wenn die Milch verpackt sei, vorher komme sie ihm nicht aus dem Haus. Und er gehe an Feiertagen eigens später in den Stall, damit sie ja zu spät in die Frühmesse komme und sie womöglich nur mehr den letzten Zipfel erwische, wie es bei ihr oft der Fall sei.

Die Lechnerin mache sich dann auf dem Heimweg Vorwürfe, daß der Herrgott bei ihr ständig den kürzeren ziehe. Ihre einzige Hoffnung sei dann nur mehr das Gebet. Sobald er aus dem Hause sei, bete die Lechnerin für ihn und für die Kinder, damit nicht auch noch diese ihm nachgeraten. Beim Aufbetten und beim Kochen bete sie, der Herrgott möge ihren Mann, wenn's bei ihm einmal soweit ist, nicht zu hart bestrafen, bei ihm ein Aug' zudrücken und auch bei ihr ein Aug' zudrücken. Über seine Geschäftsgänge wisse die *gute Haut* überhaupt nichts. Vom Schneiderhauskauf, der sowohl vom Bauern als auch von der Bäuerin gelegentlich bald *dreckig*, bald *hinterlistig* genannt wurde, wußte die *gute Haut* so gut wie nichts, obwohl er schon lange vorher mit dem Gedanken, das *lumpige* Schneiderhaus eines Tages an sich zu reißen, tagein, tagaus durch sein Haus gegangen sein mußte. Hintenherum mußte sie, seine Frau, es erfahren. Es sei nur gut, daß er sich bei diesem schändlichen Hauskauf ordentlich in den Finger geschnitten habe. Er gebe es nur nicht zu. Immer wenn ihm etwas nicht aufgeht, gebe er es nicht zu. Obwohl sich nach dem Schneiderhauskauf sofort herumgesprochen habe, daß das Schneiderhaus unter Mieterschutz stehe, habe er den gutgelaunten Lechner gespielt, sei absichtlich oft am Tag fünfzigmal zum Schneiderhaus hinunter und mit den Händen auf dem Rücken an 48 vorbei, aber sie, die Bäuerin, habe ihn sofort durchschaut, sei in die Holzhütte hinauf und habe durch einen Spalt hinausgespäht und gesehen, daß er auf einmal den Hut ganz schief auf hatte und mit den Händen um sich schlug. Nur der Lechnerin wegen habe sie die Holzhüttentür nicht aufgestoßen, aber *angewiegen* hätte es sie, ihn, den Falschen, mitten auf dem Weg bloßzustellen, ihm mitten auf dem Weg den Trumpf aus der Hand zu reißen. Daß er nach dem schändlichen Schneiderhauskauf seine Frau hinter den Herd gestoßen habe, sei ja schon Beweis genug, daß er bei diesem Kauf von den Feichtnerbrüdern überrumpelt worden sei. Die Feichtner hätten sich wahrscheinlich vorher zusammengeschrieben, sonst wäre es diesen Halunken nicht gelungen, den Lechner zu überzuckern. Zuerst bieten sie uns noch brieflich die Vorhand an. Dann kommen sie plötzlich mitten in der Nacht daher. Der eine übern Tauern. Der andere gar aus der Schweiz. Und wollen sofort Zweihunderttausend auf die Hand. Das ist der Dank, daß wir ihnen in der Arbeitslosenzeit Unterstand gewährt haben. In den dreißiger Jahren hätten sie sich so etwas nicht erlauben können. Aber das war auch noch eine bessere Zeit. Trotz der Arbeitslosen hat jeder zu essen bekommen. All die vielen *Handwerkszipfe* haben Krapfen bekommen, und zum Übernachten habe es selbst für den Mürrischsten irgendwo im Stall ein Platzerl gegeben. Keiner habe die Nacht im Freien verbringen müssen. Selbst nach dem Krieg sei es oft noch so gewesen, daß sie das Melkgeschirr auf der Vorhausbank zusammenrücken mußten, weil so viele Handwerkszipfe draußen saßen. Heute kommen ja nur mehr Bettler, und die werden weniger. Aber die Zeit komme wieder, wo's dem Herrgott zu dumm wird. Dann werfe er das Hungertuch herunter. Und die Leute wissen wieder wohin mit den Händen. Sie hätte sich das von den Feichtnerbrüdern nicht einmal träumen lassen. So armselige Buberln, die vor 48 immer unter fremden Leuten *umakugeln* mußten. Das Wort *umakugeln* erinnerte Holl immer an den Stiefvater, der oft sagte, er habe sein junges Leben auf den Bauernhöfen verkugelt. Immer wieder sagte die Bäuerin, sie erinnere sich ganz genau, oder sie sehe die zwei Feichtnerbuben vor sich, wie sie sich kaum in das Vorhaus getraut hätten, und sie sei ihnen entgegengegangen und habe ihnen gesagt, sie sollten nur kommen, sie brauchten keine Angst zu haben, hier würden sie schon nicht aufgefressen. Und sie sei sofort in die Speis und habe Brot und Schmalz herausgeholt und habe sie immer wieder aufgefordert, sie sollten abschneiden, damit sie zu Kräften kämen. Ein Mensch mit leerem Magen sei einfach kein Mensch. Abschneiden und Schmalz aufstreichen, habe sie zu ihnen gesagt. Und Anna, tröste sie der liebe Gott, sei sofort in die Männerkammer hinauf und habe die Strohsäcke überzogen. Und der Bauer sei am nächsten Tag in aller Früh eigens ihretwegen zum Tandler nach Zell und habe für sie was ausgesucht, sonst wären sie uns beim nächsten Sauwetter erfroren, hatten ja nichts zum Anziehen. Aber gedacht hätten sie und der Bauer sich das ja gleich. Sobald der Ältere sich heimlich vom Lechner zum Schnapstrinken einladen ließ, hätten sie es vorausgesehen. Sie hätten dem dann einfach zugeschaut. Man könne schließlich einen Menschen nicht zwingen, daß er das Gute will. Und dann hätten die Brüder durch einen puren Zufall die Erbschaft gemacht und seien über Nacht wie ausgewechselt gewesen. Da sei der Bäuerin dann auf einmal das Licht aufgegangen, wie schlecht Menschen durch Erbschaften werden können. Der Ältere habe sofort freche Antworten gegeben und habe den Jüngeren verzogen. Vor der Erbschaft hätten sie und der Bauer immer ein halbwegs gutes Verhältnis zu den Feichtnerbuben gehabt, hätten sich einmal sogar herabgelassen, mit ihnen und Moritz in der Stube Blinde Kuh zu spielen, aber zurückgeblieben sei nichts als Undank. Wenigstens warten hätten sie können, bis es Tag wird. Man kauft doch nicht mitten in der Nacht ein Haus, nur wenn zwei solche sich einbilden, es *verscheppern* zu müssen.

Das könne nur einer wie der Lechner, dem nichts zu schmutzig ist. Aber es gibt eine Gerechtigkeit. Der Lechner könne Häuser zusammenkaufen, soviel er wolle, und sie von oben bis unten mit Ungläubigen füllen, dem Jüngsten Gericht entkomme auch er nicht.

Der Lechner trage keine geflickten Hosen. Auch dieser Satz, der bald gegen ihn gerichtet war, bald für ihn sprach, wurde häufig sowohl vom Bauern als auch von der Bäuerin gebraucht, um schnell eine Geschichte über ihn zu erzählen.

Da Moritz die Beine schon nicht mehr heben konnte und jeden Augenblick vornüber auf den weichen Talboden zu klappen drohte, entschloß sich Holl vom Stadel aus, sofort nach dem Ausspannen und Tränken der Stuten diese abzuschirren und auf den Anger zu bringen; sie einfach von sich aus auf den Anger zu bringen und nicht wie früher abzuwarten, ob es ihn oder Moritz erwische. Die Sonne war längst untergegangen, die Bremsen hatten sich gesättigt und zu den Stauden und Bäumen zurückgezogen, und die Mücken waren gekommen und konnten sich getrost auf die durstigen, verschwitzten und müden Pferde stürzen. Es kitzelte sie nur. Neiser warf noch eine Fuhre in den Stadel, und Konrad räumte sie nach hinten unters Dach. Von ihm war vor lauter Heu nichts zu sehen. Der Bauer kam vom zuletzt vollgeheuten Stadel herüber, den Strohhut etwas nach hinten gerückt, seinen Rechen und eine Gabel auf der Schulter, am Hosenriemen ein großes Schweißtuch befestigt. Bis auf Moritz waren wieder alle ansprechbar, wenn auch außer der flotten Lotte und dem Bauern niemand etwas sagte, so hätte Holl doch gewußt, wie sie der Reihe nach anzusprechen gewesen wären.

Er hätte zum Loferer sagen können, der Bauer schleiche schon wieder von Stadel zu Stadel und finde hinter den anderen immer noch Heu, oder zu Moritz, er habe auf dem Rücken einen großen Schweißfleck, oder zu Neiser, das war ein langer Samstag, aber das sahen und wußten ja alle. Zeitlassen. Zeitlassen. Nicht so schnell. Der da drin ersticke ja, rief der Bauer Neiser zu. Er wolle nicht, daß es später einmal heiße, auf 48 seien jeden Sommer ein paar *Stadler* erstickt, weil die *Werfer* nicht zum Halten waren. Barfuß in seinen alten Feiertagsschuhen ging sich der Bauer leicht, als würde er jeden Augenblick die Hose hinaufkrempeln und allen zum Trotz vor dem Stadel einen Schuhplattler hinlegen. Sie sollten es gut sein lassen, rief er zum Zaun hinüber, wo Loferer und Gufft die letzten Patzen auf das zum Heimführen bestimmte Fuder stemmten. „Aufhören! Aufhören! Die Bäuerin schimpft schon, daß wir nicht daherkommen!" Und auf das peinliche Gelächter der Lotte: „Lotte, du Flotte, komm her einen tanzen!" Und als Konrad mit von Schweiß und Heublumen verklebtem Gesicht in der Stadellauch auftauchte, forderte ihn der Bauer auf, einen Jodler in den Abend zu schmettern, einen Jodler für die Lotte, und sie verliere noch auf dem Heimweg den Kopf.

Die Bäuerin kam von der Frühmesse und weckte Holl. Er müsse noch vor dem Kirchengehen mit Maria den zirbenen Tisch aus der Schönkammer zum Kreuz auf den Anger bringen. Aber nicht durch die Angergasse, sondern unten hinüber und durch den 48er Heimkuhanger hinauf. Denn es sei ein geweihter Tisch. Der komme ihr nicht am Lechnerhof vorbei. Sie luden den Tisch auf den Milchkarren und Tücher, geweihte Kerzen, ein Hinstellkruzifix, den mit Samt überzogenen Roßhaarschemel, die Kitzbühler Blumenvase und die schönsten Blumen aus dem Kuchlgarten, die die Bäuerin während des Aufladens aussuchte, obendrauf. Rosa bekam den Auftrag, sobald Moritz vom Heimkuhaustreiben zurück sei, ihn mit einer Waschung zu überlisten. Sie solle sich jetzt schon ein Schaff voll warmes Wasser, Seife, Reisbürste und Handtuch herrichten, damit er ihr nicht im letzten Moment durchgehe. Der sei ja imstande, ihr aus dem Schaff heraus durchzugehen. Sein Umgehgewand habe die Bäuerin schon zusammengerichtet und in der Hüterkammer auf den Felbertalerkasten gelegt. Am leichtesten bringe Rosa ihn in die Waschküche, indem sie mit ihm einen leeren Brennbanzen hineintrage und dann sofort zumache, den Schlüssel umdrehe und abziehe, und beim Ausziehen solle sie zuerst die Hose und die Stiefel nehmen, dann erst Rock, Hemd und Hut. Das Wichtigste sei der Hosenriemen, ist der offen, falle die Hose von selbst. Holl zog, Maria schob, und die Bäuerin ging hintennach. Den Milchkarren mußten sie in der Angerau verstecken. Die Bäuerin blieb auf dem Anger, um mit der Müllerin den Altar herzurichten. Als Holl und Maria die Küche betraten, saß Moritz bereits gewaschen und umgezogen auf seinem Platz hinterm Küchentisch vor einer vollen Schale Milch mit Brotbrocken drin. Rosa schob sie ihm hin, und er schob sie weg. Das machte er, bis der Bauer das Rasiermesser weglegte und ihm zu verstehen gab, er habe die Milch zu trinken.

Das ganze Gehabe des Bauern erinnerte Holl plötzlich an den Weißen Sonntag, und er sah neben dem Bauern, der wieder zum Spiegel ging und sich weiterrasierte, den Bauern, wie er den ‚Rupertiboten' weggeschmissen hatte, und hörte ihn wieder: „Was, nicht beichten!?" schreien und auf sich zukommen. Rosa zwinkerte ihm und Maria zu. Hinterm Abort erfuhren sie dann von ihr, daß der Bauer mit Neiser furchtbar geschrien habe. Sie hatte den Moritz schon ausgezogen, da gehe im Haus das Geschrei los. Sie habe im ersten Moment gedacht, er, Holl, habe sich beim Tischziehen eine Dummheit erlaubt. Sie sei sofort mit dem Moritzgewand zur Hinterhaustür und habe durch das Loch Neiser aus der Stube herauskommen sehen und hinter ihm den Bauern. Der Bauer soll mehrere Male geschrien haben: „In die Kammer! So gehst du mir nicht aus dem Haus! Hinauf in die Kammer", aber Neiser sei vornaus und der Bauer ihm nach. Dann habe sie durch die Hollerstaude gesehen, wie Neiser auf das Stalleck zugegangen sei. Dann habe ihm der Bauer noch um das Stalleck nachgeschrien, Fahnentragen sei her und her Werferarbeit gewesen, und sei ins Haus zurück. Sie habe dann Moritz hinuntergewaschen, und als sie wieder in die Küche gekommen sei, habe sich der Bauer das Rasierwasser hergerichtet und sich weiter nichts anmerken lassen. Und die andern, wo denn die andern seien, fragte Holl. Die andern seien schon außer Haus gewesen. Neiser trägt also die Fahne nicht, dachte er und lief in die Kammer hinauf, um sich umzuziehen. Einerseits freute er sich, andrerseits war er traurig, weil er wußte, daß nun Loferer oder Gufft die Fahne tragen würden, und der Umzug würde wieder nicht ins Wasser fallen. Seine einzige Hoffnung war noch, daß der Lechner wieder das untere Lechnerheimkuhangertor den Himmelträgern vor der Nase zunageln ließ, aber dort stand diesmal die Straußin Posten. Keine Wolke war zu sehen, als er mit dem Bauern, Moritz, Rosa, Maria und den Brüdern das Haus verließ. Nach seinen Vorstellungen hätte sich vom Paß Thurn her ein Gewitter zusammenbrauen sollen, und das hätte rasch über den Sonnberg herziehen und sich während der *Kirchzeit* von der Lechneralm, dem Mallingkar über die 48er Alm bis zur Mörderalm hinüber in einem erbrechen sollen, so daß der Umzug wegen des gewaltig ansteigenden Baches mitten auf der Müllerbrücke ein für allemal hätte abgebrochen werden müssen. Auch stellte er sich ein derartig günstiges Wegreißen der Brücke vor, daß nur der Brunner mit seinem Himmel, keiner von den Trägern, in den Bach gerissen und mitsamt seinem Plunder in die Salzach geschwemmt würde, aber schon auf der Hexenbrücke, wo der Bauer stehenblieb und bachaufwärts schaute, um sagen zu können, wenn der heuer nur nichts bringe, stellte er augenblicklich seine Brunner-davon-schwemm-Vorstellungen ein, weil er wußte, daß es ja doch nicht geschehen würde. Welche Noten ihm der Lehrer Schatz in Betragen und Fleiß eintragen werde, bereitete ihm plötzlich einen leichten Kummer.

Schon der Geruch, dieser eigenartige Kirchengeruch, war ihm zuwider. Er saß eingezwängt mitten unter den Schülern und glaubte, er sitze in einem alten Kommodkasten, weil die Kleider rings um ihn nach alten Kästen rochen, nach stehengebliebener stickiger Luft, und vor sich hatte er den Seitenaltar mit den abgestandenen Heiligengesichtern, an die er sich nicht gewöhnen wollte, weil sie ihm nie etwas sagten. Um sich die Zeit zu vertreiben, las er wieder den Spruch auf dem Bogen über den Seitenaltären ORA ET LABORA und schaute sich den daneben gemalten Bauern an und das Vieh. Den Spruch verstand er nicht, aber das Gemälde kam ihm komisch vor. Ein Bauer beim Säen und daneben in die Luft schauende Kühe (Pinzgauer Rasse) und schwere Norikerstuten. Auf dem Acker weit und breit keine Magd, kein Knecht. Ähnliche Abbildungen sah er bei den Umzügen auf den Fahnen der Großbauern, aber im ganzen Gotteshaus war keine Abbildung von

Dienstboten und Arbeitern. Alles mögliche Gewürm sah er. Auf der Mädchenseite drüben zerquetschte eine Muttergottesstatue ständig einen jungen Drachen. Die einzigen Bilder, auf denen er dienstbotenähnliche Gesichter sah, waren die sogenannten Kreuzwegbilder. Auf denen wimmelte es nur so von einfachen Leuten, jedenfalls kamen sie Holl wie einfache Leute vor, aber er hörte auch öfter Leute sie „Christusumbringgesindel" nennen, aber das brachte ihn nicht davon ab, diese Menschen für einfache Leute zu halten. Er war auch nie böse auf sie, schließlich hatten sie ihm nichts getan. Seine Feinde befanden sich ja unter den Lebenden in der Kirche. Durch die überlebensgroßen, bunt in die hohen Fenster gemalten Fürstenfiguren fiel dumpfes Licht ins Gotteshaus und hielt ihm ständig einen verlorenen Sonntagnachmittag vor Augen. Er wußte es noch nicht, aber er begann sich schon darauf einzustellen. Der Himmel knapp vor dem Altar ärgerte ihn. Der Brunner soll barfuß und ohne Himmel zum Mallingbach gehen und soll sich noch auf dem Anger vom Bauern für ein ganzes Jahr als Knecht verdingen lassen. Brunner als Knecht auf 48, diese Vorstellung gefiel ihm besser als die mit dem Davonschwemmen, denn er hatte gehört, daß sich junge Priester als Arbeiter verkleidet in Fabriken einschlichen. Dann könnte Brunner mit Recht jeden Abend der Bäuerin vorjammern, wie schlecht es ihm gehe. Schon deswegen waren Holl und die Dienstboten zornig auf Brunner, weil er immer der Bäuerin vorjammerte, daß man ihn so unterbezahle, daß er von dem wenigen Geld die Köchin aushalten müsse, und weil die Bäuerin ihnen bei jeder Gelegenheit vorhielt, wie sehr der Herr Pfarrer ausgenützt werde. Nach jedem Brunnerbesuch bekamen sie zu hören, der Herr Pfarrer werde ausgenützt, die Leute sollten aufhören, auf den Herrn Pfarrer zu schimpfen.

Der Pfarrer sei ein guter Mensch. Der Herr Pfarrer lasse sich ausnützen. Er sei zu wenig *durchtrieben.* Von der Wandlung bis zum Wettersegen ging Holl das Gejammer durch den Kopf, dann bangte er ein wenig, ob nicht er diesmal mit dem Kreuz den Himmelträgern *vorausteufeln* müsse. Alles, nur nicht diesen langen Umzug anführen müssen, sagte er sich, nur nicht in ein Ministrantengewand gesteckt werden und mit dem Kreuz den Himmelträgern *vorausteufeln* müssen. Aber zu seiner Erleichterung fand sich ein *Dorffaulenzer,* wie der Bauer die Dorfkinder zu nennen pflegte. Auch das Himmeltragen besorgten vier *Dorffaulenzer.* Wahrscheinlich hatte der Bauer, als er mit Brunner den Umzug besprach, ihm gesagt, er solle schauen, daß genug *Dorffaulenzer* als Träger vorhanden seien. Nur die 48er Fahne, deren Spitze vom Vielen-in-die-Lichtleitung-Kommen schon ganz schwarz war, wurde von Loferer und Gufft getragen. Selbst Neiser hätte sie nicht allein tragen können, denn die Fahne war so schwer, daß sie schon bei einem leichten Windstoß einen Menschen wie Neiser sofort umriß. Es bedarf eines *Nebenhergehers.* Deswegen war Fahnentragen auch *Werferarbeit,* weil *Werfer* immer nur der stärkste Knecht war. Deswegen auch die genaue Einteilung: Kreuzträger, Himmelträger, Frauträgerinnen. Ein Fahnenträger, der sich irrtümlich beim Abmarsch zwischen Himmelträger und Frauträgerinnen stellte, wurde sofort auf den nötigen Sicherheitsabstand zwischen Himmel und Fahne zurückzitiert, denn es hat Unfälle gegeben; lange vor dem Bauernaufstand und der von einem Erzbischof veranstalteten gewaltsamen Vertreibung der protestantischen Bauern aus den Salzburger Gebirgstälern sind von den Fahnenspitzen schon Menschen verletzt worden. Deswegen mußte ein schwitzender Fahnenträger weit genug vom Himmel weg, von dem zum Pfarrer geweihten und verkleideten Menschen weg, sozusagen außer Treffweite bleiben. Dann bedurfte es immer noch eines *Nebenhergehers*, außer eines kräftigen Knechtes auch noch eines fast so kräftigen *Nebenhergehers*, um in erster Linie ein Gelächter zu verhindern, denn es kam vor, daß ein Fahnenträger plötzlich in einem Garten landete, worauf er sofort zum Gespött des ganzen Dorfes wurde und in den *Faschingsbrief* kam. Bis zum Lechnerheimkuhangertor, wo die Straußin sich dem Zug anschloß, trug Loferer die Fahne, dann schlüpfte Gufft in die lederne Fahnentragvorrichtung, weil Loferer schon das Hemd auf der Haut klebte, obwohl er bereits im Friedhof seinen grünen Rock ausgezogen hatte. Nun hatte Gufft die Fahnenstange bis zu den Knien hinunter zwischen den Beinen und konnte sich nur mühsam vorwärtsbewegen, bald das eine Bein um die Fahnenstange herum, bald das andere. Langsam zog sich der Zug betend lechnerheimkuhangeraufwärts dahin. Die Kühe standen drüben beim Bach mit den Köpfen in den Erlenstauden und schlugen mit den Schwänzen um sich. Kurz unterhalb der Kommunistenbaracke begann es zu stinken, als ob jemand in der Nähe des Weges einen ganzen Kübel voll Scheiße ausgeleert hätte, aber es war nichts zu sehen. Bis oberhalb der Kommunistenbaracke glaubten wahrscheinlich viele, der Kommunist habe wegen des Umzugs die Abortgrube abgedeckt, aber der Gestank wurde ärger und ärger. Vom Viehunterstand bis hinauf zum Müllergarten zog sich den Weg entlang ein ganz frischer Streifen Häuslbrühe. Ein einziger Streifen Häuslbrühe. Das bedeutete natürlich, nach dem Mittagessen aufs Feld, *feiertagschinden*. Alle müssen nach dem Mittagessen wegen Lechner aufs Feld, und es wird Ohrfeigen regnen. Den ganzen stinkenden Streifen entlang wagte Holl nicht einmal zum Bauern aufzuschauen.

Er starrte nur vor sich hin, weil er Angst hatte, augenblicklich aus dem Zug hinausgefotzt zu werden. Erst als das Gekicher vor und hinter ihm aufhörte und die Leute die Finger von den Nasen nahmen, schaute er einige von der Seite an. Vorne sah er Brunner kerzengerade und ernst zwischen den Himmelträgern über die Müllerbrücke schreiten. Zwischen dem Gebet wurde ein böses Zischen laut. Während der Feldmesse auf dem Anger sah Holl den Bauern ganz finster zu den Haselnußstauden ober der Mühle hinaufschauen. Dann zogen sie durch den 48er Heimkuhanger hinunter. Vor der Hexenbrücke packte ihn der Bauer am Genick, stieß ihn hinter einen Erlenbusch, zog Moritz am Rockkragen aus dem Zug und raunte, er solle mit Moritz die Stuten holen und den Tisch hinuntertragen.

Holl ließ Moritz beim Tisch herunten, damit er aufpasse, daß ihn nicht eine Kuh oder ein Roß übern Haufen renne, und er selber ging in Richtung Klamm, wo er die Stuten vermutete, kam aber mit dem Stutensuchen immer weiter hinauf, den ganzen Reiterbühel, Moritz und der weißgedeckte Tisch wurden immer kleiner. Holl ging durch den Wald auf die große Lichtung oberhalb Rain zu. Nichts. Er schaute auf Rain hinunter und ging weiter. Der alte und der junge Bauer und die junge Bäuerin und ein paar Kinder waren beim Umkehren. Auf Rain wurde Sommer wie Winter an Feiertagen gearbeitet, alles noch getragen und gezogen. Er ging schnell. Auch dieser Weg war ihm aufs genaueste bekannt. Weit drinnen, bei der innersten Lichtung im Schatten mächtiger Fichten, fand er schließlich die Stuten. Er trieb sie hinaus und hinunter.

Beim Essen herrschte peinliche Stille. Den ganzen Nachmittag schrie der Bauer bald mit Holl, bald mit Moritz, bald mit einem von seinen ehelichen Söhnen, sprang von einem Ende zum andern. Die Dienstboten waren mürrisch, weil sie gegen eine geringe Bezahlung heuen mußten. Neiser, auf den Holl anfing große Stücke zu halten, warf einen Stadel nach dem andern voll mit Heu an. Moritz wäre kurz vor Sonnenuntergang beinahe noch unter den Wagen gekommen, weil der Bauer mit dem Rechenschaft die Stute angetrieben hatte. Holl bekam in der Scheune beim Ausspannen Sprechverbot, wehe, er, der Bauer, erwische ihn, daß er sich von Lechner anreden lasse, der versuche nur, aus ihm, Holl, einen Fürsorgefall zu machen.
Mit dem Wort *Fürsorgefall* drohte ihm der Bauer gelegentlich. Mit neun Jahren wäre Holl dieses Wort wie ein Gruß vorgekommen, aber jetzt zitterte er vor diesem Wort, denn er kannte viele Fürsorgefälle. Einige hatte er in der ersten und zweiten Volksschulklasse hinter sich gelassen, aber auf dem Gang oder auf dem Schulhof sah er sie noch immer. Der Huberleibeigene trug jetzt noch die aus einer Pferdedecke zusammengeschneiderte Hose, mit der er vor vier Jahren an einem Wintermorgen in die Klasse gestolpert war. Damals ging ihm die Hose bis zu den Achselhöhlen hinauf, jetzt ging die Hosentür viel zu weit hinunter. Außerdem hatten sie auf dem Huberhof ziemlich schnell einen Idioten aus ihm gemacht. Jetzt aus 48 herausgerissen und von der Zeller Fürsorgebeamtin womöglich auf einen Familienbetrieb verbannt zu werden, stellte Holl sich schrecklich vor. Vor nichts hatte er mehr Angst als vor einem Bauernhof ohne Dienstboten. *Anstalt* fürchtete er nicht, aber *Fürsorgefall.* Dieses Wort bedeutete, mit freundlichen Sprüchen empfangen zu werden und über Nacht für Jahre in die letzte Dreckexistenz

zu geraten oder, wie es vielfach der Fall ist, für das ganze Leben. Den Lechner fürchtete er nicht, aber den Bauern, ihm traute er alles zu.

Ein furchtbarer Haß stieg in ihm auf. Im Gehen riß er der Stute das Geschirr herunter, warf es in den Stall, schirrte vor dem Brunntrog die andere ab und ging mit ihnen um den Lechnerkuchlgarten herum. Der älteste Lechnersohn stand auf der Haustreppe und schaute über ihn hinweg. Auf der Angergasse kamen ihm die Mauererkinder entgegen, daß er ihretwegen einmal geschlagen worden war, wußten sie wahrscheinlich gar nicht, und wenn, dann hätten sie es nie begriffen, aber er wußte jetzt, warum, allein er konnte es nicht sagen, nur denken. Zwischen ihm und diesen Kindern, denen er tagtäglich irgendwo begegnete, hatten sich Jahre von Stummheit aufgetürmt, und dahinter stand nichts als der Plan, aus ihm einen vollkommen willenlosen Menschen zu machen, wie ihn sich der Vater, schon lange bevor er *seine Glieder rühren konnte,* so eine gängige Redeweise, in den Kopf gesetzt hatte, nur um das bißchen Geld, das den Bauern eine geschundene Arbeitskraft kostete, auch noch zu sparen. Holl wußte ganz genau von diesem Plan, und doch hatte er Angst, wegzumüssen, in ein anderes Dorf, unter neue Gesichter, wo all das, was ihm auf 48 und in Haudorf und im Dorf schon bekannt war, durch neue Schikanen verwischt würde.

Als er zurückkam, saß der Brunner scheinbar verzweifelt hinter einem Schnapsglas in der Küche und redete von einer anderen Gemeinde, ließ sich zwischendurch von der Bäuerin trösten und vom Bauern erklären, daß nur mehr Menschengesindel die Welt regiere, das nur darauf aus sei, sie *abzukrageln.* Von Prophezeiungen war die Rede, von Lourdes, vom Papst, von den Muttergottesauftritten, von einem, der einen Kardinal umbringen wollte und, vom Herzschlag getroffen, tot umfiel, vom Jüngsten Gericht, von Maria, vom Felbertaler. Eine Dorfbewohnerin kam eigens, um zu berichten, Maria sei zum Felbertaler auf die Alm gefahren. Maria stritt es ab, sagte, sie habe ihre Schwester besucht. Holl kletterte auf eine Strohballenwand, rutschte hinunter, dachte, hoffentlich ist der Deckel drauf!, rutschte durch und fiel in den Kuhstall aufs Pflaster, war eine Stunde später wieder auf den Beinen und wußte, man denkt nichts, keine Welt geht einem noch blitzartig durch den Kopf, sondern nichts. Eine Verwandte der Bäuerin, *eine Heilige,* wurde wegen Maria befragt, Maria stritt es noch immer ab. Andere wurden befragt. Moritz ließ sich auf dem Anger von einer Stute schlagen, von Rosa und der Bäuerin nach Hause tragen und ging noch am selben Nachmittag weg und kam erst zwei Wochen später zurück und sagte nicht, wo er gewesen sei. Es ging hinauf ins Zulehen. Holl lockte die Straußin über ein Wespennest, sprang vor der Stute über Pfützen und Gräben, lief abends hinauf in den Wald, um Pfifferlinge zu sammeln, hörte Geistergeschichten, bis sich keiner mehr aus dem Raum traute, trug manchmal mit Maria das Essen von unten hinauf, schlief mit den anderen, in Pferdedecken eingewickelt, und hörte den Regen auf das Schindeldach klatschen, den Loferer fluchen, und ging nach dem Schichtlassen mit ihm zum Liebstaller messerschleifen, mußte plötzlich zum Schmied hinunter, traf im Dorfgraben Bartl vollkommen betrunken und versprach, nichts zu sagen, fand vieles erträglicher. Dem Mörder begegnete Holl immer wieder, erwischte ihn einmal beim Kirschenstehlen. Eine Tagwerkerin sah er in einen Graben scheißen und später weiter drunten Wasser trinken. Es ging hinunter auf die Wiesen. Auf einer wurde es finster. Der Bauer ließ Most holen, um die Knechte zu beruhigen. Maria trank viel Most. Neiser kniete neben ihr auf dem Wagen und goß ihr immer wieder Most ein und griff ihr zwischen die Beine. Die Bremsen wurden böser. Entlang der Haselnußstauden stachen sie so heftig, daß Holl die Stute durchging und er den ganzen Nachmittag mit verweintem Gesicht wie ein Faschingsnarr unter den Stauden hin und her winselte, und das wegen zwei läppischer Fuhren Heu. Hinter Obstbäumen und in Stallecken kam es oft zum Gliedmessen und Onanieren. Tschederer, ein früherer Knecht, wurde von seinem Brotgeber angezeigt und in Mittersill eingekerkert, wegen Sodomie, sein Brotgeber hätte ihn nicht auffliegen lassen, wenn es nicht seine preisgekrönte Stute gewesen wäre. Bartl brauchte immer mehr Schnaps, kam öfter ins Tal herunter und saß in Wirtshausküchen, bis er vom Bauern entdeckt wurde, dann mußte Holl mit ihm hinaufgehen, damit er nicht irgendwo *hängenbleibe*. Einmal wurde Holl mit einer Medizin und Proviant hinaufgeschickt, kam oberm Liebstallanger in die Nacht und in ein Gewitter, immer wieder erhellte der Blitz für einen Augenblick den Wald, und im nächsten Augenblick war es stockfinster und donnerte, daß es ihn durchzuckte, unter und ober ihm hörte er Knistern, und dicht am Weg standen Bäume, hinter denen er immer wieder von neuem einen mordlustigen Menschen vermutete. Er lief immer schneller den Weg, der einmal flach, einmal steil war, hinauf und wurde nicht müde, sondern hatte nur Angst, die bis zur Hütte hinauf an Wahnsinn grenzte, dann klopfte er ans Fenster, hinter dem das Bett von Bartl stand, klopfte wieder und klopfte an die Hüttentür und fing immer lauter zu rufen an, und dazwischen kam ihm ein grauenvoller Verdacht, er wich langsam von der Hütte zurück und stolperte immer schneller einen steilen, abgetretenen Hang hinauf, bis er auf der dahinterliegenden Senke auf weiße Kuhrücken stieß, die dampften. Dicht an eine Kuh gedrückt, wartete er auf das Morgengrauen, aber immer war ihm, als käme aus der Dunkelheit Bartl auf ihn zu. Als dann rund um ihn die Hänge wieder graugrün und braun wurden und alles für ihn eindeutig war, trieb er um sich das Vieh zusammen und vor sich her zur Hütte hinunter, wo er vorhatte, einen Stein durchs Fenster zu werfen, aber als er im weiten Bogen um die Hütte herumging, wurde plötzlich die Tür aufgemacht. Eine alte Frau stand dort, die Frau von Bartl, die er bisher immer nur im Vorbeigehen durch eines der Liebstallküchenfenster gesehen hatte. Während er sich ihr näherte, fiel ihm ein, daß die Frau fast taub war. Er habe für Bartl Medizin und Proviant, schrie er sie an und schlüpfte aus dem Rucksack, aber die Frau verstand ihn nicht. Er schrie sie wieder an und noch einmal, plötzlich verstummte er, weil er zwischen ihren Füßen einen Wasserstrahl auf den Rasen niederrinnen sah. Zuerst glaubte er, er sehe nicht richtig, aber er sah tatsächlich aus dem Kittel einen Wasserstrahl rinnen und war, bis es aufhörte, sprachlos. Durch langes Geschrei und Herumdeuten bekam er schließlich heraus, daß Bartl auf Liebstall gesundgepflegt werde. Den ganzen Weg hinunter und an den darauffolgenden Tagen, als er und Moritz die Jauchegrube ausleerten, ging ihm diese Frau im Kopf herum, sie war nicht nur fast taub, sondern konnte auch fast nicht mehr gehen. Er dachte an die vielen Kinder, von denen Bartl manchmal eins erwähnte in irgendeinem Zusammenhang. In der Scheune und vor dem Haus wurde wieder aufgeladen, eingespannt, dann trieben sie die Stuten übers Tal, zehn Kilometer durch ein Seitental, an Auen, Felswänden, einsamen Bauernhöfen, Almen und immer wieder an Felswänden vorbei, bald steil, bald flach, mähten und heuten, wurden naß, saßen nach dem Nachtmahl in der Vorhütte und starrten in die Glut, konnten auf dem Heuboden nicht schlafen, wurden immer wieder aufgeweckt, eineinhalb Stunden vor Mitternacht kam Prosch mit den Kühen und jagte sie fluchend in den Stall, um halb drei schepperten er und der Felbertaler mit dem Melkgeschirr aus der Vorhütte und droschen mit den Melkstühlen auf Kühe ein und schrien immer wieder: „Auf! auf!“ Damit der Felbertaler nicht zu ihr könne, wurde Maria zu einer Tagwerkerin in die Heubodenkammer gelegt. War herunten alles aufgeheut, gings mit Sack und Pack zu den Bergmähdern auf die Oberalm hinauf, teilweise ganz steil, das Gras kurz und schütter, teuer, alles mußte getragen und gezogen werden. Auf der anderen Seite, hoch oben, über hohen Felswänden, klebte ein verbohrter Bauer mit seinen Leuten, alle angeseilt, an gepachteten Bergmähdern, der hatte schon sieben Kinder, hauptsächlich zu diesem Zweck gemacht. Schlechtwetter brach herein. Das Heu lag fast eine Woche. Der Bauer ließ Wege herrichten, erzählte Sagen und Schwänke: wie ein verschwenderischer Senner vom Teufel dreimal durch einen Berg gezogen wurde, von den Osttiroler Wildschützen, vom Tischlrücken, vom Verschwinden eines reichen Viehhändlers, von ausgelassenen Viehhütertänzen, von einem Mord und einem Meuchelmord. Dann schien wieder die Sonne, und an einem Tag wurde alles unter Dach und Fach gebracht, und in der Nacht fuhren sie heim, dann war Sonntag, da wurde schon am Abend alles umgeladen, und in der Früh ging's wieder hinauf ins Zulehen. Maria war leicht beschämt, weil die Bäuerin und der Bauer sie in die Zange genommen hatten, aber man hielt ihr zugute, daß sie den Felbertaler, wie die Tagwerkerin sagte, zuerst gar nicht zu sich ins Bett lassen wollte und später auch nur gegen das Versprechen seinerseits, daß es das letzte Mal sei. Die Hänge hinauf waren schon wieder schuhtief voll Gras, das obere Zulehendrittel war nur einmal zu mähen, statt der großen Pferdebremsen waren die kleinen, bissigen Saubremsen da, einige Gräben auf der pfützigen und hügeligen Wiese, die Holl besonders fürchtete, erinnerten ihn wieder an den Hamburger Studenten, der alle Augenblicke der Länge nach vom Fuder in einen Graben fiel, weil da die Stuten mehr hüpften und sprangen als gingen, bei jeder Arbeitspause lief der Student um seinen Fotoapparat und versuchte Gruppenaufnahmen zu machen, die aber nur möglich waren, wenn alle um eine Mahlzeit herumsaßen. Alle andern Erntehelfer, Studenten aus Deutschland, waren schon am zweiten Tag nach ihrer Ankunft in der Nacht davon, nur der Hamburger, den der Bauer sich zum Spaß ausgesucht hatte, hielt durch. Loferer mußte einschreiten, weil Konrad nicht aufhörte, der Maria mit den Stiefeln ins Kreuz zu treten, Maria ihrerseits lief rot an und versuchte zu lachen, als wäre hinter ihr ein Witzbold am Werk, der Bauer schaute zu, dann fuhren alle fort, junge Heuschrecken aus der Milch zu fischen und stumm gestockte Magermilch zu löffeln, Schmalzbrote zu essen. Aus Konrads Stiefeln roch es ein wenig nach Fußschweiß, zwei Stadel und den obersten Futterstall heuten sie voll, gingen hinunter, um den Tag des Herrn zu heiligen, und waren vor dem Zwölf-Uhr-Läuten schon wieder oben, erledigten den Rest, schliefen und zogen in der Früh weg in Richtung Sonnseitalm. Bartl war wieder oben, aber noch schwach, spuckte überall braune Brühe aus, ging dem Bauern, soweit es möglich war, aus dem Weg, weil er wußte, daß dieser von unten bis oben die ganze Alm abging und mit einem Kopf voll Extraarbeiten zurückkehrte, um ihn mit diesen zu belästigen: Holz zur Hütte schleppen, keinen leeren Gang machen, Steine zusammentragen, Wege richten, Boschen abzwicken, Windrisse aufarbeiten. Der Bauer kam auch tatsächlich mit Holz daher, warf es vor die Hütte und redete einmal von der Alm, als wäre sie ein Holzschlag, einmal, als wäre sie ein Steinbruch, dann wieder, er wolle am liebsten auf der Alm bleiben, von der Welt nichts wissen, nur auf der Alm bleiben, Holz und Steine sammeln. Holl suchte das Hirschskelett auf, lief ein paarmal zur Höhe hinauf, um ein anderes Tal zu sehen und den Wind zu spüren, da oben war das Arbeiten für ihn wirklich nur ein Spiel, aber es dauerte nur einige Tage, dann zogen sie hinunter, schnitten den Weizen. Einen ganzen Nachmittag lang mußte Holl in Häuser laufen, Schnitterinnen einladen, mußte dumme Fragen beantworten und sich abtätscheln lassen. Konrad ging knapp an einem Hosenausziehen vorbei, Lotte und noch vier Tagwerkerinnen wollten sich beim Kaffeetrinken auf ihn werfen. Die Knechte mußten in den Holzschlag ober Malling hinauf.

Wochen später, die Sonne heizte nicht mehr so stark auf sie nieder, aber die Knechte hatten noch die aus Schneuztüchern gemachten Kappen auf, Holl hatte sich natürlich längst auch so eine Schneuztuchkappe zurechtgeknöpft, um wenigstens der Kappe nach wie ein Knecht auszusehen, wollte er gerade vom Stadel wegfahren, als er plötzlich einen Motorroller hörte und tatsächlich vom obersten Tor her jemanden auf einem Motorroller quer über das große Feld auf sie zukommen sah. Der Gendarm fuhr direkt auf Maria zu, redete ein paar Worte mit ihr und ließ sie vom Ziehrechen weg aufsitzen und fuhr mit ihr davon. Gegen Abend kam sie zu Fuß zurück, nahm Holl den Ziehrechen ab und versuchte, allen ins Gesicht zu schauen, half mit, das Essen aufzutragen, und aß wie immer auf ihrem Platz und stand nachher neben Rosa an der Abwasch. In das anschließende Privatverhör in der Küche ging sie schweigend hinein und schweigend daraus hervor. Eine Unmenge sie betreffende Beobachtungen wurden zusammengeschleppt. Der Gendarm kam wieder. Sie weigerte sich, mit ihm zu fahren, sie komme von selber. Sie mußte angeben, auf welchem Weg sie mit dem Fahrrad nachkomme, gab den dichtest besiedelten an und machte einen Umweg, aber dem Gaffen konnte sie nicht mehr entgehen. Ihr um einige Jahre älterer Bruder, der ebenfalls auf einem Bauernhof arbeitete, kam und redete mit ihr. Auf dem Posten traf sie ihre Schwester. Ihre Schwester war dreizehn. Die drei Geschwister wußten kaum etwas voneinander. In der Kirche sahen sie einander und in der Schule, dort hauptsächlich die beiden Schwestern, aber was hätten sie einander sagen sollen? Jetzt standen sie einander gegenüber und konnten einander nur mehr sagen, was sie den Gendarmeriebeamten schon gesagt hatten, konnten voneinander lesen, was die Beamten für sie formuliert und Satz für Satz in mehrfacher Ausfertigung aufs Papier getippt hatten, mußten aber schnell auseinandergehen, die Beamten drängten. Die Leute zerrissen sich vorläufig die Mäuler über die Schwester von Maria und über die beiden Brüder, Bauern, auf deren Hof sie die Fürsorge untergebracht hatte.

Die Brüder, ungefähr vierzig Jahre älter als das Mädchen, waren bis zu ihrer Entdeckung als fromme, tiefgläubige

Menschen bekannt, die lieber im Pfarrhaus als im Wirtshaus verkehrten, und häufig dazu beitrugen, die vielumsorgte materielle Not des Herrn Brunner mit Gaben zu mildern. Nun verließen sie auf einmal vor lauter Demut ihren Hof nicht mehr, auf dem sie abwechselnd die ihnen von der Fürsorge Anvertraute fast zwei Jahre lang vor die Wahl gestellt hatten, entweder noch härter zuzupacken oder die Beine auseinanderzumachen, worauf es meistens zu letzterem gekommen sein soll. Das Mädchen wurde sofort nach Abschluß des Protokolls in eine sogenannte Besserungsanstalt gesteckt. Bei Maria ging die Untersuchung weiter, die natürlich nur auf Namen aus war, und mehr konnten beide Mädchen auch noch nicht angeben, immer nur die unmittelbare Geschichte und den Namen dazu. Keine Vorgeschichte oder Entwicklungsgeschichte, nur daß ihr Vater gefallen und ihre Mutter jung gestorben sei, höchstens daß sie nie jemand hatten, der sich um sie gekümmert hätte, nur Brotgeber, die sie schlecht machten und ausnützten. Der Felbertaler, der für drei Kinder teilweise aufzukommen hatte, wurde verhört. Neiser wurde auf den Posten geholt. Loferer wurde vernommen. Rosa erzählte die Geschichte von ihrer Freundin, die sich aus Angst vor ihren erzkatholischen Eltern immer fester zusammenschnürte und sich mit kaum sechzehn Jahren in einem Heustadel erhängt hatte.

Die Schule fing wieder an. Schatz stellte die Schüler Bedoschick, einem jungen Lehrer, vor. Sobald einer schwätzte, mußte er vor die Klassenzimmertür und kam eine halbe Stunde später mit rotem Gesicht zurück. Holl war einer unter den ersten. Er stand kaum draußen, da kam der Direktor auf den Gang und gab ihm einen Fußtritt und fiel dabei fast um. Holl reimte sich zusammen, dieser

Mensch hat mich vergessen, der kennt mich nicht mehr. Offensichtlich hatte ihn der Direktor mit einem anderen Schüler verwechselt, ihn in seinem Rausch für einen anderen gehalten, aber Holl konnte es sich trotzdem nicht erklären. Er erinnerte sich noch an einzelne Holzscheiter, die er gemeinsam mit dem Direktor vom Wagen abgeladen und aufgestapelt hatte, an das Hemdausziehen des Direktors, ans Bierholen und Leberkäsholen, aber es bestand kein Zweifel, der Direktor hatte ihn vergessen. Holl lehnte mit dem Rücken an der Mauer. Der Direktor ging am anderen Gangende auf und ab, rauchte und hustete. Aus einem Klassenzimmer hörte Holl Brunner, aus anderen Kinderstimmen, hohe und stotternde, plötzlich ein Geschrei und dann entsetzliche Stille, der Meterstab flog durch die Klasse, der Schlüsselbund, die Kreideschüssel, mit aufgeblähtem Hals, das Gesicht bis zu den Ohren zurück rot und blau, stürzte Krohlich auf den Gang heraus, hinüber zur Lehrertoilette. Der Direktor schaute und zog an seiner Zigarette. Holl wurde das Herumstehen unangenehm, und er fing an, es doch als Strafe zu empfinden. An die schweigsam gewordenen Knechte dachte er und verspürte geschwind eine leichte Übelkeit. Endlich ging die Tür auf. Der junge, etwas schmächtig aussehende Lehrer lächelte, machte die Klassenzimmertür hinter sich zu, schaute den leeren Gang hinauf und hinunter und führte Holl ein Stück von der Tür weg und fotzte ihn links und rechts ab. In der Mittagspause erfuhr er dann, daß es auch anderen schon so ergangen war. Kurz darauf war Holl in einen Klassendiebstahl verwickelt. Dreimal wurden alle Bänke, Schultaschen, Rock- und Hosentaschen sorgfältig nach einer Geldbörse durchsucht. Nichts. Dann sollte die Kriminalpolizei verständigt werden, aber der Lehrer ließ noch einmal alle

Schultaschen herausreißen und durchsuchen. Holl freute sich schon auf die Kriminalpolizei. Endlich kommt die Kriminalpolizei in die Schule und durchsucht alles. Er zieht seine Tasche heraus, und die Geldbörse fällt hinunter. Er wußte, wer ihm die Geldbörse unter die Schultasche gesteckt hatte, aber er hatte keinen Beweis, nur viel Verdacht lastete auf einmal auf ihm, den der Lehrer noch bekräftigte, indem er ihn immer wieder vor der Klasse aufforderte, den Diebstahl zu gestehen und den für Stunden Bestohlenen um Verzeihung zu bitten und den Diebstahl zu beichten. Da aber Holl immer wieder behauptete, die Geldbörse sei ihm unter die Schultasche gesteckt worden, trug ihm der Lehrer auf, er habe übers Wochenende zwanzig Seiten aus dem Lesebuch abzuschreiben. Das war so viel, daß er sich sofort sagte, kein Wort schreib ich. Zwei Seiten hätte er vielleicht geschrieben, um Schule und 48 weiterhin auseinanderzuhalten, was allerdings durch die Brunnerschen Besuche schon sehr schwierig war.

Die Heuarbeit war noch in vollem Gange. Die Gendarmeriebeamten kamen und suchten nach Marias Schwester, die aus der sogenannten Besserungsanstalt ausgestiegen und davongelaufen war. Der Almabtrieb brachte Holl einen schulfreien Tag ein. Er saß am Abend in der Hütte, trank Tee mit Rum und Tee mit Schnaps. Der Felbertaler schilderte, wie sein Freund auf einen Hochspannungsmast gestiegen war, wie ihn die Hüter gefunden haben und wie ihn der Bauer mit dem Traktor weggebracht hat. Er und ein anderer Melker haben ihm von der Hütte aus mit den Posaunen etwas nachgespielt. Dann hatte er nasse Augen und schwieg. In der Früh gab's Schnaps. Prosch und Holl bekamen zusammen ein Glas ausgehändigt, tranken es bald aus, kauften eine Bierflasche voll. Holl torkelte schreiend durchs Dorf, versuchte quer über ein Feld den Kühen den Weg abzuschneiden, fiel vom Zaun und blieb mit der halb vollgebrunzten Bierflasche liegen, kam erst wieder zu sich, als der Bauer die Bierflasche an den Mund setzte und trank. Kaum saß er in der Klasse, rief ihn der Lehrer auf, er solle der Klasse sagen, warum er sich betrunken habe. Da wußte er natürlich keine Antwort. Einige Bauernkinder schüttelten den Kopf und lachten. Die Frage begann ihn zu ärgern. Dieser Idiot. Wo hat er denn das schon wieder her? Nicht einmal dort läßt er mich in Ruhe. Der Lehrer ließ nicht locker, fuhr fort, ihn so lange vor der Klasse bloßzustellen, bis Holl nur mehr in verachtende Gesichter sah und er selber anfing, sich ein wenig zu schämen. Dann schrieben sie eine Ansage und hatten anschließend den Titel zu ergänzen. Holl machte, den Bedoschick betreffend, eine blöde Bemerkung und wurde von seinem Banknachbarn, der ihm die Geldbörse unter die Schultasche geschoben hatte, verraten. Bedoschick holte ihn in ein leeres Klassenzimmer und fotzte ihn ab, bis Holl Blut aus der Nase rann. Daraufhin war Holl nicht mehr sehr gut auf Bedoschick zu sprechen. Er ging aber wie immer nach Hause und verrichtete seine Arbeit, jetzt hauptsächlich im Stall oder draußen auf den Weiden, wo er hin und her hetzen mußte, um die Kühe auf einem kleinen Fleck zusammenzuhüten, denn der Bauer sparte auch da, ließ zuerst die Kühe nagen, dann Pferde, dann Schafe. Aber auf Umwegen kam die Geschichte doch ins Haus. Holl mußte dem Bauern Rede und Antwort stehen. Daraufhin fischte sich der Bauer den Bedoschick, der sich auch in der Kirche als Vorleser hervortat, aus den Passanten und flüsterte ihm, er habe keines seiner Kinder anzurühren, die erziehe er sich selber. Bedoschick rührte Holl nicht mehr an, stellte ihn zwar noch weiterhin vor der Klasse bloß und nannte ihn bei jeder Gelegenheit „Muttersöhnchen“, aber andere ließ er unbekümmert weiterhin seine Hände spüren.

Maria war von Loferer schwanger und brauchte deshalb in keine sogenannte Besserungsanstalt. Loferer hatte von einer anderen bereits zwei Kinder. Die Schwester von Maria kam mit einem Motorradfahrer, mit dem sie vierzehn Tage durch das Steirische gezogen war, und wollte bei Maria bleiben, aber Maria wußte keinen anderen Ausweg, als ihr zuzureden, in die Anstalt zurückzugehen und dort die ihr aufgebürdete Zeit abzuwarten. Maria ging dann mit ihr zur Gendarmerie.

Ganze Autos voll Viehhändler kamen. Beleibte Männer in Mänteln *wuzelten* sich mit den Hüten voraus aus den Wagen, schritten in die Küche und wärmten ihre Eingeweide mit Schnaps, während Holl oder Prosch draußen auf den Weiden mit bestimmten Kühen oder Kalbinnen oder Kalbinnen und Kühen einen raffinierten Wettlauf zu gewinnen hatte, um sie den Viehhändlern vor die Augen zu treiben. Dann wurde ein Preis genannt, aufgeschrieben und auseinandergegangen. Der Treiber mußte das Vieh zurücktreiben, wurde zurückgepfiffen, mußte das Vieh wieder hertreiben, warten, wurde wieder weggeschickt, mußte wieder herkommen, warten, dann das Vieh auf die Weide zurücktreiben. Vieh und Treiber wurden auf diese Weise häufig ganz verrückt gemacht. Das Vieh vom Treiber, der Treiber vom Vieh und von den Händlern oder vom Bauern oder von allen zusammen. Wären Bedoschick und der Zorn auf Bedoschick, der Bauer und seine Familie, die plötzlich eingekehrte Traurigkeit und die zu einer *sprachlosen Wut* aufgestauten Jahre nicht gewesen, wäre Holl als unbefangener Mensch nur für einen Nachmittag in einen derartigen Viehtrieb geraten, um beispielsweise einem verzweifelten *Leibeigenen* für Stunden sein Schicksal zu mildern, hätte er ihn wahrscheinlich als Zeitvertreib aufgefaßt, aber so stürzte es ihn selber von einem aufs andere Mal in Verzweiflung und Wut, in Wut und Verzweiflung gleichzeitig. Es geht einem plötzlich alles durch den Kopf, man weint und läuft, so schnell man kann, zwischen dem Vieh auf einer Weide hin und her und weiß gleichzeitig, daß es umsonst ist, daß die Händler nur so tun, als würden sie kaufen, daß sie sich wegen lächerlich kleiner Geldbeträge nicht einig werden. Prosch war schon fast verrückt. Holl war auf dem besten Weg, es zu werden, weil er die Fülle von Eindrücken einfach nicht verarbeiten konnte. Dazu kamen die Erinnerungen und die Stimmungen. Der Stimmungswechsel. Einerseits nahm er jeden Schritt, jeden Handgriff wahr, andererseits war er einem ständigen Stimmungswechsel unterworfen, als würde einer in seinem Kopf ständig Purzelbäume schlagen, und das besonders heftig, wenn Holl an bestimmten Häusern vorbei mußte. Ganze Ketten dreckiger Häuser entlang des Schulwegs, so daß es ihm vor lauter Schmutz schon überflüssig erschien, der Reihe nach ihren Bewohnern auf die Fußabstreifer zu scheißen. Und die Menschen waren freundlich. Tatsächlich begegneten ihm außerhalb von 48 fast nur freundliche Gesichter, von denen ihn viele immer wieder bedauerten und ihn auf 48 streichelten, ihn in Anwesenheit der Dienstboten streichelten und in Anwesenheit des Vaters und der Stiefmutter fragten, wen von beiden er lieber habe. Diese Frage wurde ihm auch von jedem Besuch gestellt, aus Verlegenheit, wenn ihnen gerade nichts einfiel, und er hätte sich am liebsten das Gesicht mit Jauchenbrühe oder frischem, warmem Kuhdreck beschmiert. Die Zunge ein Klumpen und oben ein heilloses Durcheinander, das das Blut hinaufsog und es durch die Gesichtshaut auszuspucken drohte. Da half dann nichts als plötzliches Hinausstürzen, und er konnte wieder denken und mit sich selber reden. Allein redete er schon viel und sagte sich auch immer wieder: Ich muß reden. Hatte er einen peinvollen Tag hinter sich, wußte er beim Einschlafen schon, daß er irgendwann in der Nacht im nassen Bett aufwachen werde, und konnte deswegen lange nicht einschlafen. Daß er heimlich nachts in der Kammer umherbrunzte, hatte ihm nur Beschämung und Ohrfeigen eingebracht, nicht einmal einen eigenen Nachttopf, nur einen Arztbesuch, der kurz war und wieder mit der Feststellung endete, er sei völlig gesund, er habe kein Blasenleiden, es könne sich nur um Faulheit handeln. Mehr hatte er sich vom Arzt auch nicht erwartet. Aber wehe, er sagte etwas gegen den Arzt. Im Sommer lag es ihm oft auf der Zunge, beim Essen schnell ein paar Sätze gegen den Arzt hinauszuschreien, und am Tag, nachdem ihn Bedoschick im leeren Klassenzimmer blutig geschlagen hatte, als er mit nassem, stinkendem Hemd die Metzgergasse hinunter, am Arzt vorbei, in die Schule ging, nahm er sich fest vor, in die Klasse zu schreien, der Arzt habe ihn betrogen. Sofort nach dem Gebet schrei ich: Der Arzt hat mich betrogen! Der Arzt hat mich betrogen! Der Arzt hat mich betrogen! Über den ganzen Schulhof übte er diesen Satz, aber kaum hatte er die Schule betreten, fing es an, ihn zu würgen, und er kam wieder nicht vom Fleck, sondern schämte sich nur, weil er immer noch die durchbrunzte Lederhose anhatte. Als er nach Hause kam, war er froh, daß man ihn ins Zulehen hinaufschickte, um nachzuschauen, ob Bartl mit der Arbeit zurechtkomme. Unterwegs hatte er wieder gegen Hunde vorzugehen, mußte sich mit ausgerissenen Zaunstecken und Steinen an Höfen vorbeiverteidigen, für ihn war es lästig bis erschreckend, für die Leute lustig und bestaunenswert: Wie geht ihn der Hund an? Ist der Hund ein guter Haushund?

Brunner kam und fing hinterm Küchentisch zu weinen an. Die Sozialisten hätten ihn in einem Wirtshaus fertiggemacht. Die Gemeinde sei viel zu rot für ihn. Sein Vorgänger hätte es zu weit kommen lassen. Er, Brunner, hätte sie ja läuten lassen, aber der Bischof. Er könne sich nicht wegen eines Selbstmörders gegen den Bischof stellen. Außerdem habe dem alten Neiser das Läuten nicht mehr genützt und der Einbruch in die Glockenkammer schon gar nicht. Das sei Gewalt im Gotteshaus, die nicht unverrechnet bliebe. Auf seinem Schreibtisch liege bereits ein frankierter Brief an den Bischof, mit der Bitte um Versetzung in eine kleine Bauerngemeinde. Hier habe er Angst, man hole ihn in der Nacht aus dem Pfarrhaus und jage ihn fort. Das sei ihm nach dem Streit in der Glockenkammer auf dem Friedhof angedroht worden. Er wisse auch, in welchen Häusern solche Drohungen zustande kämen, und er könne sich nach allem, was während seiner Amtszeit schon gegen ihn unternommen worden sei, sehr gut vorstellen, daß man ihn in der Nacht aus dem Dorf hinaussteinige. Er wischte sich den Schnaps von den Lippen. Die Bäuerin sah ihn besorgt an, schenkte ihm und dem Bauern nach. Der Bauer schmunzelte. Anscheinend gefiel ihm das Wort steinigen, er beherrschte sich aber sofort und fragte, ob Brunner denn wirklich den Brief ins *Postkastl* werfen wolle? Ob es nicht gescheiter wäre, eine Nacht verstreichen zu lassen? Die *Briefzieher* verstünden keinen Spaß, „heben den Schrieb aus, und weg ist er". Ja, er überlege ja, sagte Brunner. Deswegen sei er auch gekommen, um die Angelegenheit zu besprechen. Natürlich wolle er dem Bischof nicht leichtfertig Kummer bereiten, aber feststehe, daß er mit dieser Gemeinde einen schlechten Griff gemacht habe. Er sei für diese Gemeinde zu schwach. Der Kooperator sei noch schwächer. Der vertue seine Zeit mit Gitarrespielen und wolle damit die Jungschar groß herausbringen, aber er sei kein Glaubenskämpfer. „Ein Städter", sagte der Bauer. Aus diesem Menschen schaue nur der Städter heraus. Der sei zu weich erzogen worden. Städter seien für den Priesterstand durch die Bank zu weich erzogen. „Träumer, mit denen nichts anzufangen ist." Auch die Bäuerin sagte, sie halte auf den Kooperator nichts. Nach seinen Frühmessen komme es ihr immer vor, als wäre sie nur halb in der Kirche gewesen. Aus so einem Menschen könne doch nie ein guter Pfarrer werden. Brunner trank im Verlauf des Gesprächs mehrere Gläser Schnaps, ergriff hin und wieder die Hand der Bäuerin und beruhigte sich allmählich. Es gebe doch noch Häuser, in denen sich der Herrgott ausrasten könne. Hier finde auch er immer wieder Trost. Das Gespräch ging kreuz und quer, vom Aufbrechen der Glockenkammer und dem gewaltsamen Glockenläuten bei der Beerdigung des alten Neiser, über die jüngsten Versehgänge, über eine Illustriertengeschichte, über den mangelhaften Priesternachwuchs, mit kurzen Abstechern zum Lechner, zum Papst. Bald hatte die Bäuerin ein Anliegen, ein Bedürfnis nach Bestätigung, bald der Bauer ein Bedürfnis, seine Meinung zu äußern. An Brunner hatte er einen guten Zuhörer und Brunner an der Bäuerin eine Mutter, und sie an Brunner einen Vermittler zu Gott und vor allem einen Menschen, der immer recht hatte. Und Brunner sagte stets, was sie hören wollte, bestätigte ständig ihr Urteil über Menschen, gab ihr in allem recht, lobte sie, so daß sie nie einen Augenblick zu zweifeln brauchte, sie tue jemandem unrecht. Deswegen haßte ihn Holl. Schließlich hatte man ihn auch dazu herausgefordert. Als Brunner kam, war er schon über vier Jahre auf dem Hof und hatte so wie andere talauf, talab nirgends eine Heimat, und Brunner kam, ein wildfremder Mensch in einem schwarzen Anzug, und wurde geschaukelt und gehätschelt wie nirgends ein Kind. Und Brunner sitzt da und weint, und Holl kann nicht einmal mehr weinen, ist wie ausgetrocknet.

Sie fuhren auf die Alm, der ganze Mist, den Prosch übern Sommer zu einem großen Haufen aus der Scheibtruhe gekippt hatte, mußte weg, weit über Hänge hinuntergeschleudert oder gezogen werden, alle waren weit auseinander, trafen einander zum Essen und zum Schlafen. Konrad, Holl und manchmal Moritz und Maria mußten gehen, den ganzen Tag nichts als gehen. Es war kalt und kahl und noch im Oktober. Neiser ging oft vor der Hütte auf und ab und starrte zum Wald hinüber. In der Hütte roch es nach Petroleum, Kellerfeuchtigkeit und hunderterlei Fäulnissen. Zwei Männer kamen, legten einen Toten in den Stall und kurz darauf auf einen Lastwagen. Der Schnee kam herunter. Holl ging mit dem Bauern auf die Oberalm, absichtlich schweigend. Irgendwo mußten die Schafe stehen. Sie gingen schuhtief im Schnee, über einen Graben, dann weit ausholend auf die Schlucht zu. Drunten liegen vielleicht Hunderte von Rinderskeletten, verfault und halbverfault bis verwittert, und darunter wahrscheinlich auch Menschenskelette, von Deserteuren, die in stockfinsterer Nacht von einem Schritt in den andern in die Tiefe tappten, von Selbstmördern und Ermordeten. Der Bauer blieb knapp vor der Schlucht stehen und Holl ganz dicht hinter ihm, und trat plötzlich einen Schritt zurück, aber gedacht hatte er an den entsetzlich widerhallenden Todesschrei. Er trat noch einen Schritt zurück. Das Scheusal von einem Vater in die Schlucht zu stoßen, kam ihm zu schnell vor. Das war nur eine augenblickliche Verlockung, weil er an diese Schlucht schon oft gedacht hatte, entweder um den Vater hinunterzustoßen oder um sich selbst hinabzustürzen, das wechselte nach einer Züchtigung innerhalb von ein paar Handgriffen. Aber dieser Schritt kam ihm jetzt wieder zu schnell vor, für einen Unmenschen von so riesenhaftem Ausmaß einfach zu plötzlich. Da hatte er längst die fixe Vorstellung, es müsse doch einmal gelingen, den Vater an einen Baum zu binden, und er würde tagelang um ihn herumgehen, vor ihm stehen, vor ihm sitzen und ihm alles sagen, alles, was er ihm und den Menschen, die Holl gern mochte, im Laufe der Jahre zugefügt hatte, ihm immer wieder sagen, nicht auspeitschen, nur sagen, dann würde er ihn laufen lassen, ihn einfach laufen lassen. Es schneite immer noch. Sie gingen durch den Lärchenwald, blieben stehen und horchten und gingen weiter. Der Vater fragte ihn oft, ob er etwas höre, ob er eine Glocke höre? Er hörte keine, aber er hätte es ihm auch nicht gesagt. Die Schafe standen wahrscheinlich weit oben im Wald oder noch weiter oben, dicht an einer Felswand entlang. Der Abend kam ruckartig. Es gab Knödel, eine schaurige Geschichte wurde bis ins kleinste Detail erzählt, daß Holl das Totengesicht sah, ein aschgraues Bauerngesicht, aber der Bauer erzählte weiter, bis alle bocksteif wie zusammengefrorene Menschen um den Tisch hockten, daß jeder Fremde an ihren Gesichtern zu Tode erschrocken wäre. Holl kannte die Geschichten, hatte sie jeden Herbst und ein paarmal im Sommer gehört, und schon nach zwei Sätzen spürte er nicht einmal, daß er saß, hörte die Schritte, das Schlagen der Kellertür und das Hantieren mit Gabeln und Schaufeln im Stall, und er sah seinen Onkel mit der brennenden Laterne die ganze Nacht im Bett liegen und hörte ihn das alles hören, während der Bauer erzählte, und mitten im Raum sah er den Toten. In der Nacht schrie er immer wieder auf, sah die Umrisse einer Hand aus der Finsternis auf sich zukommen oder das Gesicht vor dem vergitterten Fenster und schwitzte, wurde aufgeschreckt, lag wach oder fiel innerhalb weniger Sekunden in den Schlaf zurück. Dann unausgeschlafen in die feuchten Stiefel, in Hemdsärmeln durch stiefeltiefen Dreck zum Brunntrog, wo ihn die Gänsehaut und das eiskalte Wasser wachpeitschten und voller Scham zum Tisch zurückkehren ließen. All die schweigenden Gesichter, in die Butterbrote und Milch verschwanden, schrieb er diesmal sich allein zu, weil er sie durch sein Schreien um ein Stück Schlaf gebracht hatte, und dazu fiel ihm der immer wieder von der Bäuerin vorgebrachte Vorwurf ein: er raube ihr den Schlaf. Er schämte sich bis zum Einspannen, dann war es wieder, als müsse er pausenlos auf- und niederhüpfen, weil ihm alles so wahnsinnig leer und lustig vorkam. Schon das Gehen auf einer Straße war in seinem Fall ein Genuß, es war Herbst, und er hatte das Gefühl, rings um ihn ziehe sich alles aus der Affäre. Kein Gras mehr. Kaum ein Gezwitscher. Nur Fallen und aufsteigende Kälte. Da konnte man endlich wieder reden und sich während der Arbeit von dem kirchturmhohen Schock ein wenig erholen. Man konnte wieder ausschreiten und Kraft schöpfen, um sich in dieselben uralten Widersprüche von denselben Trotteln von neuem verwickeln zu lassen. Kaum daß ein Auto fuhr; nur der gelbe ÖBB-Bus. Ein Lastwagen, vorne vollgestopft mit Familienvätern und hinten vollgepfercht mit Familienvätern, jung und dick angezogen. Danach wieder Bachrauschen und Fuhrwerksgeräusche und der ständige scharfe Geruch nach Mist.

Fuhr der Bauer weg, atmeten alle auf, blieb er da, schwiegen sie, weil er ihnen durch seine bloße Anwesenheit einfach die Sprache verschlug. Bald tauchte er da auf und schaute, bald stand er dort und schaute, bald kommandierte er oder pfiff oder arbeitete kurz mit, schrie und ließ sich Sprüche einfallen, vom Penis bis zum Papst, und schuf sich viele Freunde, damit er nicht immer anwesend sein mußte. Ganze Haufen von Widersprüchen lagen herum, und man ging umher, hatte stundenlang ganz klare Sachverhalte im Kopf und ließ sich trotzdem von der Müdigkeit überrumpeln, in den Schlaf sekkieren, von der Oberalm herunter in den Schlaf und wieder hinauf, Zäune niederlegen. Diese Arbeit erinnerte ans Frühjahr. Man möchte die Zeit zurückdrehen und arbeitet sich doch tiefer in den Herbst hinein, weg von der Geburt, hin zum Tod, wackelte, fluchte, riß aus, legte um.

Loferer schickte Holl kurz vor Sonnenuntergang um seinen Überrock. Holl kam ohne Rock zurück. Sie gingen beide und suchten bis zur Dämmerung, dann fanden sie den Überrock, von einem Wild angefressen, der ganze Überrock rundherum angefressen. Loferer sagte zuerst nichts. Dann verfluchte er den Baum. Dann die ganze Alm. Dann den Bauern. Dann rechnete er nach und sagte, er habe ein Vierteljahr umsonst gearbeitet.

Sie machten alles winterfest zu, bestiegen drei Wagen mit eisenbereiften Rädern und fuhren abwärts in die Dunkelheit. Die Straße ein grauer Streifen. Unten Lichter, stehende und fahrende, bunte und stechende. Eine Eisenbahnersiedlung. Ein Wirtshaus, das ein ganzes Jahrzehnt lang Abend für Abend Hunderte von Bauarbeitern betrunken entließ, jetzt leer stehend. Eine einklassige Schule. Eine Gemischtwarenhandlung. Ein Gewerkschaftskino. Weit drüben ein Bauernhof zwischen Felsbrocken. Weit droben über einer hohen Felswand das aufgetristete Bergheu. Die Ache, flach und dann allmählich fallend über Gestein. Der Zaun, den autoscheue Hengste mit einem Knecht dazwischen durchsprungen hatten, im hohen Bogen über einen steilen Hang. Bedrohlich daliegende Felsbrocken, hausgroß, haushoch über der Straße. Marterln, Almhütten. Drei Lichter aus zwei Alpenpensionen, die auf reine Spekulation hin gebaut worden waren. Weit oben der Schrecken, eine Lawine hatte mit vier oder fünf Knechten kurzen Prozeß gemacht. Ein Bauernhof. Ein Wirtshaus. Ein Bauernhof, groß und grausam gläubig, der Bauer herrenmäßig, die Bäuerin hinter allem und allen her. Sie pferchte das Gesinde nach Feierabend in die Kapelle, jagte die Buben ministrieren, schickte den Bauern und einen Bürgermeister nach Rom zum Papst, besuchte 48 und stach mit den Augen zu. Die Ache seicht und still. Die Stelle, an der ein Mann eines Morgens aufgefunden worden war, mit dem Gesicht nach unten, eine Schnapsflasche auf der Böschung. Ob Unfall oder Verbrechen, wer kann das sagen? Zurück blieben eine abgerackerte Frau, viele Kinder, hungrig, in einer Baracke, zusammen mit anderen Hungrigen. Einer saß ständig drei Bänke vor Holl in der Schule, bleich und mager, verbrachte die Pausen meistens im Abort, weil er keine Jause hatte. Die

Kommunisten im Dorf rannten sich die Beine aus dem Leib und blieben unverstanden. Ein Bauernhof neben einem Wildbach hinter einer hochgelagerten Au mit schwerhörigen Kindern. Ein versteckter Bauernhof, aufgelassen, eine halbe Sommergehstunde weiter oben einer mit Kindern. Ein Haus mit einem Spruch und zwei Hauptschülern. Ein Kraftwerk und viele Häuser und Baracken. Ein Vater, der sich eine Zigarette anzündete, während ihm die Kinder sagten, daß eines in den Bach gefallen ist. Das Neiserhaus. Ein Sägewerk. Koppeln für die Dorfkühe. Die Baracke. Au und Koppeln. Lichter. Das Dorf. Der ganze Sonnberg. Kinder um Küchen- und Stubentische über Aufgabenhefte gebeugt oder trotzig in Winkeln. In irgendeiner Kammer eine Bahre. Das Holzhaus. Konrad blieb sitzen. Loferer hatte während der ganzen Fahrt kein Wort gesprochen und tat es auch weiterhin nicht. Alle hatten die Ohren voll Fuhrwerkslärm. Von den Wagen herunter, mit den Stuten in den Stall und in die Stube, geheizt, aus den Röcken, Tischgebet, Knödel, Tischgebet, sitzen, schlafen gehen!

Und es war wieder der zur Hölle zusammengesteigerte Ekel. Das gehaßte Bett immer noch erträglicher als alles draußen und herinnen, draußen schlimmer als herinnen. Halbdunkel. Das Abendgebet voll von zusammengetragenen Gehässigkeiten, von einem Kindergehirn aufgefangen und hier grausam zugespitzt. Draußen das Mißverständnis, der Geschlechtsverkehr, das Abendgebet oft nur Zweck, um die Geschlechtsverkehrsgeräusche zu übertönen. Dauerte es länger, wurde einfach noch ein Vaterunser angeknüpft, aus dem Seufzen heraus, im guten Glauben, aber für Holl unbegreiflich, denn er erinnerte sich an die Geschichten über andere, die gern und geil erzählt wurden, hörte zu und onanierte, frühstückte in der Erinnerung, verglich Müdigkeit in den Gesichtern, sah Traurigkeit, daß er gern die Schaufel in den Mist schob. Der Felbertaler rauchte 3er in Ketten. Schnapsbrenngeruch schwebte herum. Durchwachte Nächte, von den Bäuerinnen selbst verschuldet, weil sie es machten, um das Finanzamt um kleine Geldbeträge übers Ohr zu hauen. Mit einem Zettel ging er in die Schule, um Bedoschick von dem Gedanken abzubringen, er hätte die Schule geschwänzt. Zwischen Stiegenaufgang und Garderobe stritten sich zwei, wer von beiden den größeren Penis habe. Andere kamen dazu und immer mehr. Plötzlich tauchte Bedoschick auf und zwängte sich durch die Schüler, was da los sei? Einer erklärte ihm, es ginge darum, wer den größeren Dolch habe. Bedoschick verlangte sofort die Herausgabe des Dolches. Es läutete. In der Klasse ging das Rätselraten weiter, über eine Stunde, immer neue Wörter wurden von den Schülern vorgebracht, bis es einem Schüler von einem Bergbauernhof zu dumm wurde und er Bedoschick aufklärte. Da verstand Bedoschick, den die Schüler spaßhalber auch Ballischeck oder Belloscheck nannten, plötzlich den Dialekt, war mit einem Sprung dort, dann sahen alle, wie einer links und rechts geohrfeigt wurde, ziemlich heftig. Dann war alles still. Bedoschick lief hinaus. Der Geohrfeigte wischte sich den Rotz in den Rockärmel. Bedoschick kam mit dem Direktor. Der Direktor hustete, schrie irgend etwas daher und ging. Der Brunner kam, sprach über das sechste Gebot. Dann mußte die ganze Klasse geschlossen beichten gehen. Holl wartete im Friedhof auf Leo. Beide hatten Komplexe von den Ohren bis tief in die Schuhe hinein, töteten jede Schlange, die ihnen über den Weg kroch, hatten viele Schulwegraufereien hinter sich und eine Unmenge Vergeltungsaktionen vor sich, viele wurden ihnen zugeschrieben, über das Geschehene konnten sie nicht einmal mehr lachen.

Eine fremde Frau kam auf den Hof. Die Bäuerin hatte sich verbrannt. Holl aß und schaute die Frau an, zog sich um und erkundigte sich bei der Bäuerin, was für ihn auf dem Programm stehe? „Holzeintragen.“ – „Und nachher?“ – „Nichts.“ – „Nichts?“ – „Nichts.“ – „Nichts?“ – „Doch, Gänseteichausschöpfen.“ Das kam ihm immer noch nicht nachmittagfüllend vor, aber er fragte nicht mehr.

Da stimmt etwas nicht, aber mir soll's recht sein, kann ja in den Stall gehen und Prosch helfen oder auf den Anger gehen. Er trug schnell das Holz in die Küche und machte sich ebenso schnell mit einer Schaufel am Gänseteich zu schaffen, der ja sonst immer nur nach einem Streit mit den Brüdern fällig war. Ein Schlichtungsversuch stiefmütterlicherseits, den sie die ersten paar Male bewußt und dann nur mehr aus Gewohnheit und Einfallslosigkeit anwandte. So wie man das Radio zurückdreht, wenn's zu laut ist, sagte sie: „Und du schöpfst den Gänseteich aus, damit du auf andere Gedanken kommst!“ und später nur mehr: „Und du schöpfst den Gänseteich aus!“ Und gerade diese Unüberlegtheiten ärgerten ihn. Er schöpfte den schwarzen Schlamm aus dem Teich und stellte sich vor, die Bäuerin liege pudelnackt auf dem Rasen und er überschütte ihren ganzen Körper mit diesem schwarzen Schlamm und zwinge sie, so ihr ganzes Leben neu zu überdenken, und es war, als schöpfe er auf diese Weise immer schneller ganze Bündel von Fragen aus seinem Gehirn. Der Schlamm klatschte nur so auf den

Rasen. Plötzlich riß ihn ein Pfiff aus allem heraus und herum. Der Bauer stand unter der Haustür, den Hut tief im Gesicht. Ein ausgesprochener Geflügelverächter. Während der Vater den Mund öffnete, ging Holl blitzschnell eine Kette von geschrienen Fragen durch den Kopf und: *dieser Trottel.* „Wer hat dir denn das erlaubt?!" – „Sie. – Die Mutter", verbesserte er sich und stieg aus dem Gänseteich in den Schlamm, um von seinem Versprecher abzulenken. Trottel, Trottel, Trottel, Trottel. Ob er noch immer nicht wisse, wen er um Arbeit zu fragen habe, schrie der Vater vom Haus herüber. Jetzt mußte sich Holl beherrschen, um sich nicht in ein Beantworte-Abenteuer zu stürzen. Ein Ja lag ihm auf der Zunge, aber er verspürte auch das Bedürfnis, aus Leibeskräften zu brüllen: „Nein, nein, nein!" „Weißt du immer noch nicht, wen du um Arbeit fragen mußt?!" schrie der Vater wieder. Und wieder schrie es in Holl, während er auf den Vater zuging, bald *ja,* bald *nein,* aber er beherrschte sich, schaute dem Vater ins Gesicht und spürte wieder das Sinneschwinden, wie ihm Schritt für Schritt *das Hören und Sehen verging,* als strahle ihm das Vatergesicht seine ganze Vergangenheit in den Kopf. „Weißt du immer noch nicht, wen du um Arbeit fragen mußt?!" schrie der Bauer wieder. Holl stand knieschlotternd vor ihm. Die Lippen bebten. Die Lider zuckten. Und im Kopf zitterte der kümmerliche Gedanke: Du darfst nicht antworten! Er schlägt dich an die Mauer! „Antworte!" Holl schwieg und spürte nach ein paar schrecklichen Sekunden den erleichternden Griff am Hemdkragen und sah sich am Vaterleib vorbei ins Vorhaus geschoben, wo die Bäuerin und die fremde Frau standen und schnell in die Küche gingen. Jetzt war es vorbei. Aber hätte er vor dem Haus, so dicht neben der grobverputzten Mauer, auf dem Steinpflaster, in einer so kantigen, ungemütlichen Umgebung sich zu einer Antwort hinreißen lassen, würde er jetzt bluten, aber dank der vielen zurückgeschlagenen Widerreden auf weichen Wiesenböden hatte er gelernt, selbst aus den unsinnigsten Situationen für sich die günstigeren Augenblicke herauszuholen, indem er anfing, seine natürliche Reaktion zu bekämpfen, denn auf bestimmte Fragen duldete der Bauer keine Antwort. Er schrie nur immer die Frage, aber sobald Holl antwortete, schlug er ihn nieder. Holl bekam eine Arbeit angeschafft und konnte unbehelligt durch die Hinterhaustür entkommen. Schnapsbrenngeruch stieg ihm in die Nase. Das Erlebnis verflüchtigte sich in warme Luft und Gedanken. Sie ärgerten ihn ein wenig. Die Gänse hätten ihm jetzt nicht unterkommen dürfen. Aber er hatte ja gewußt, daß etwas nicht stimmte. Er nahm den Rechen und lief am Gänseteich vorbei, hinunter in die Gasse. Ein Stein erinnerte ihn an die Mutter, und schon saß er im Zug und fuhr durch die Winterlandschaft. Ich werde ihr alles sagen, alles, von vorne bis hinten und von hinten bis vorne, das mit dem Arzt sage ich, das von Bedoschick sage ich und daß sie immer gesagt haben, ich dürfe einmal in die Hauptschule gehen, und dann hat er auf einmal gesagt, Hauptschulen sind nichts. Und das mit dem Gänseteich und das vom Taufpaten sage ich. Die Bäuerin lacht mich immer aus, wenn sie von ihm erzählt, und sagt, so einen Taufpaten hast du, und der Bauer kauft vom Taufpaten gestohlenen Sand, was hat denn dieser Taufpate mit mir zu tun, ich hab' ihn ja nicht ausgesucht, hätten ihn halt nicht aussuchen sollen, wenn er ihnen dann nicht paßt, übern Firmpaten fängt sie auch schon an, den hat aber er ausgesucht, und jetzt gibt er mir nichts, ist mit ihm um Hausecken verwandt und gibt mir nichts. Und das mit den Brüdern sage ich, und das mit den Mauererkindern sage ich, schifahren läßt er mich nicht, Freunde soll ich keine haben, daß der Postenkommandant zu Pfingsten immer ein Kitz bekommt, sage ich, daß ich so oft von der Schule wegbleiben muß, sage ich, daß ich immer neben ihm Knödel essen muß, sage ich. Das mit den Schuhen, sage ich, immer sagt sie, ich brauch' so viel Schuhe, ich wachs' so schnell aus den Schuhen, wie soll ich denn die Schuhe zerreißen, wenn ich zum Arbeiten immer Stiefel anhaben muß, daß sie mich immer so bös anschaut, sage ich, immer schüttelt sie den Kopf, und ich weiß nicht, warum. Den ganzen Sommer erzähle ich, was sie mit Moritz machen, erzähle ich, von Maria erzähle ich, immer nennt die Bäuerin uns hinterlistig, aber sie horcht überall herum, wenn die Knechte und die Mägde in der Stube sitzen, geht sie in die Kammer hinauf und nimmt den Deckel vom Ofen weg und horcht. Die Knechte wissen das, ich hab' es ihnen gesagt, und sie haben selber oft gehört, wie oben jemand den Deckel weggenommen hat. Ich habe den Knechten auch gesagt, daß der Bauer und die Bäuerin oft vorm Einschlafen über sie reden, aber die Knechte können nichts sagen, weil er und sie dann wissen, daß ich oft so lang wach bin. Manchmal schmeißt sie einen Schurz voll Äpfel durch das Loch in die Stube hinunter, aber Loferer mag das Äpfel-Hinunterschmeißen nicht. Er kriecht auch nicht auf dem Boden den Äpfeln nach. Ihr gefällt das Äpfel-Hinunterschmeißen, aber das sind ja nur Äpfel, die sie wegtun muß, weil sie sonst die andern anstecken. Sie ist ja gar nicht gut, überall wo ich hinkomme, nennen die Leute sie *die Gute*. Sie schaut nur aus wie eine Gute, die Leute wissen ja nichts, ich werde sagen, daß die Leute nichts wissen, und das mit dem ausgekugelten Arm sage ich auch, warum läßt mich der Trottel mit einem Arm zwei Stuten führen und läuft vor und haut mir das Gesicht voll Erde. Die Mutter soll mich endlich wegnehmen, weg von ihm und weg von ihr. Ich muß Botengänge machen, und wenn ich zurückkomme, ist alles falsch, nur weil er es sich inzwischen anders überlegt hat. Ich folge ja, aber ich kann doch nicht in seinen Dickschädel hineinkriechen, und die Bäuerin sagt dann, so ist er. Manchmal hilft sie mir, wenn's ausschaut, als bringe er mich um, dann gibt sie ihm wieder in allem recht, und sie hat er ja auch zum Weinen gebracht. Warum gibt sie ihm dann wieder in allem recht und sagt ihm, daß ich den Knechten gegenüber ihn Er nenne, Vater sage ich doch nur zu ihm, weil er mich sonst umbringt. Und die Brüder, dem einen reißt er alle Knöpfe aus und schmeißt ihn auf den Heustock hinauf, der stottert, und der andere zittert. Warum kriechen Jörg und Felix immer wieder zu ihm zurück? Alles werde ich sagen, diesmal sage ich alles, dann kann die Mutter nicht mehr sagen, bleib nur, bleib nur, halt nur durch, es wird schon besser, und später wird er dir dann vielleicht etwas geben. Ich will ja nichts, von dem will ich nichts, der soll mich in Ruhe lassen, der soll mich endlich in Ruhe lassen, aber wird sie mir glauben, diesmal weiß ich schon viel mehr, aber die Kruzifixschändung, die Kruzifixschändung glaubt sie mir nicht, die Kruzifixschändung sage ich nicht, aber daß Maria die Kindergartenschwester angespuckt hat, das sage ich ihr, das sage ich zweimal, und dann frage ich sie, warum sie mich damals bei ihm verraten hat. Dann kamen Holl plötzlich wieder Zweifel, und die düstere Herbstlandschaft rückte rasch näher. Bald würden nur mehr Pferde und Schafe auf den Feldern sein.

Der Bauer kam mit einem Glas Schnaps in die Küche und rauschigte Maria und Rosa und eine Tagwerkerin an. Immer wieder brachen sie, bald die eine, bald die andere und dann wieder alle drei zusammen, in Gelächter aus, übern Tisch und weg vom Tisch, mit schnell vorgehaltener Hand, mußten plötzlich hintereinander auf und hinaus, kamen weiß und um den Mund abgewischt zurück und kicherten wieder, kaum die Löffel in der Hand, flog ein *Vorstuhl* um und die Tür auf. Die Bäuerin kam, warf dem Bauern einen mahnenden Blick zu. Die Knechte ernst. In der Küche ging das Gekicher und Gelächter weiter. Über Moritz und den Ofen ein Guß Wasser. Über den Stubenboden ein Guß Wasser. Hinterm Ofen wurde mit Schuhen, Stiefeln und Stallgewand gedroht, gebissen, geschrien, gekratzt, gegriffen, aufgewischt und aufgeräumt. Holl machte die Hausaufgabe, überlegte immer wieder, ob es nicht besser sei, keine Aufgabe zu machen, sich einfach gehenzulassen. Die Bäuerin redete mit der fremden Frau, erzählte ihr von Brunner, von der Umzugsgeschichte, nannte Lechner einen *Frevler*, die Lechnerin, die *gute Haut*, sei die *Leidtragende*. Daraufhin die Geschichte von Lechners Lieblingsschleifholzstapel, den Holls Taufpate zu Schwarzhandelszeiten heimtückisch abtransportiert haben soll. Daraufhin habe Lechner seine Frau vom Salatpflanzensetzen weggeohrfeigt, ins Haus hineingeohrfeigt, bis hinter den Herd geohrfeigt, dann den Ältesten weiter geohrfeigt. Holl neben Holl kam zur Sprache. Eine kurze Einführung in seinen Charakter. Die Frau schaute Holl an und sagte zur Bäuerin, da wundere sie nichts, schüttelte den Kopf. Holl horchte auf, da wundere sie nichts! Da wundert sie nichts! Sie wundert sich nicht!
Die Bäuerin schaute die Frau an. „Ja?!" ganz erstaunt.

„Der Bub ist ja verwahrlost."
„Ja?!"
„Da wundert mich nichts."
„Ja?!"
„Der Bub ist verwahrlost."
„Ja! Helga!"
„Ja! Martha."
„Na!?"
„Ganz bestimmt."
„Na!"
„Martha, das sieht man ja."
„Na! Helga! daß du das sagst!"
Die Bäuerin schaute die Frau an, dann Holl, dann wieder die Frau, schwieg und sagte schließlich, daß alles gut angefangen habe, schaute Holl an und sagte zur Frau, man habe ihn halt als Kind in der Lache liegengelassen.

Holl konnte lange nicht einschlafen. Zu den gleichmäßigen Atemzügen von draußen und herinnen hörte er immer wieder diese Frau. Jeden Satz hörte er. Er wiegte die Sätze hin und her, als wären sie Findelkinder, und dazwischen dachte er immer wieder die Wörter *endlich* und *doch*, schlief ein und wurde durch ein Wagengepolter wach. Das Bett warm und trocken. Die Kammer finster. Er war so froh, daß er in die Hose schlüpfte, durch die Bauernkammer schlich, das Vorhaus dunkel, er lief hinunter, die Küche dunkel und kalt, Ticken, er lief in die Stube und drehte das Licht auf. Moritz auf der Ofenbank, Hut auf, Stiefel an. Auf dem Boden die Pfeife, in ihre Teile zerfallen. Es war noch nicht einmal fünf. Daraufhin entschloß sich Holl, in den Stall zu gehen.
„Dieser Wicht ist schon auf", sagte der Bauer. Holl zwischen zwei Milchkannen, auf dem Weg in die Speise-

kammer, zur Zentrifuge. Alles schaute, aber Holl sah nur die Frau eine Pfanne vom Feuer heben, hörte den Bauern weit weg etwas zur Bäuerin sagen, und plötzlich die Frau: „Das mach' ich nicht!“ Nie hatte Holl jemanden so mit dem Bauern sprechen hören, ein ganz normaler Satz, aber hier scharf wie ein Rasiermesser, fast unheimlich, aber die Sympathie hatte sie.

Holl konzentrierte sich nur mehr auf diese Frau. Die Landschaft stieg ihm überall, wo er ging, saß, stand, arbeitete, betete, unbelastet ins Gesicht. Der Zorn gegenüber bestimmten Personen versiegte. Er hatte nur mehr diese Frau im Kopf. Ihr Gesicht ernst, aber der Blick weich wie kuhwarme Milch. Aber es waren vor allem ihre Sätze, wie sie redete.

Immer gleich angezogen, schritt sie rasch durch die Küche. Bald bückte sie sich, bald rührte sie, bald hob sie schwere Schüsseln, bald ging sie in die Speisekammer, bald in den Keller, bald zog sie an einer Schublade, bald schob sie lange Scheiter in den Stubenofen, bald Brotteig in das erhitzte Gestein, bald riß sie das Rohr auf, bald ein Fenster, und ständig sah sie aus, als arbeite sie nicht, und doch machte sie nie einen Handgriff oder Schritt zuviel. Gleich vom ersten Tag an ging ihr die Arbeit von der Hand. Sofort verlangte sie die Schlüssel zu Keller und Selch und einen für ihre Kammer. In der Dirnenkammer schlief sie nicht. Entweder eine eigene Kammer, oder ich geh', soll sie zur Bäuerin gesagt haben. Sie vögle nicht und wolle auch nicht zuhören, wenn andere vögeln. Sie lachte nicht und fluchte nicht und hatte auch keine Launen, aber wenn der Bauer kam, stach sie zu. Oft sagte sie: „Was willst du?!“ und ließ ihn stehen.

Schon am zweiten Tag schickte sie die Bäuerin in die Kammer hinauf, damit sie sich erhole. Die Bäuerin kam aber immer wieder herunter, suchte in den Schubladen herum oder tat, als hätte sie etwas vergessen, als sei ihr in der Kammer oben eingefallen, daß sie herunten etwas Wichtiges sagen wollte, oder sie habe sich herunten etwas für oben gedacht, das ihr nur wieder in der Küche einfalle, aber es fiel ihr nichts ein. Wie ein verstörtes Kind stand sie herum und suchte verzweifelt nach einem Grund, nach einer Abweichung, um Helga die Arbeit zu erklären, weil sie einfach nicht glauben konnte, daß jemand anderer ihren Platz einnehmen könne. Sie sagte, das sei immer so gewesen, das habe sie immer so gemacht. Dann wurde es Helga auf einmal zu dumm, sie hob die Pfanne vom Herd und goß vor den Augen des Bauern, der Bäuerin und der Dienstboten die ganze Frühstücksmilch aufs Feuer. Einen Augenblick sah es aus, als stürze sich der Bauer der Milch nach ins Feuer. Ein Schrei, wie Holl ihn nur einmal von einer Frau in der Kirche gehört hatte. Es zischte, und unten flossen Milch und Asche heraus und liefen dick und träge auseinander. Die Gesichter entsetzt, und dort so viel Herrlichkeit. Holl wäre am liebsten in die Frau gesprungen, um neu aus ihr herausschlüpfen zu können, und gleichzeitig schlürfte er den Anblick löffelweise in sich hinein. „So", sagte Helga. „Schaut nicht so dumm! Denkt lieber nach, warum ich die Milch weggeschüttet habe." Sie ging ins Vorhaus und kam mit Kübel, Fetzen und Schrubber wieder. Die Bäuerin schaute den Bauern an, dieser verzog das Gesicht zu einem Lächeln und sagte: „Im Rundfunk bringen sie in der Früh immer dieselbe Leier!" Um Rundfunk und um Rundfunkidiotie gehe es jetzt nicht, fuhr Helga ihn an, sondern um Bauernidiotie. Seit Tagen höre sie sich nichts als Nörgelei an. Sie habe nichts gegen diese Arbeit, aber sie habe etwas gegen Menschen, die vor lauter Arbeit nichts als Arbeit im Kopf haben und damit andere zugrunde richten. „Schaut euch doch alle einmal an!" schrie sie. Ihr halbes Leben habe sie nun schon auf Bauernhöfen verplempert, und überall, wo sie hinkomme, gehe es gleich lächerlich zu. Sie sei tief traurig über die vielen, vielen Menschen, die man von Kind auf zitzerlweise umgebracht hat oder umkommen hat lassen, und immer noch begegne sie solchen Kindern. Sie könne es nicht mehr ertragen, immer und überall diesen stummen Tragödien zuschauen zu müssen. Es komme ihr auch schon lange nicht mehr vor, sie arbeite in Küchen, sondern in Leichenhallen. Dann ging sie hinaus und kam nach einigen Minuten mit der Ofenschaufel vom Vorhaus herein und begann schweigend das milchnasse, halbverbrannte Holz aus dem Herd zu räumen. Rosa wischte auf. Maria holte Milch aus der Speisekammer. Der Bauer verließ etwas benommen die Küche. Wahrscheinlich dachte er an seinen Vater, den alle bis zu seinem Tod gefürchtet und gehaßt hatten. Oder er dachte an seine Geschwister, die weinend vom Hof gegangen waren und ihn nie mehr betreten hatten. Wer davon wußte, konnte nach den Worten der Aushilfsköchin auch nur daran denken. Holl dachte an die vom Großvater herbeigeführten Zustände und an das Kind, für das der Alte nicht einmal die Mutter ein paar Tränen hatte weinen lassen, als es mit sieben Jahren gestorben war, allein in der Kammer, während die Mutter in der Küche hatte kochen müssen. Holl liebte das tote Kind. Er wollte ja oft dieses tote Kind sein.

Nach dem Frühstück schaffte der Bauer die Arbeit an. Seine Phantasie, eine erbliche Belastung, war wiederhergestellt. Eine Kinderhand konnte nicht klein genug und ein Weiberbauch nicht dick genug sein, er wußte für jeden mehr als genug Arbeit und lobte ständig am Feierabend die Stärksten, wenn sie fleißig waren. Er wollte Maria durch das Schilf waten lassen, weil's dort im Herbst am schönsten sei, aber Helga schnitt ihm mitten im Satz das Wort ab. Maria komme ihr den ganzen Tag nicht aus dem Haus und Rosa nur, wenn es leicht gehe. Er schaute sie böse an, widersprach aber nicht.

Kaum war der Bauer aus dem Haus, kam die Bäuerin wieder in die Küche herunter und verkündete kopfschüttelnd, daß Holl auch diese Nacht nicht ins Bett gebrunzt habe. Sie könne einfach nicht begreifen, sagte sie halb zu Holl, halb zu Helga, warum der auf einmal nicht mehr ins Bett brunze. Her und her habe er ihr ins Bett gebrunzt, und jetzt brunze er auf einmal nicht mehr ins Bett. Holl beugte sich tief über das Aufgabenheft und streckte die roten Ohren zu Helga hinüber, die Rahm in den Rührkübel goß. Ob sie denn nie darüber nachgedacht habe, fragte Helga. Nachgedacht? sagte die Bäuerin, freilich habe sie oft darüber nachgedacht. Sie sei auch ein paarmal mit ihm zum Arzt und habe mit seiner Mutter gesprochen und nach Begräbnissen mit vielen Bäuerinnen, von denen sie wisse, daß sie Bettbrunzer im Haus haben. Auch mit einem Bauerndoktor habe sie gesprochen. Sie zählte Namen auf. Holl wurde ein wenig übel vor lauter Namen. Viele Häuser hatte er noch nicht einmal betreten und war schon als Bettnässer bekannt, ja berühmt. Irgendwann würde er diese Häuser mit einer Botschaft betreten, und die Menschen in ihnen würden ihn sofort als Bettnässer denken, und er würde denken, sie denken: Das ist also der Bettnässer von 48. Ich werde dann sofort hinauslaufen. Aus allen Häusern, die ich betreten muß, laufe ich immer sofort hinaus. Die Leute in den Häusern machen mir Angst, aber ich fürchte mich, es ihnen zu sagen. Ich sollte es ihnen sagen, aber im Vorhaus weiß ich schon: ich werde mich mit einer Ausrede davonmachen. Hoffentlich hilft mir Helga. Sie hat mir ja schon viel geholfen, aber sie soll mir noch mehr helfen. Ich muß ihr sagen: sie soll dableiben und alles anders machen.

Die Bäuerin sagte, sie habe verschiedene Mittel ausprobiert, aber nicht einmal das Durchhauen habe geholfen. Der Bauer habe ihn am Anfang öfter *gezwiefelt.* „Da war er auch noch heikel und frech zu uns", aber das habe ihm der Rudolf dann schon ausgetrieben. „Jetzt ist er ja ein ruhiger Bub, ein wenig hinterlistig halt. Viel Verdruß und viele Geschichten hat er uns gemacht. Den Herrn Pfarrer mag er halt gar nicht, und ums Beten reißt er sich auch nicht."

Die Bäuerin zählte einige Geschichten auf, schaute dabei von Helga (die bald ging, bald stand oder schnell etwas zu Rosa oder Maria sagte) zu Holl, von Holl zu Maria (die sich am Rührkübel zu schaffen machte), von Maria zu Rosa, weil Rosa ihr gerade in den Blick rannte, oder weil sie Rosa als stumme Zeugin brauchte. Wieder fielen haufenweise Namen, die Helga nicht kannte, dafür aber Holl. Eine ganze Horde von Menschen feierte plötzlich in seinem Kopf ihre Auferstehung und gab ihm seine Vergangenheit zum besten. Darunter tummelten sich Schlacht- und Befruchtungsszenen von Kühen, Menschen, Stuten. Arbeitsunfälle, Totenbahren, Gummiflecken, die zerhackte Sennerin, die raufenden Gufftbrüder, Moritz auf dem Heu mit offenem Mund aufwachend, voll mit Kot und Holzzwecken zwischen den Lippen, der Onkel tief im Schnee auf dem Weg zur Schule. Er hörte die Bäuerin erzählen, aber die Geschichten hörte er nicht mehr. Es

war, als müsse er pausenlos unter den Tisch brunzen. Helga hörte zu und unterbrach schließlich die Bäuerin. Das seien ja ganz schreckliche Dinge, die sie da neben Holl über ihn daherrede. „Wie über einen Steinhaufen wird hier über Menschen gesprochen." Ganz entsetzt sagte sie das. Dann flog plötzlich der Bäuerin die Rührkübelkurbel vor die Füße. „Hier wird man auch wie ein Steinhaufen behandelt!" schrie Maria sie an und lief hinaus, schlug die Tür hinter sich zu und noch eine Tür. „Ja! da geht's ja auf einmal zu, wirft mir die Rührkübelkurbel vor die Füße. Zuerst schüttest du die Milch in den brennenden Herd. Jetzt wirft mir die die Rührkübelkurbel vor die Füße", da müsse man ja Angst haben, aufgehängt zu werden. Im eigenen Haus wäre man auf einmal nicht mehr sicher. Ob ihr denn das Haus gehöre? fragte Helga. Gehören eigentlich nicht. Im Besitz sei sie nicht.
Wieso sie dann sage: *Im eigenen Haus?*
Das habe sie nur so gesagt, aber deswegen brauche sie sich noch lange nicht gefallen lassen, daß Dienstboten ihr die Rührkübelkurbel vor die Füße würfen. Das sei ja noch schöner. Sie schmeiße ja auch nicht mit Rührkübelkurbeln um sich. Das könne man doch nicht machen. „Wo kämen wir denn da hin, würden wir alle mit Rührkübelkurbeln aufeinander losgehen. Das wäre ja entsetzlich. Da könnten wir ja zusammenpacken und uns wie Diebe in der Nacht davonschleichen. Schmeißt mir einfach die Rührkübelkurbel vor die Füße. Hätt' mich ja treffen können." Das dürfe ja gar nicht aufkommen, sonst tue sie der Schuster noch in den *Faschingsbrief*. Sie bückte sich, um die Rührkübelkurbel vom Boden aufzuheben, aber Helga kam ihr zuvor und stieß die Rührkübelkurbel mit dem Fuß gegen die Kredenz. „Ja!" entfuhr es der Bäuerin. „Martha! schau!" sagte Helga, hob die Rührkübelkurbel auf und

schleuderte sie durch die ganze Küche gegen die Speisekammertür. Rosa ließ einen Arm voll Holzscheiter fallen, stieß mit der Bäuerin gleichzeitig einen Weltuntergangsschrei aus, die Bäuerin fuhr von der Bank auf, starrte Helga erschrocken an, und Holl ergriff schnell hinter sich den Blumenstock, aber Helga sah ihn an und schüttelte lächelnd den Kopf und sagte zur Bäuerin: „Die Rührkübelkurbel ist nur ein Ding, und die Speisekammertür ist auch nur ein Ding. Ich habe euch ja nur gezeigt, wie hier mit Menschen umgegangen wird. Ihr tut ja, als hätten die Dinge Seelen. Wenn ein Teller bricht, schreit ihr", sie ging zur Abwasch. Die Bäuerin schrie, und Helga ließ vor ihren Augen eine Schale fallen, die im Geschrei zerschellte. Helga ging zum Tisch, gab Holl eine Ohrfeige, da hörte man nur das Klatschen. Sie sei selber als Kind immer geschlagen worden. Sie habe viel arbeiten müssen. Sei dann viel herumgekommen und wisse jetzt, „wie man Kinder zu Bettnässern und Trotteln macht. Martha, stell dir vor, du würdest nicht mit einer verbrannten Hand dastehen, sondern in einem Rollstuhl sitzen, und jemand würde hereinkommen und nicht mehr aufhören, die dir so vertrauten Gegenstände kreuz und quer um dich herum durch *deine* Küche zu werfen. Da würde dir dann auch *das Hören und Sehen vergehen,* wie es so schön heißt, und binnen kurzer Zeit würdest du nässen wie ein ständig erschrockenes Kind. Obwohl nur Dinge um dich herumfliegen und nicht Ohrfeigen und Stricke und Riemen dich treffen." Über zwanzig Jahre lang habe sie in den verschiedensten Herrschaftshäusern herumgekocht und sich ausnützen lassen, und erst jetzt könne sie all das sagen, was sie in der Stadt fast verrückt gemacht habe. Ganze Zeitungen voll könne sie aus ihrer Kindheit erzählen. Wenn sie Holl anschaue oder Maria anschaue oder Moritz anschaue, blicke sie in Wirklichkeit in ihre Kindheit zurück. Sie würde das alles nicht sagen, sagte sie zur Bäuerin, wenn sie nicht wüßte, daß auf dem Land die Menschen mit tragischen Irrtümern hausieren gehen. „Kirchenlaufen und Kinderschlagen, das können sie auf dem Land", sagte sie. Daraufhin schaute die Bäuerin auf die Uhr. „Um Himmels Christi willen!" jetzt habe sie vor lauter Zuhören vergessen, die Schüler zu wecken. Sie müsse sie sofort *aufstampern* und eine Entschuldigung schreiben.

Hat Holl sie verstanden?

Ja, er hat verstanden, daß diese Frau ihn versteht, daß die Bäuerin ein kurzes Gedächtnis hat, daß der Bauer sie immer mit Arbeit überrumpelt hat, daß der Bauer das Vieh nie schlägt, daß es ihn schmerzt, wenn ein Bloch zersplittert aus dem Graben gezogen wird. Aber Holl hatte vor allem, während Helga redete, immer gedacht, hoffentlich halten die Knechte zu ihr, hoffentlich schickt sie Maria und nicht Rosa mit dem Mittagessen zu den Knechten. Obwohl Maria den Felbertaler, Neiser und Loferer bei den Verhören angegeben hatte, einerseits aus Haß gegen alles, andererseits weil sowieso alles längst bekannt war, kam sie Holl in diesem Fall verläßlicher vor. Rosa würde dem Bauern auf einen Witz hereinfallen und ihm brühwarm alles erzählen, aber Maria würde mit dem Essentragkorb auf dem Rücken mit dem Fahrrad durchs Dorf fahren, die Leute angrinsen und stumm wie ein Stock neben der Schilfhütte sitzen und essen. Auch beruhigte ihn der Gedanke, daß ein Bauer, nachdem sie ihm eine Abfuhr erteilt hatte, sie und ihre Schwester am darauffolgenden Tag angezeigt hatte. Das ganze Dorf hat es gewußt und hat geredet und geschwiegen, und jetzt zeigten die Menschen mit den Fingern auf Maria.

In der Schule machte Bedoschick mit der Klasse ein Spiel. Jeder Schüler durfte einen Freund angeben. Da passierte Holl etwas ganz Dummes. Er gab seine Stimme einem Dorfschreihals und sah dann Leo, seinen einzigen Freund, ohne Freund in der Klasse stehen und für ihn stimmen. Zusammen gingen sie dann nach Hause, und Holl machte ständig einen weiten Bogen um sich selber.

Maria, die Bäuerin und Helga kamen die Stiege herunter, als er ins Vorhaus trat. Sie redeten auf Maria ein. Während Holl eine warmgestellte Mahlzeit aus dem Rohr holte und darin herumstocherte, bekam er mit, daß Maria in die Dirnenkammer hinaufgelaufen war und sich dort mit Hilfe von Kästen und Betten verschanzt hatte, um in einem günstigen Augenblick mit ihren Sachen das Haus zu verlassen. Die Bäuerin sei immer wieder hinauf und habe ihr durch die Tür gut zugeredet und ihr immer wieder klarzumachen versucht, daß sie in ihrem Zustand nirgends hingehen könne, geschweige denn irgendwo eine Arbeit finde. Wer stelle schon eine schwangere Magd an, habe sie Maria immer wieder durch die Dirnenkammertür gefragt.

Neiser betete nicht.
Maria betete nicht.
Konrad betete nicht.
Der Felbertaler brummte.
Loferer brummte.
Holl betete ganz leise und fluchte innerlich.
Helga saß auf der Bank und blätterte in den Illustrierten.
Prosch betete nicht.
Gufft betete kaum.

Rosa wußte nicht, sollte sie beten oder nicht beten.
Felix betete aus Angst, aber ungern.
Jörg betete aus Angst, aber ungern.
Der Bauer betete laut und war froh, wenn er es hinter sich hatte.
Nur die Bäuerin betete und ärgerte sich.
Moritz saß in der Küche und rauchte Landtabak.
Alle setzten sich um den Tisch, und Maria begann sofort zu essen. Die andern hatten noch nicht einmal ihre Löffel aus den Lederschlaufen unterm Tisch hervorgezogen, aber Maria hatte schon einen Knödel auf dem Teller liegen, zerstach ihn mit dem Löffel und aß. Früher wäre ihr vom Bauknecht mit dem Löffel auf die Hand geschlagen worden, aber jetzt brachen die Knechte in Gelächter aus, alle brachen in Gelächter aus über einen jahrhundertealten Brauch, nur der Bauer und die Bäuerin lachten nicht. Aber der Bauer schrie auch nicht, weil er wußte, daß dann der ganze Tisch mitsamt der Knödelschüssel, dem Dreifuß mit der Salatschüssel und den Tellern übern Haufen geflogen wäre. Neiser und Konrad warteten darauf, und niemand hätte sie gehindert. Die Knechte beruhigten sich aber bald und aßen stumm. Da fing plötzlich Maria zu lachen an und sagte, ihre Schwester habe ihr geschrieben, daß in der Besserungsanstalt bei den Mahlzeiten nur die Erzieherinnen reden, sonst dürfe niemand reden, aber ihre Schwester rede immer. Dafür werde man sie wohl bestrafen, sagte die Bäuerin. „Bodenaufwischen und Scheißhausputzen muß sie", aber das mache ihrer Schwester nichts mehr aus. „Wie die Bernadette", sagte dann die Bäuerin.

Schon weil sie oft am Abend nach dem Kochen ins Dorf hinüberging und sich von der Trafik Zeitungen holte oder sich von Holl welche mitbringen ließ, weil sie eingeschriebene Briefe mit inländischen und ausländischen Marken bekam, weil sie selber Briefe schrieb, war sie sowohl für den Bauern als auch für die Bäuerin bald nicht mehr eine Aushilfsköchin, sondern eine Frau, die sie respektierten, ja eigentlich wegen der Zeitungen ständig ein wenig fürchteten. Mit dem Bauern redete sie nicht, sondern wies ihn immer nur schnell zurecht, aber mit der Bäuerin redete sie, weil die Bäuerin wissen wollte, was in den Kindern vorgehe, wenn sie geschlagen werden. Daß es falsch sei, daß sich die Leute Geschichten erzählen und nicht über die Geschichten nachdenken, sagte Helga. Sie habe früher oft schöne Geschichten gehört, „wie zu Lichtmeß die Dienstboten sich in den Stuben herumdrückten und sich einfach nicht entschließen konnten, ihre Kästen auf die Schlitten zu laden". Heute denke sie, es wäre besser gewesen, sie hätten keine Kästen gehabt, sondern Rucksäcke und Knüppel. „Aber die Weihnachten?" fragte die Bäuerin, „die Weihnachten sind doch immer schön gewesen?"

Hartinger kam an einigen Abenden, um Maria und Rosa für ein Adventsstück zu werben. Maria sagte gleich nein, und Rosa drückte sich herum, sie würde ja ganz gern eine Rolle übernehmen, aber es sei halt ziemlich viel Zeit, die dabei draufgehe. Dann stehe sie auf der Bühne und müsse alles Wort für Wort heruntersagen. Der Kommunist kam und holte Milch. Er war immer gern im Haus gesehen, mußte dem Bauern oft von seiner Schulung in Moskau und von Moskau und den russischen Bauern erzählen. Wenn es sich einrichten ließ, verwickelte der Bauer Hartinger und den Kommunisten in einen Streit und stellte sich selber auf die Seite der Kommunisten,

um die Unterhaltung hinauszuzögern. Mitten in eine solche Küchenunterhaltung kam eine alte Frau und sagte, die Lechnerin habe es hinter sich, sie sei aufgebahrt, man könne beten kommen. Alle zogen Röcke an, gingen durch ein Stück Novemberabend, betraten ein altes Haus. Alles ist still. Man sieht überall verstörte Menschen und unverrichtete Arbeiten, weil oben in einer Kammer die Tote liegt. Entweder man möchte mit ihr gehen oder sie aus dieser entsetzlichen Starre zurückholen. Holl war zum Schreien zumute. Da lag diese Frau, die von Kind auf immer nur gearbeitet hatte. Sie lag da, und er sah sie rundherum arbeiten, ganze Nächte in der Brennhütte sitzen, mit schweren Sautrankeimern gehen, im Garten, auf den Feldern, und neben ihm stand die Stiefmutter, ihr zum Verwechseln ähnlich. Sie beteten kurz und gingen. Holl konnte diese Menschen einfach nicht begreifen. Das ganze Leben lang schauen sie zu, dann kommen sie und beten, und alles geht gleich weiter. Sie gingen mit dem Bauern ins Haus zurück, hörten ihm zu, und Holl wollte ihn erschlagen. Das ganze Leben der Lechnerin saß dutzendweise in der Stube herum, zu viert, zu fünft, zu zehnt in Tausenden von Stuben um die Stube herum, und der Bauer erzählte von ihr und sagte, sie habe einen schönnen Tod gehabt, „der Herrgott wird sicher ein gutes Platzerl für sie haben". Selbst Helga horchte zu und ging dann einfach hinaus. Auf solche Güsse von Dummheit konnte wahrscheinlich auch sie nichts mehr sagen.
Selbst das Begräbnis war klein.
Aber kurz darauf, als ein junger Mensch mit dem Auto tödlich verunglückte, war der Friedhof voll mit schwarz angezogenen Menschen, und alle trauerten einem Holzfäller nach.

Helga ging plötzlich. Ein paar Bücher ließ sie da und eine Mappe. Die Bücher nahmen sich die Bäuerin und die Mägde. Der Bauer schmunzelte ein wenig und verglich das Bücherlesen mit den tölpelhaften Trinkversuchen eines frischgeborenen Kalbes, obwohl er selber Bücher über tote und verhinderte Kaiser las. Holl mußte sich mit der Mappe zufriedengeben. Sie war abgegriffen und Blätter fehlten. Beim Holzeintragen saß er oft in einem Winkel in der Holzhütte und las in dieser Mappe. In den kurzen Geschichten war immer wieder vom Jähzorn die Rede und wozu die Leute im Jähzorn fähig sind. In einer Geschichte wurde eine Frau abgestochen. In einer anderen schnitt sich einer beide Ohren ab. Aber es war auch davon die Rede, wie es überhaupt zum Jähzorn kommen kann und daß ein Mensch von Natur aus nicht jähzornig ist. Der Brunner, dem Holl in der Religionsstunde nicht mehr antwortete, kam als Nikolaus verkleidet, fragte Holl und Konrad um die drei göttlichen Grundwahrheiten, Bedoschick sprang immer wieder mit Kettengeklirr hinter ihm hervor und drohte mit Ruten, Brunner versuchte es mit Einsagen, die Bäuerin wurde böse, ließ Bedoschick mit dem Gabenkorb aus der Stube springen, mit Gebrüll kam er wieder hereingesprungen, auf Holl und Konrad zu, Konrad lief hinter den Ofen, Bedoschick ihm nach, dann setzte ihm Konrad den Schuhleisten auf und bearbeitete ihn mit den Füßen, auch Holl lief hin und brachte schnell ein paar Fußtritte an, ehe die Bäuerin mit dem Felbertaler kam.

Manchmal brunzte Holl wieder ins Bett, aber die Bäuerin schaute ihn nicht mehr so böse an, ließ aber aus Gewohnheit seine Leintücher in der Stube hängen. Neiser hob die Hacke, schlug, noch ein Schlag und noch einer, und die

Sau brach nieder, der Bauer rannte ihr das Messer hinein, Holl rührte mit einem Kochlöffel im Blut, rundherum wurde abgestochen, es gab Blutwürste und Blut geröstet, und der Pfarrer kam und hielt eine *Hauslehre*. Neiser schlug einen Riesenkrach, der Bauer schrie, und Neiser lachte und sagte, ob Brauch oder nicht Brauch, interessiere ihn nicht, er wolle in der Stube sitzen, aber ohne Pfarrer. Der ganze Berg ober Haudorf war entvölkert, saß in der Stube, Brunner unterm Kruzifix, Neiser kam angetrunken von außen herein und schrie, er wolle ohne Pfarrer in der Stube sitzen, Brunner lief mit einem roten Kopf hinaus, es gab ein Gelächter und am nächsten Tag ein Schnapstrinken. Dann versuchte es Brunner mit der Jugend, legte ein Spiel auf den Tisch, knopfförmige Blättchen, die springen, und er drückte, und das Blättchen sprang, und ein anderer drückte, und das Blättchen sprang. Dann wollte einer wissen, warum vögeln sündhaft sei. Da packte Brunner schnell sein Spiel ein und schlug hinter sich die Tür zu. Reif war, und Schnee fiel, Advents- und Weihnachtslieder rauschten durch das Schulgebäude, die Scheune wurde noch schnell mit Heu vollgestopft, Messer wurden geschliffen, Maria und Rosa krochen auf den Knien auf dem Stubenboden umher und rieben und krochen auf dem Küchenboden umher und rieben. Holl durfte am Nachmittag Schlittenfahren. Draußen die Kälte. Bartl kam. Kerzen wurden angezündet. Die Dienstboten standen verloren in der Stube herum. Unterm Herrgottswinkel ein Hirtenspiel. Der Bauer urbäuerlich, mit den Knien auf dem Vorstuhl, mit den Ellbogen auf dem Tisch, halb Gemütlichkeit, halb Macht. Die anderen knieten auf dem Boden, an den Bänken entlang. Holl schaute dem Bauern genau auf die Finger und sah, wie er hin und wieder zwei oder drei Rosenkranzperlen durchriß, dann schaute er wieder auf die Uhr, weil er wußte, daß der Bauer in einer halben Stunde die drei Rosenkränze durchhaben würde, zwischendurch schaute er sich die Kerzenscheingesichter an, aber die halbe Stunde dauerte furchtbar lange. Waren die drei Rosenkränze durch, wurden über ein Dutzend Heilige beschworen, ein Vaterunser für den Großvater, eines für die Großmutter, dann die Bitte um eine glückselige Sterbestunde. Das elektrische Licht blendete. Alle atmeten erleichtert auf, warteten, bis der Horchdeckel weggenommen wurde, ein Glöcklein läutete. Dann standen alle um den Christbaum, sangen und nahmen aus der Hand der Bäuerin beschämt Gaben entgegen, dankten sich schnell hinaus. Holl blieb etwas länger, er wollte nichts, er bekam aber mehr als die Dienstboten, war aber weniger wert als die ehelichen Söhne. Man erklärte ihm, das liege an den Taufpaten. Es wurde aufgetragen und gegessen. Der Bauer erzählte von Menschen, die in der Heiligen Nacht im Freien umherirren mußten, von einer abgehackten Hand, von einem Mord. Bartl ging wieder hinauf ins Zulehen. Neiser trank ziemlich viel Schnaps und jodelte in der Kirche, bis man ihn in den Friedhof hinauswarf. Er soll dann auf dem Grab seines Vaters gesessen sein. Die Kinder hatten neue Hemden und neue Hosen an. In der Kirche roch es nach Ausdünstungen und Winden. Den Heimweg fürchtete Holl. Um ihn herum erzählten sich die Kinder aufgeregt von den Geschenken, die Kälte biß sich in Ohren und Nase. Der Schnee krachte und knirschte. Lichter herunten und Sterne oben. Holl wollte weit weg und erwachsen sein. Die Zäune ragten starr aus dem Schnee, der Bach floß lautlos über Gestein. Neiser kam lärmend ins Haus, riß Kleider vom Ofengestell und wollte mit Moritz tanzen. Die Fenster eisig. Frühstücken in Flanellhemden. Dann gab's ein groß aufgezogenes Kirchengehen mit Lobeshymnen und Ansprachen. Holl ging das Kinderschlachten durch den Kopf. Daß der oberste Gott doch grausam ist, dachte er, sonst würde er nicht wegen einem Kind ein so furchtbares Kinderblutbad herbeiführen, wenn er sowieso alles weiß. Dazu fiel ihm ein, daß die Stiefmutter einmal zum Bauern gesagt hat: „Wenn aber alles nicht stimmt, wenn es unseren Gott doch nicht gibt?" Er versuchte sich vorzustellen, wie die Soldaten in die Häuser gehen und schreienden Müttern schreiende Kinder entreißen und sie köpfen oder einfach abstechen, und der Vater im Himmel, dachte er, schaut zu, dann sah er wieder die Kinder, Brunner und die zwei anderen Priester gingen langsam, alles machten sie langsam, auf 48 muß immer alles schnell gemacht werden, hier geht alles so langsam. Seinen Onkel sah Holl und wollte ihn anspringen, mitten unter den Menschen im Friedhof wollte er seinen Onkel anspringen, und gleichzeitig ging er mit geballten Fäusten in den Hosentaschen am Grab des Alten vorbei. Den Onkel, ein stummer Mensch, dem Alten wie aus dem Gesicht geschnitten, den Onkel liebte er bis in die Wiege zurück, aber den Alten, obwohl er ihn nie gesehen hatte, haßte er bis ins Totengebein. Der Alte hatte als Knecht angefangen, hatte so lange Dienstboten mit allen erdenklichen Unterdrückungsschikanen geschunden, hatte seine Kinder geschlagen und geschunden, hatte seine Frau geschunden, hatte in der Kirche Kühe gehandelt und war als Großbauer gestorben, und der Vater hatte den großen zusammengestohlenen Besitz geerbt und hatte auf dem zusammengestohlenen Diebsgut sofort angefangen, die selbst erlittenen Unterdrückungsschikanen ganz bewußt andere spüren zu lassen, um sich das Diebsgut zu erhalten und es zu vergrößern.

Zu Mittag gab's endlich das langersehnte Fleisch. Alle aßen, bis sie müde vom Tisch torkelten. Holl zog drei Röcke an, band sich die Schuhe fest, setzte die Zipfelmütze auf, zog Fäustlinge an und trat hinaus in den Schnee.

Warm, ja heiß war es in der winzig kleinen Wohnküche. Er dachte an Helga und erzählte von ihr und den Dienstboten. Die Mutter hörte ihm zu und erzählte ihm ihrerseits von Brunner, daß sie ihn habe predigen hören. Da fing es Holl an zu würgen, er lief hinaus in die frische Luft. Da waren Kindergesichter, mit denen er sich in der Zeit vor 48 angefreundet hatte, jetzt fremd, aber die Umgebung schien immer noch traumhaft unbekannt. Er kehrte in die Wohnküche zurück. Die alte Frau war da und machte der Mutter, Holl anschauend, Vorwürfe über Holl, kramte Predigten aus ihrem Gedächtnis, in denen Pfarrer die unehelichen Kinder verdammten, übernahm Haushaltsarbeiten und schickte die Mutter in die Kirche. Sie herrschte Holl an und stellte ihm peinliche Fragen, nur dem Stiefvater und den Geschwistern zuliebe zertrümmerte er die Einrichtung nicht. Wie es wohl den andern geht, fragte er sich. Ganze Scharen auseinandergesprengter Kinder sah er in Winkeln sitzen, darunter den Stiefvater, der ihm gegenüber Rätsel auflöste. Einen Augenblick dachte er auch an das Vieh in den Ställen, das gefüttert und getränkt wird, sah Bartl auf dem Zulehen, sah Prosch. Die alte Frau vertiefte sich in den ‚Rupertiboten', nie hetzt ein Pfarrer seine Gläubigen gegen das Vieh auf, warum gegen Menschen? Warum nicht gegen Zuchtstiere? Schafherden sah er auf Fenster gemalt und einen erfundenen Hirten dazu, aber er kannte wirkliche Schafhirten. Auch da standen Aufpasser hinter den Kindern, und vorne schmolz ihm der Feiertag kostbar dahin, und immer wieder dachte er an die Verdammung, die drei da vorne am Altar verdammen mich, und ich muß hier sitzen und es mir gefallen lassen. Auch hörte er immer wieder die Wörter *Gerechtigkeit* und *Weihnachten* und *ihr Kinderlein kommet.* Dann fuhren sie durch die Winterlandschaft und traten in ein altes Haus unter einen Haufen Menschen. Man zeigte ihm die Bänke, von denen er heruntergefallen war, man fragte ihn aus, zwickte an ihm herum und gab ihm zu essen. Holl hin, Holl her. Hier hat man der Mutter das Arbeiten und Beten beigebracht. Man zeigte ihm ein anderes Haus, ging mit ihm durch Schnee und Wald und in ein Haus, wo ihm die Menschen etwas gemütlicher vorkamen, aber auch ohne Erinnerung. Knechte lagen auf Holzbänken. Das Tal eng. Sie gingen steil hinunter, warteten neben einem Wirtshaus, stiegen in den Bus. Holl blieb sitzen. Der Abend torkelte ihm entgegen. Die Luft biß sich durch die Kleider. Hunde bellten und heulten sich zu. Lichter. Ein Trottel mit einem Brotscherz in der Hand. Holl ging auf Umwegen auf 48 zu, blieb immer wieder stehen und starrte die Nacht an, Stalldunst senkte sich über den Bretterstapel, er überlegte, ob es nicht sinnvoller wäre, einfach zu gehen, einfach durch die Nacht zu gehen, irgendwo würde er umfallen, sagte sich aber wieder, das sind ja nur Menschen, warum soll ich mich wegen ihnen umbringen? Dann bin ich einer von den Umgebrachten, und sie können über mich hinwegschreiten, können weiterhin bedenkenlos Menschen wie mich erniedrigen und quälen, diese Freude mach' ich ihnen nicht, ich werde hineingehen, und irgendwann werde ich den Spieß umdrehen. Er trat ein. Moritz. Rosa. Maria. Die Brüder. Die Bäuerin. Den Bauern sah er nicht. Er verzog das Gesicht und ließ sich neben Moritz nieder und schaute ihn an. Dann ging er Stube–Küche–Stube–Küche–Stube, aber es wurde ihm einfach nicht warm. Er mußte sich erst wieder an alles gewöhnen.

Tee wurde in die Thermosflaschen gegossen. Dann ging's durch die Dunkelheit hinauf, an eingeschneiten Marterln vorbei. Holl dachte an den Holzzieher, den die Muttergottes in der Luft einen Meter vor einem dicken Baum mitsamt der Holzfuhre tatsächlich zum Stehen gebracht hat. Es ging flach, steil, lang flach, dann scharf um einen Felsen und schnell steil, kurz flach, dann lang ansteigend und schließlich fallend immer durch hohen Fichtenwald hinein in den Graben, wo haufenweise Blöcher bis zu einem Wasserfall zurück gefroren aufeinanderlagen. Die Knechte und die Tagwerker hatten den Auftrag, die Blöcher vorsichtig auf die Schlitten zu heben. Der Bauer arbeitete selber, soweit ihn die Kälte dazu zwang. Loferer stand heraußen, ließ die Blöcher vom Schlitten weg steil hinunterrumpeln, auf den Anger zu. Neiser, Gufft und die Tagwerker luden auf und zogen von hinten immer wieder Blöcher nach und hoben sie aus dem Wasser. Mit Eisen an den Schuhen sprangen sie auf dem Holz herum. Holl und Konrad wechselten mit Moritz ab, sie fuhren die steilen Wegstücke, wo die Holzlasten die Stuten einfach hinunterschoben. Moritz hatte Mühe, vom Graben heraus, wo's hinauf ging, den Stuten vorauszukommen. Und während sie auf der Sonnseite das machten, zog auf der Schattseite drüben Loferers Vater Brennholz, stieß sich einen Ast in den Hals, lief und fiel in den Schnee, er lief immer kürzere Stücke und mußte schließlich im Schnee verbluten. Das erfuhren alle beim Eintritt in die Stube. Dann setzten sie sich um den Tisch und begannen zu essen.

Lichtmeß kam.
Maria wanderte ins Spital.
Es gab noch einen Tanz, Bier und Schnaps. Ein alter Brauch. Holl mußte umherlaufen, die lustigsten Leute zusammentrommeln, ausgezeichnete Tänzer darunter. Ein Witzerzähler. Vier Musikanten. Der Bauer selber gab seine Sprüche zum besten. Es herrschte Freigebigkeit.
Neiser zog in die Strafanstalt.
Felbertaler zog in die Strafanstalt.
Konrad ging auf den Bau.
Gufft ging zu einem anderen Bauern.
Loferer ging zu einem kleineren Bauern zurück, wo weniger Arbeit war, das Essen besser, das Quartier besser und der Lohn mehr. Rosa wurde Dienstmädchen in einem sogenannten besseren Haus.
Prosch blieb.
Moritz wurde nicht gefragt.
Holl mußte nach dem Feigenkaffee-Trinken sofort in den Stall, weil der neue Melker noch nicht da war. Er stieß die Gabel in den Heustock und riß daran, um seine Wut loszuwerden. Dieser ekelhafte Heustaub stieg ihm ins Gesicht. Er warf die Gabel weg und spähte hinaus. Alles trostlos. Kalt. Draußen weiß. Herinnen diese riesigen Heustöcke. Unten Gebrüll. Für ihn wieder alles hin. Er kletterte erneut auf den Heustock, griff um den kalten Gabelstiel, hauchte sich in die Hände und fuhr fort, für über achtzig Stück Vieh Heu hinunterzuwerfen. Während er und Prosch fütterten und ausmisteten und molken, kamen die neuen Dienstboten an, einzeln, aus verschiedenen Richtungen. Drei Mägde standen in der Küche, als Holl und Prosch mit der Milch ins Haus kamen. Auch der *Landliebhaber* war da, ein Stadtmensch, der öfter kam und mit dem Bauern Schnaps trank und lange Gespräche

über Zucht und Ordnung führte. In der Stube saßen vier Knechte. Holl gefiel der Pfeifenraucher, aber für die Neuen war er jetzt wieder ein Sohn des Bauern und konnte sich vorläufig auf nichts stützen, um sie zu warnen. Die Knechte selber redeten kaum miteinander. Das Jahr war abgeschnitten. Das Gebet funktionierte wieder, die Arbeit funktionierte, der Bauer hatte neue Zuhörer. Vom Vorjahr erzählte er nichts. Ein Knecht redete selber viel und machte überall Schulden. Seine Mutter kam oft weinend. Sein Vater ging von Zeit zu Zeit wieder und beglich einen Teil. Er selber war immer lustig. Der Bauer sagte dann einmal, ein Knecht müsse nur lustig sein, lustige Knechte seien ihm lieber als starke. Auch der Pfeifenraucher war ein lustiger Knecht. Nie sah man ihn im Abort die Notdurft verrichten, dafür zog oft jemand fluchend die Hand aus der Rocktasche oder fuhr aus dem Stiefel, weil der Fuß nicht ganz Platz hatte, nur am Monatsende war er ein wenig traurig, weil er für drei Kinder zahlen mußte. Vogler, der dritte, machte öfter ein paar Tage blau. Der vierte war ein Pole.

Am Beichttag ging Moritz schon sehr bald in der Früh aus dem Haus, um sich auf der entferntesten Wiese eine Arbeit zu suchen, und kam erst, als es schon finster war, ausgehungert zurück, weil er annehmen konnte, daß der geistliche Herr um diese Zeit seinen Schlupfwinkel aufgegeben und sich in den Pfarrhof zurückgezogen hatte. Jedes Frühjahr unternahm Moritz diesen Versuch, um der Beichte zu entrinnen, aber jedesmal vergeblich. Die Bäuerin schimpfte, Moritz drohte mit dem Hakelstecken, aber schon am nächsten Tag hatte sie ihn hinterm Ofen und zitierte ihn in ein frischgewaschenes Gewand. Holl hatte nicht einmal die Möglichkeit, die Beichte aufzuschieben. Freilich hätte er lieber einen Tag gearbeitet wie der Pole, um nicht beichten zu müssen, aber er mußte zu Brunner in den Stuhl, so einem Menschen so nahe gegenüberzuknien, war allein schon eine Züchtigung, dazu das Wissen, daß der Brunner viel über ihn wußte. Die Zehn Gebote paßten hinten und vorn nicht, da hätte erst jemand kommen müssen und die Kirche auf den Kopf stellen. Wie ein halb erschlagenes Kalb kam er sich vor, Brunner peinigte ihn mit dem vierten Gebot. Draußen stand der Vater. Holl watete durch den Dreck zur Kirche hinaus und ging nach Hause. Die Knechte beichteten aus Bequemlichkeit. Das verstand er nie.

Die Junisonntage waren wieder voll mit Galgenhumor. Dieser ekelerregende Gestank des Blütenstaubs. Wenn es bei den Kirchengängen bewölkt war, war Holl schon heilfroh, wenn es während der Messe zu regnen anfing, strahlte er, und wenn es den Regen kübelweise aus den Wolken riß, glaubte er, der Kindergartenschwester aus Dankbarkeit unter die Röcke greifen zu müssen. Er sah nur schweigende Kinder um sich, die sich fürchteten vor den tausenderlei Ungeheuerlichkeiten des kommenden Sommers, aber er sah und hörte niemanden, der irgend etwas dagegen unternahm. Er wartete darauf, daß jemand käme und einschritte. Wozu eigentlich die Gendarmerie da ist, fragte er sich oft. Schließlich waren ehemalige Knechte darunter, die auf Bauernhöfen aufgewachsen sind. Warum erinnert sich denn niemand an die Schinderei? Schön langsam begann er zu begreifen, daß kein Mensch auf der Welt das Recht hat, mit seinesgleichen nach Belieben zu verfahren. Die Bäuerin redete zwar noch immer gleich über ihn, wenn Besuch da war, aber er erklärte sie einfach von sich aus für unzurechnungsfähig, er

wunderte sich nicht mehr über Widersprüche, sondern fand sich damit ab, daß sie weiterhin auf ihm herumtrampeln werde.
Dafür beschäftigte ihn der Osterausflug noch immer. Die Mutter hatte ihm das kinderlose Ehepaar vorgestellt, bei dem er die ersten zwei Jahre in Pflege gewesen war, und ihm, als sie das kleine Haus verließen, gesagt, daß ihn diese Menschen damals hatten adoptieren wollen, aber sie habe abgelehnt, weil sich *Kinderschenken* nicht gehöre. Von diesem Augenblick an saß ihm das *nicht gehöre* im Kopf. Er konnte nicht mehr aus. Fast sieben Jahre kehrten rücksichtslos wieder. Sie hätte mich ihnen geschenkt, aber nur weil *es sich nicht gehört*, hat sie mich dem Vater ausgeliefert. So fuhr er durch das schneebefleckte Tal, so stand er in der Schmiedewerkstatt und schaute in den Lichtbogen, so trug er die geschweißten Mähmesser auf der Schulter und dachte an diese zwei Menschen, die wollten mich adoptieren, und der Bauer, der zufällig soviel schändlichen Besitz geerbt hat, lauert auf einen Knecht, und das alles, weil die Menschen sagen: *Das gehört sich nicht*.
Die Mutter existierte nicht mehr.
Das Wort Mutter konnte er nicht mehr hören.
Das Wort Vater dachte er schon lange nicht mehr.
Aber er mußte denken. Ganz gleich, was er machte, er mußte denken. Weil er an so vielen Menschen hing, war ihm nichts selbstverständlich und nichts gleichgültig.

Es war heiß. Lechner lag im Sterben und jagte im Nachthemd Brunner aus dem Haus, aber Brunner kam am nächsten Tag wieder und hielt ihm stundenlang ein Kreuz entgegen und eine Leidensgeschichte. Die Bäuerin kam mit Butterbroten und Feigenkaffee und Wasser für Vogler und

Alois Stunk. Eine riesige Fläche war bedeckt mit Heu. Vogler sprang fluchend vom Wagen und trocknete den Schweiß in sein Hemd. Holl sah die Gesichter und schaute weit zurück, überall schweißgebadete Gesichter, alles furchtbar sinnlos, um einen Trottel herum. Plötzlich erblickte er die zwei Hüte. Stunk hatte einen Hutfimmel, arbeitete eine Woche lang für einen neuen Hut, aber wenn es regnete, setzte er keinen Hut auf. Holl goß Wasser in die Hüte. Daraufhin lief Stunk wütend davon und mit ihm eine billige Arbeitskraft. Der Bauer, der zuerst noch mit Genugtuung prophezeite, der Lechner gehe in die Knie, war plötzlich finster, schrie, und Holl nannte ihn einen Trottel, es klatschte, dann zitierte der Bauer den Großvater; also die Züchtigung androhen, aber erst ausführen, wenn der Feierabend beginnt. Holl ging barfuß auf dem vom Großvater zusammengestohlenen Grund und Boden Heuarbeit verrichtend umher, dachte an den Großvater und dessen ungeheuere Menschenverachtung, sah diesen Großvater mit dem Strick in der Gewölbekammer und dachte wieder an seinen Onkel, an die vielen anderen, denen es ähnlich ergangen war, an das ganze Tal. Er konnte den Großvater angehen, von wo er wollte, er stieß überall nur auf Kriminalität. Er ging also vom Anger hinunter und trat vor dem Bauern in die Gewölbekammer und dachte an die Verbrechen des Großvaters und blieb also während der lange andauernden Schläge stumm und trocken wie ein Holzklotz, aber der Bauer keuchte und winselte gegen Ende wie ein Hund und ging erschöpft mit ihm zu Tisch, und Holl schmeckte nach mehr als sieben Jahren zum erstenmal das Essen.

Lechner wurde schwächer und schwächer, war vollkommen wehrlos, als Brunner das dritte Mal in die Kammer zu ihm ans Sterbebett gelassen wurde. Zeit seines Lebens hatte Lechner die wahnwitzigsten Angriffe gegen die Kirche unternommen, und nun lag er da. Nach dem ersten Versehversuch soll er noch einmal furchtbar gewütet haben, aber er konnte nichts mehr ausrichten, seine Töchter meinten es gut, ließen Brunner wieder ins Haus und sprachen dem Alten den Verstand ab. Von Kind auf im Jähzorn gefangen, starb er im Jähzorn, aber im Testament verfügte er die Aufteilung des gesamten Besitzes auf alle Kinder. Auch er war voller Widersprüche, aber er hatte Lichtspalten, die Holl nach soviel Menschenfinsternis nicht übersehen konnte.

Ein Bauernsohn schlug Prosch in den Dreck, worauf dieser von der Alm heraus fuhr. Der Bauer pfiff Holl von einem Heufuder herunter, Holl mußte auf das Motorrad steigen, und eine halbe Stunde später saß er auf einem Melkstuhl, preßte den Kopf an eine warme Kuhhaut und molk zweieinhalb Stunden, dann mußte er aufgeben, weil ihn die Hände bis zu den Ellbogen zurück schmerzten. Sie trugen die Milch in die Hütte, steil über eine finstere Stiege hinunter, in den Keller zum Kühlen, stießen die Tore auf, ließen die Kühe hinaus, Holl trieb sie weit hinauf, lief zurück, mistete den Stall aus, ging in die Hütte, aß, hackte Holz, wartete die Dämmerung ab, ging über Stock und Stein und trieb die Kühe zusammen und auf die Hütte zu in den Stall, sie ketteten sie an, gingen in die Hütte, fuhren aus den Stiefeln, ließen die Hosen und sich selber auf die Betten fallen, bliesen die Laternen aus, dann rasselte der Wecker, Holl taumelte in die Hose und fiel beim Stiefelanziehen um, beim Melken fielen ihm immer wieder die Augen zu, auch ein Eimer voll Milch rutschte ihm zwischen den Knien durch und floß in die

Jauche, er trieb wieder die Kühe aus und im Schneckentempo hinauf, lief hinunter und half die Milchkannen aus dem Wasser heben und hinauf und zur Rampe hinaus tragen, frühstückte, mistete aus, hängte sich einen Salzbeutel um und ging, von einem brüllenden Stier verfolgt, rasch auf die Oberalm hinauf, das Vieh sprang ihm entgegen, daß er die Flucht ergreifen mußte. Prosch hatte also tatsächlich das Salz in den Bach geschüttet, statt es zu verfüttern. Drei Ställe waren knietief voll Mist. Eine Kalm fehlte. Er lief von ganz oben bis hinunter, aß schnell und machte sich wieder auf den Weg, um die Kühe zusammenzutreiben. Vier bis fünf Stunden schlief er meistens im Vorsommer, im Nachsommer brachte er es manchmal auf sieben, und wenn er allein war, lag er leichenbleich dicht an der Wand, das aschgraue Bauerngesicht erschien ihm, er starrte zu den zwei Fenstern, und die Nacht dauerte viel länger als ein Jahr. Er war dreizehn. Prosch siebzehn. Viele Zwölf- und Dreizehnjährige hatten vor ihm diese Arbeit gemacht. Alle sollen lustig und flink gewesen sein. Prosch hatte eine Kalm auf dem Gewissen. Dazu nannten Viehhüter aus der Umgebung Stellen, wo sie ihn mit Feldstechern beim Schlafen beobachtet hätten, bei schönem Wetter im Schatten, bei schlechtem sei er in den Heustadel geklettert oder in den untersten Stall gegangen und Stunden später erst wieder heraus und hinunter. Und dort habe ihn der Melker dann auch ertappt. Holl zweifelte an diesen Aussagen nicht, schließlich kam er aus der Arbeit nicht mehr heraus. Über eine Woche mußte er auf der Oberalm alle möglichen Kunststücke aufführen, um nicht vom Vieh wegen des Salzmangels niedergetrampelt zu werden, saß viel auf Dächern und Bäumen und verfluchte den Besitz und weinte verzweifelt, weil ihm die Arbeit einfach zu viel war, sie ging weit über seine Kräfte, dazu traf ihn das vernichtendste Urteil, *er sei langsam und faul.* Der Bauer ging in der Hütte umher und schüttelte den Kopf. Es sei unbegreiflich für ihn, er habe selber als Dreizehnjähriger diese Arbeit gemacht, sei aber spätestens um halb elf von der Oberalm heruntergekommen, und er, Holl, komme erst um zwei. Er müsse halt alles ein wenig flinker anpacken. Einen schwächlichen Zwölfjährigen schilderte er und betonte immer wieder die Wörter *schwächlich, flink* und *lustig.* Holl lief hinaus und auf der Alm umher, er konnte nur mehr laufen, er wollte vor sich selbst davonlaufen. Er wußte ganz genau, was der Bauer damit bezweckte. Auf der einen Seite hatte er ihm den Stolz, auf dem Holl und seinesgleichen nur existieren konnten, mit ein paar Worten vernichtet, auf der anderen Seite war die Sprache. Alle, die Besitz und Ansehen hatten, redeten wie der Bauer und gaben überall den Ton an. Was konnte Holl gegen eine solche Sprechweise ausrichten? Er wußte, der Bauer hat ein neues Verfahren gefunden, um weiterhin meinen Körper zu Geld zu machen, um meinen Körper rücksichtslos zu besitzen. Darum ist es immer gegangen. Holl wollte seinen Körper für sich haben, aber wem würde er das jetzt klarmachen? Er hetzte almauf, almab und hin und her. Eine furchtbare Wut nahm sich seiner mütterlich an. Weit unten sah er den Bauern wegfahren. Er trieb die vollgefressenen Kühe vor sich her, er war jetzt nicht müde, nur der Anblick der vielen Kühe schreckte ihn. Die prallgefüllten Euter. Die drei Ställe oben immer noch knietief voll Mist. Unten vor der Hütte knietief Dreck. Die Ziegen wahrscheinlich weit oben. Seine Hände blau. Wie viele andere hatte er sich im Winter die Hände erfroren und molk sich deshalb schwer. Auch die Milchkannen waren ihm zu schwer, und die Scheibtruhe war ihm zu schwer. Der Rührkübel war ihm zu schwer. Aber das konnte er nur fühlen und denken. Sagen durfte er das nicht. Er wollte nicht auch noch die letzte Schande auf sich nehmen. Über Arbeit klagen, war die größte Schande. Er wollte nur noch sterben, einschlafen und nicht mehr aufwachen, aber er wurde immer wieder geweckt, brutal aus dem Schlaf gerissen, und dachte sofort an die Schlucht, die Hose feucht-kalt, die Fußlappen feucht, die Stiefel feucht, die Milchkannen kalt, der Melkeimer kalt. Er torkelte hinter dem Melker durch den dreckigen Stall und dachte: Morgen geht da ein anderer. Immer wieder überrumpelte ihn der Schlaf. Das eiskalte Wasser wirkte höchstens eine halbe Kuh lang. Die Hände wurden schwächer anstatt stärker. Der Melker war nicht gerade begeistert von ihm. Um einen Hund hatte er gebeten, um nicht jede Kuh einzeln treiben zu müssen. Der August lag noch fast zur Gänze vor ihm. Es bis in den Oktober durchzuhalten, erschien ihm aussichtslos. Die Viehhüter sah er schon den Wald durchstreifen und Gräben absuchen, als er sich von der Hütte verabschiedete. Er ging schnell. Wieder verfolgte ihn der Stier. Oben ging er langsam immer in Richtung Schlucht, aber dann kam erst das Furchtbare. Die große Beerdigung schrumpfte und wurde kleiner und kleiner, und bis er die Schlucht erreichte, zweifelte er schon, ob man seine zerfetzte Leiche da unten überhaupt suchen würde. Er schaute hinunter und ging schluchtaufwärts weiter, durch den Lärchenwald, und weiter, immer steiler und höher hinauf und stieß immer tiefer in den Gedanken, weiterleben – weiterarbeiten – zu müssen. Ein grausames Dilemma. Einerseits hielt er viel auf sich und wollte leben, andererseits war er nur eine Arbeitskraft und wußte, er würde nur als solche abgehen, er wäre nie ein Mensch gewesen. Es schwindelte ihm, aber er hatte keinen

anderen Ausweg, er mußte weiterhin seine ganze Existenz aus Leibeskräften dem Bauern abliefern. Freilich dachte er in der Früh wieder ganz anders. Manchmal bekam er einen saftigen Kuhschwanz ins Gesicht oder er wurde von einer Kuh in den Dreck geschlagen, dann war er für das plötzliche Erwachen dankbar. Zweimal in der Woche wetterte er ein paar Wochen lang auf braunem Packpapier gegen die langweilige Almkost, reichte die Zettel Zuckmayr, dem Milchwagenfahrer, ins Führerhaus, damit er sie draußen Moritz weitergebe. Manchmal redete er auch mit ihm von der Milchrampe aus über den Dieselmotor, während der Beifahrer die Vierzig-Liter-Kannen auf den Wagen warf. Dann lag auf einmal die alte Sau vor der Hütte. Der Tierarzt gab sie nicht frei. Sie aßen zuerst aus Angst vor einer Vergiftung kleine Stücke, dann immer größere, und schließlich aßen sie mit den Viehhütern aus der Umgebung die ganze Sau auf. Er kam weit umher, gegen den Herbst hin, bis zu den hintersten Karen hinauf, wo nur mehr Schafe waren und irgendwo ein Hüter, der das Reden schon verlernt hatte. Je höher, desto schneller ging er einer fast besitzlosen Wildnis entgegen, als ginge er nur zu seinem Vergnügen, obwohl auch diese Gänge für den Bauern waren, denn er mußte ja seine Ziegen finden und die dadurch liegengebliebene Arbeit nachholen, wenn er müde zurückkam, meistens ohne Ziegen, was ihm wieder nur Bedrängnis und Tadel einbrachte. Er konnte nur sagen, er habe sie nicht gefunden. Und der Bauer sagte: „Aus der Welt können sie nicht sein."
Viele naive Gesichter sah er, gleichaltrige und ältere und alte. Zementträger und Männer in Wasserbaustiefeln. Schwerüberladene Lastzüge. Einen bleichen Fahrer und einen zerquetschten Mann und ein zerquetschtes Motorrad und eine Stunde später zwei dicke Jagdherren aus Deutsch-

land. In die Siedlung ging er nicht hinunter, denn da hatte ihm der Bauer zu viele Augen und Ohren. Hin und wieder ein halbes Kilo Butter machte Menschen gesprächig. Er kannte sie von ihren Besuchen her und wußte, daß sie stundenlang mit den Feldstechern hinter den Fenstern sitzen. Er hatte seine Stellen, wo er onanierte. Scheißen und brunzen und denken konnte er überall, aber deswegen wurde die Arbeit nicht leichter. Im Freien führte er viele Selbstgespräche nach allen Richtungen gegen seine Unterdrücker und gegen die Art, wie die Menschen die Menschen sehen und wie sie über die Menschen reden. An die Strafanstalt dachte er. Wie es wohl Maria ging? An draußen. An Bartl. An viele, viele Menschen. Durch klare, helle Septembernächte ging er zwischen drei und vier und jagte Kühe auf, dann stolperte er wieder durch die stockfinstere Nacht, stieß alle Augenblicke wo an, fiel oft, oft überschlug es ihn über einen Steinhaufen oder einen Kuhrücken in aufspringende Kühe hinein, war lange aus, hinkte meistens und hatte irgendwo Kratzer, die sich durch warmes Blut oder durch ein Brennen bemerkbar machten, dazu regnete es oft, daß ihm die Kleider kalt am Körper klebten, dafür war aber das Ausmisten leichter. Der Bauer griff ihn also nicht mehr mit den Händen an, sondern mit Worten, stellte ihn bei jeder Gelegenheit andern gegenüber als einen völligen *Nichtsnutz* hin – einen Menschen, der nicht einmal zum Arbeiten taugt. Wo konnte er als solcher hingehen? Wer würde ihn nehmen? Holzfällen kam noch lange nicht in Frage. Wildbachverbauung auch nicht. Eine Straßenbaufirma auch noch nicht. An einen anderen Bauernhof dachte er nicht einmal. Eine wilde Katze wurde zutraulich. Der Melker kam wütend von einem Wildererversuch zurück, sprengte die Katze zwischen Wand und Kamin und erschoß sie. Ein anderes

Mal war mitten auf dem Tisch ein Scheißhaufen und die Löffel darin. Dann waren wieder die Kühe dahin. Immer weiter kam er hinaus. Oben lief er alles nach den Ziegen ab. Unten mußte er immer öfter, immer weiter hinaus die Kühe zurücktreiben. Auf der Oberalm brach das Vieh aus und verwickelte ihn in Wettläufe. Viehhändler kamen und schreckten ihn mit kalten Hakelstecken aus dem Bett. Viele sahen ihn gern laufen. Bis sich der Bauer dann dazu bequemte, einem längst fälligen Almabtrieb zuzustimmen, war Holl allerdings schon ziemlich verrückt, dazu die Hetzerei beim Almabtrieb, und der Schnaps, die vielen Gesichter, Mitleid und Bosheit bunt gemischt, das Dorf selber, Haudorf, 48, zwischen raufenden Kühen sprang er durch, hinein in den Stall, leer und ganz weiß, er lief durch, grub seine Hände in den Kuhdreck und fing an, ganz wild, die weißen Wände damit zu bewerfen, und wachte irgendwann in der finsteren Schlafkammer auf.

Bartl wurde vom Liebstaller auf einen Karren gebettet und vom Zulehen ins Spital heruntergeliefert. Zwei Tage später warf Vogler ein paar alte Pferdedecken auf einen Wagen und fuhr ins Dorf. Holl wachte durch das Gepolter auf, sah durch ein Stubenfenster Vogler absteigen, ging hinaus, hob die Decke und sah ein ihm vertrautes Totengesicht. Bartl lag nackt in einem spitalseigenen Sargunterteil. Holl und Vogler hoben ihn vom Wagen und trugen ihn über Stiegen hinauf in den zweiten Stock, stellten ihn nieder. Vogler hatte eine Schnapsflasche bei sich und trank dem Toten zu. Die Mägde kamen mit Schragen und Brettern und bauten flink eine Bahre. Holl und Vogler hoben den abgemagerten Leichnam aus dem Sargunterteil und legten ihn auf die Bretter. Die Bäuerin kam und bemühte sich, dem Toten die Hände zu falten, seine Finger ineinanderzuschieben. Aber es ging nicht. Die Finger waren viel zu dick. Er hatte sich die Finger vom vielen Arbeiten zu Lebzeiten verunstaltet. Beim Anblick seiner Füße wurde Holl ein wenig übel. Die Füße von Bartl hatten wahrscheinlich nie einen Schuh gekannt. Holl ging hinaus und sah plötzlich Vogler in dem Sargunterteil liegen und Schnaps aus der Flasche trinken, und hörte aus dem Sargunterteil, in dem Hunderte von Toten provisorisch gelegen waren, Vogler sagen, es sei feucht, aber vor Bartl grause ihm nicht. Er habe oft mit ihm in Wirtshausküchen die Bauern verflucht und getrunken. Die Mägde und die Bäuerin schrien, trauten sich aber nicht, Vogler anzufassen, um ihn herauszuziehen, standen um ihn herum, in diesem fast lichtlosen Gang, vor der Dirnenkammer, und redeten ihm gut zu. Er solle doch endlich aus dem Sarg heraussteigen, flehten sie ihn an, und Vogler beteuerte, er fühle sich *sauwohl,* er denke nicht daran, herauszusteigen, erhob sich dann aber doch und ging mit Holl hinunter in die Küche, wo Moritz hinter seiner Pfeife saß, und Holl sah sofort dessen schrecklich große Hände und erinnerte sich, daß Moritz das Sterben fürchtete. Viel wurde jetzt herumgeschoben wegen der Beerdigungskosten und der Arbeit, die Bartl verursacht hatte. Die ganze Bauernphilosophie wurde offen ausgesprochen. Holl hörte das gern. Der Bäuerin hat Bartl zu wenig für 48 gearbeitet, um ihn nun drei Tage tot im Haus liegen zu haben. Sie meinte, auf Liebstall sei er länger gewesen und deshalb auch auf Liebstall aufzubahren. Nach ihrer Ansicht hätte ein Liebstallfuhrwerk ihn vom Spital abholen und nach Liebstall hinaufliefern müssen. Auch Taxenbach erwähnte sie einmal kurz, eigentlich gehöre er nach Taxenbach und also auf einem Taxenbacher Bauernhof aufgebahrt und im Taxenbacher Friedhof *eingegraben,* denn dort seien auch

Kinder von ihm. Vorm Schlafengehen fiel ihr plötzlich ein Blumenstock ein, der in der Totenkammer stand. Das Fensterbrett komme ihr so leer vor. Und wer holt ihn? Wer muß jetzt durch das finstere Haus hinaufgehen und den schweren Blumenstock aus der Totenkammer holen? Holl schaute die Brüder an und den Bauern bis zum Hosenbund hinauf und wollte in die Stube entwischen, aber schon war er dran, schon hatte sie ihn. Soll ich ihr sagen, daß ich mich fürchte? Er zögerte an der Tür und stürzte sich in die Angst, tastete sich durch das finstere Haus hinauf. Die Stiege knarrt. Alles ist ruhig. Er hört nur sich und leuchtet mit der Stablampe umher, geht rasch die Tür an, stößt sie auf, leuchtet den Toten an, und wieder ist es, als würde der Tote jeden Augenblick aufspringen, unglaublich für Holl, daß Bartl auf einmal so starr daliegt. Er leuchtet das Gesicht an und greift mit der anderen Hand nach einem Stuhl, um zum Blumenstock hinter dem Kopf des Toten zu gelangen, und er steigt auf den Stuhl und rechnet damit, daß der Tote aufspringt und sich am Erstbesten rächt, und beugt sich über das Totengesicht, nimmt die Stablampe in den Mund, streckt beide Hände nach dem Blumenstock aus, hört draußen Schritte und eine Tür gehen und merkt plötzlich, daß er den kalten Bartlkopf in der Hand hat. Ein früherer Knecht stand geblendet unter der Tür und erschrak, als Holl die Bahre anleuchtete, und „Bartl" stotterte, weil er eigentlich in dieser Kammer auf eine Magd hätte warten wollen. Jetzt ging er mit Holl hinunter und bat ihn vor der Hinterhaustür, ihn nicht zu verraten. Auf und auf zitternd und weiß im Gesicht, stellte Holl den Blumenstock auf den Küchentisch. Die Bäuerin lachte ihn aus und sagte, er brauche sich doch nicht vor einem Toten zu fürchten, ein Toter tue ihm nichts, und Bartl schon gar nicht.

In die Schule kam Holl immer seltener und ungepflegter. Dort hauste der Direktor mit einem Arm voll Haselnußstecken, die er überall herumliegen und -lehnen hatte, fast alle *eingeschnitten.* Zwei Schüler waren ständig unterwegs und suchten Stauden ab, während die anderen nur darauf paßten, bis der Direktor hustete oder auf den Gang hinausging, um schnell ihre Taschenmesser zu zücken. Der ganze Unterricht bestand nur mehr aus Krawallen, einmal tobte der Direktor, einmal die Schüler, aber viel öfter die Schüler. Einzeln fischte er sich den einen und den anderen heraus und schob ihn mit dem Kopf voraus unter das Katheder, aber bis er den Stock schwang, hatte der Schüler meistens schon den Stuhl ergriffen und sich hinter diesem verschanzt. Gruppenweise behielt er sich dann die Lautesten zurück und raufte mit ihnen bis in den späten Nachmittag hinein. Die Schüler selber fingen an, weitzurückliegende Rechnungen zu begleichen, in die Magengrube. Blutende Nasen. Blaue Augen. Blutende Lippen und dort und da eine Zahnlücke.

Holl wird viel umhergeschickt. Zu Weihnachten betritt er absichtslos und ohne Fragen die kleine Wohnküche der Mutter, will nur sitzen, aber da weiß man plötzlich von seinem Sommeraufenthalt. Er hört von vielen Forderungen, die er, laut eines Begräbnisgesprächs des Bauern, von der Alm aus gestellt haben soll. Man schildert ihm einen angenehmen Sommer, den er gehabt haben soll. Zwischen Kirchengehen und Schlafen und zwischen den Besuchen redet er nur, um die aufgebrachten Lügen wenigstens der Mutter auszureden, aber sobald er anfängt, vom Verfahren zu reden, will sie nichts wissen. Er will ihr aber klarmachen, daß ein neues Verfahren gegen ihn laufe, daß der Bauer ein neues Verfahren gegen ihn gefunden habe.

Er wurde wieder sommerbefreit und mußte mit einem bauernfreundlichen Bauernsohn wieder auf die Alm, kratzte den Katzenkadaver heraus und ließ sich vom Bauern kraftzermürbende Extraarbeiten anschaffen und machte sie nicht, stritt sich oft mit dem bauernfreundlichen Bauernsohn und redete tagelang überhaupt nicht mit ihm. Ein altes Viehhüterehepaar besuchte er hin und wieder und hörte sich ihre Geschichten an, in denen es hauptsächlich um Hosen, Röcke und Schuhe ging. Der Bauernsohn hatte den Auftrag, ihn zu beobachten. Plötzlich kam ein anderer, um Holl abzulösen, und er setzte sich zwischen Zuckmayr und den Beifahrer ins Milchautoführerhaus, schaute Zuckmayr beim Fahren zu, ging ein Stück zu Fuß durch den Vormittag, setzte sich neben einem kräftigen Mechaniker auf einen roten Traktorkotflügel, schaute hinunter auf das Gras und zu den Knechten rundherum, die jetzt vielfach Schildkappen aufhatten, früher Schneuztuchmützen, jetzt Schildkappen, wie sie die Handwerker trugen. Er winkte dem einen und dem anderen zu. Es war heiß, aber er war wieder unter Menschen. Dem Mechaniker fraß er aus der Hand, keinen Handgriff, nichts brauchte der ihm zu erklären. So schnell konnte der Bauer gar nicht schauen, und er hatte an Holl den perfektesten Traktorfahrer. Wer kannte schon die holprigen, zusammengestohlenen Grundstücke besser als Holl? Er sang in das Traktormähgeräusch, ein leichter Wind um die Stirn, mit ganzer Kraft riß er den Mähbalken empor und ließ ihn auf den Rasen fallen, und immer war ihm, als fahre er auf dem Großvater spazieren. Der Bauer war lange gegen den Traktor gewesen, er jammerte und hatte viel auszusetzen. Der Boden tat ihm leid. Der Preis war ihm zu hoch. Kam ihm vor, es fehle irgendwo ein Brett, lief er sofort und zeigte einen Nachbarn an, aber selber ließ er mitgehen, was sich lockern ließ, und handelte stundenlang mit einem Knecht um 50 Schilling Lohn. Holl konnte vielen Menschen schon gar nicht mehr ins Gesicht schauen, weil er sich schämte, mit seiner Gesinnung war er längst auf der Arbeiterseite, aber die Arbeiter schauten ihn wegen des Bauern schief an. Es blieben ihm also nur der Traktor und ein paar andere Maschinen, die der Bauer nach vielen Winkelzügen doch endlich kaufen mußte. In ihnen war Holl sofort zu Hause. Der Umgang mit den Maschinen brachte ihm auch die erste positive Bemerkung ein. Für die Maschinen sei er gut, aber sonst tauge er zu nichts, hieß es jetzt Besuchern gegenüber. Die Maschinen pflegte er, als wären sie sein Eigentum, und seine Arbeitsleistung steigerte er um seiner selbst willen. Auch machte es ihm Spaß, dort und da einen Bauern unter oder auf einem Moped in den Brennesseln liegen oder stöhnend über eine Böschung heraufkriechen zu sehen. Dort und da ging einer mit genagelten Schuhen auf den Mäher los, als wäre der ein Kind. Grausam waren die Miststreuerunfälle. Holl begriff nie, warum Bauern immer wieder Miststreuer überluden, einen Knecht hinaufstellten, obwohl davor gewarnt wurde. Aber immer noch mußten abgeschälte Beine freigeschweißt werden, manchmal ein Toter. Und passierte ein Unfall an einem Feiertag, während des Gottesdienstes, dann war das natürlich eine Strafe Gottes.

Über eine halbe Stunde fuhr Holl mit dem Moped talaufwärts durch den Winternebel und ging zu Fuß steil hinauf, Hunden und Holzhäusern entgegen und daran vorbei. Kinder schauten ihn durch freigehauchte Fensterscheiben und um Hausecken an. Er hatte den Auftrag, einen Vierzehnjährigen für die Stallarbeit zu werben. Der

Schnee knirschte, und allmählich kam er aus dem Nebel heraus und ging noch eine Viertelstunde. Ein Haus, mehr Hütte als Haus. Eine kleine Stube voll Kinder und eine Frau und der Vierzehnjährige. Die Frau bewirtete Holl mit süßem Wasser und erzählte ihm aus dem Leben des Vierzehnjährigen neben dem Vierzehnjährigen. Viele abscheuliche Geschichten. Holl stand ein paarmal auf, um durch seinen Aufbruch dem Vierzehnjährigen das Zuhorchen und sich selber Erinnerungen zu ersparen, aber die Frau zog ihn jedesmal gastfreundlich auf den Stuhl nieder. Einerseits beteuerte sie ihm, wie froh sie sei, daß der Bub endlich wo unterkomme, da ihr die ehelichen Kinder genug zu schaffen machen, andererseits hatte sie es eilig, den Buben nach Möglichkeit noch einmal auf und auf mit Dreck zu besudeln. Undankbarkeit. Diebstahl. Bettnässen. Fensterscheibeneinschlagen. Holl nannte dem Buben schnell die Bedingungen: 700 Schilling im Monat und zu Lichtmeß eine Hose. Am liebsten hätte Holl ihn gleich von der Bank weg mitgenommen. Holl kam jede Sekunde in diesem Hüttenhaus überflüssig vor, er wußte die Augenblicke zu schätzen und nahm deshalb auch von diesem Buben an, daß er weggehen und nichts zurücklassen würde als einen Haufen Ekel.

Eigenartig, wie Holl verschlafen in die Küche und von dort in den Stall ging und rundherum die Kinderstimmen hörte. Besonders kamen ihm im Stall die Kinderstimmen komisch vor, als müsse er noch einmal zurück, seine Kindheit nachholen. Kinderstimmen machten ihn traurig. So viel Leben hatte er nun schon im Stall gelassen. Auf den Melkstühlen, an den Kuhketten, Kälberschwänzen, Gabelstielen, an den feuchten Wänden, auf den Mistbahnen strotzte es von seiner Kindheit. Und er ging durch diesen

Ekel, empfand ihn, und mußte sich beeilen, weil so viel Arbeit war und ihm um jede Sekunde leid war und weil er wußte, daß kein Mensch ihm seine Zeit ersetzen könne, niemand konnte ihm auch nur einen Bruchteil einer Sekunde zurückgeben. Nichts konnte er angreifen, was nicht schon von ihm und seinesgleichen abgegriffen war. Über hundert Stück Vieh hatte er sinnlos im Kopf. In der Nacht zog er oft mit den Knechten schwere Kälber aus den Kühen, und Stunden später saß er schon wieder auf dem Melkstuhl und molk sich einsam durch den Morgen und dachte an sich und andere Menschen, im Gegensatz zum Bauern, der darüber nachdachte, wie er die Menschen zu Geld machen könne. Gern tat Holl unrentable Arbeiten wie Heuziehen. Um drei in der Früh mit den Knechten weggehen, hinauf, durch den Wald, immer tiefer in den Schnee, bis zu den Schultern hinauf, immer langsamer gegen den immer eisigeren Höhenschneesturm, und hinter ihnen wehte es den Weg zu. Oder die langen Schlittenfahrten durch das Seitental in großen Schuhen und drei Paar Socken. Auch Moritz war ein Freund der frostigen Tage. Hatte er Durchfall und erreichte den Abort nicht, ging er durchs Vorhaus und hinunter auf die Straße, um alles einfrieren zu lassen. Kirchengehen war nur mehr wichtig, wenn keine Arbeit war. Holl saß jetzt weiter hinten und wunderte sich oft, warum der Mörder nach einer erfolgreichen Zeugen- und Gerichtsbestechung und einem Freispruch wegen Mangels an Beweisen nicht weit weggezogen war. Über den Mord dachte Holl auch nach, schließlich hatte er oft und oft davon gehört. Der Mörder selber war ja entstellt, eine dürre zuckende Gestalt, von dem erb- und besitzsüchtigen Bauernsohn war nur mehr ein Bauerngerüst vorhanden. Mit seiner kränklichen Frau und dem Ziehsohn zog er nach Haudorf herunter und kam mit dem Ziehsohn tagwerken, und war froh, daß Holl abends mit dem Ziehsohn bei ihm in der Küche Karten spielte. Leo war in der Lehre, aber die Bäuerin hackte immer noch auf ihm herum.

Zwei Bauernsöhne, mit denen Holl in die Schule gegangen und immer gut ausgekommen war, waren ihm über Nacht feindlich gesinnt. Ihre Eltern, jahrelang süße Besucher, schlugen ihm vor der Nase die Haustür zu, und später erfuhr er, daß ein Festmeter Bloch ihm diesen Haß eingebracht hatte, ein Prozeß um einen Festmeter Bloch. Aber er empfand keinen Haß. Die anderen voller Haß gegen 48, der Bauer und die Bäuerin und die Brüder voller Haß gegen die anderen und eine Mahlzeit lang gegen ihn, weil er gesagt hatte, er hasse die anderen nicht. Auch die Menschen auf dem Korbflechterhof hätte er von einer Stunde auf die andere hassen oder wenigstens mit niemandem mehr reden sollen, also jedesmal bei einer derartigen Begegnung oder beim Vorbeifahren weit wegschauen sollen, aber er grüßte weiterhin alle, leid taten ihm nur die Hunde, die oft zusammengehetzt wurden. Er selber konnte ja auf dem Korbflechterhof aus und ein gehen, wie er wollte. Es ärgerte ihn nur, daß er so oft mit der 48er Sippschaft in eine Haßwoge geriet, die mit seiner Existenz nicht das geringste zu tun hatte.

Vom Kälberstandeinstreuen weg wurde er in die Stube gerufen. Zwei Gendarmeriebeamte saßen hinterm Tisch und spielten auf seine rechtlose Lage an, sagten ihm, der Bauer besitze ihn nicht, er sei ein vollkommen freier Mensch, oben hörte er plötzlich die Bäuerin den Abhorchdeckel wegnehmen und wußte also: Die Bäuerin liegt auf dem Boden und horcht mit, was die Gendarmen zu mir

sagen und was ich ihnen antworten werde. Er hat ja noch nichts gesagt, sondern sich nur gedacht: die zwei sind wegen des Blochdiebstahls da. Abwechselnd redeten sie um ihn und um Moritz herum und gaben ihnen zu verstehen, daß sie auf seiner und auf der Seite von Moritz seien, und sagten ihm plötzlich, sie wüßten, was er über den Diebstahl wisse, er habe also jemand von dem Diebstahl erzählt, und falls er nicht aussage, komme er wegen Verheimlichung einer Straftat vor Gericht. Holl hatte tatsächlich mit dem Melker von seiner Entdeckung in der Scheune gesprochen und wußte auch, daß der Melker die Geschichte einem Streckenwärter der Österreichischen Bundesbahnen bei einem Wirtshausgespräch anvertraut hatte, konnte also nur mehr aussagen und den Gendarmeriebeamten das Diebsgut im Werte von höchstens 700 Schilling zeigen, und beim Mittagessen stellte sich heraus, daß Binder, ausgerechnet Binder, der Holl oft gegenüber der Bäuerin und dem Bauern verteidigt hatte, an diesem lächerlichen Diebstahl beteiligt war.
Da war Holl auf einmal elend zumute. Die Bäuerin pinselte ihm mit ihren Blicken über die Augen. Der Bauer kündigte dem Melker und schlug einen Riesenkrach, türmte auf das tiefste Schuldgefühl von Holl alle erdenklichen Schlechtigkeiten und strich während dieses Stubengeschreis immer wieder seinen Willen, aus Holl einen *anständigen Menschen* zu machen, heraus und betonte gleich oft, wie sehr er, der Bauer, diese Versuche jetzt bereue, da er nichts als Undank und Erfolglosigkeit sehe, all seine Bemühungen seien zum Fenster hinausgeworfen, womit er wieder in die alte Kerbe schlug. Der Bauer hatte sich nämlich bei den Züchtigungen immer als den armen Vater hingestellt, der am Tag schwer arbeite und sich am wohlverdienten Feierabend noch mit Kindererziehen ab-

kämpfen müsse. Davon leitete er auch ab, daß ein Kind um die Züchtigung zu bitten und sich nachher dafür zu bedanken habe. Alles war so verdammt verquickt. Der Bauer redete, bis Holl das Wasser aus den Augen floß. Dann ging Holl einige Stunden im Hemd auf dem großen Feld umher. Es war Frühjahr, der Talboden bleich und voll Schneeflecke. Die Heustadel leer. Er sah sich überall schon hängen, ging aber wieder zurück und in den Stall und war froh, überhaupt noch arbeiten zu dürfen, und so mußte er immer wieder in die Küche gehen, mit allen am Tisch sitzen und essen und in der Kammer oben schlafen. Wachte er um halb vier in der Früh auf, wollte er den Tag schon wieder hinter sich haben.

Als Holl am Ostersonntag nach dem Füttern hinter Vogler ins Haus trat, roch es nach gebratenem Fleisch. Hinterm Ofen zog er den Melkjanker aus und hängte ihn auf das Gestell, schlüpfte schnell aus den feuchten Stiefeln und ging hinüber in die Küche, um sich am Trog zu waschen. Die Bäuerin stand am Herd. Er beeilte sich, schüttete das dreckige Wasser weg, trocknete sich in die Handtuchecken und stürzte hinauf in die Schlafkammer, um sich schnell umzuziehen. Die Hose zu kurz, der Rock zu eng und die Ärmel zu kurz. Unter einem Haufen Schuhe suchte er in der Speisekammer seine Halbschuhe heraus, putzte sie und bemühte sich, während die Mägde heimkamen und das Essen auftrugen, die Schuhe anzuziehen. Aber schon nach einigen Bissen drückten ihn die Schuhe so, daß ihm das langersehnte Fleisch nicht mehr schmeckte. Die anderen aßen und aßen, und er hatte viel zu kleine Schuhe und hörte den Bauern schon sagen, er müsse dableiben, die Ostern auf 48 verbringen. Er durchfilzte schnell Menschen und Häuser, wo er sich eventuell Schuhe ausleihen könnte, aber sofort sah er eine neue Katastrophe auf sich zukommen, einen Sturz in den Sturz. Er überwand sich und warf nach dem Essen schüchtern in der Küche sein Problem auf. Daraufhin gab ihm die Bäuerin die alten ausgetretenen Schuhe des Bauern. Ein Höllengefühl, aber einen Tag von 48 weg sein, war ihm so viel wert, daß er auch diese Erniedrigung auf sich nahm. Jetzt war er endlich ein richtiger *Leibeigener*, einer von den *Leibeigenen*, 1959, in der Republik Österreich.

Dann im Sommer, sie waren wieder auf der Alm und hatten gegessen. Während die Knechte um den Tisch herum sitzen blieben, trug Holl Teller und Pfanne in die Vorhütte hinaus. Auf der Esse knisterte und loderte das Feuer. Vogler, der nun auch in die Vorhütte kam, merkte sofort, daß mit Holl etwas nicht stimmte. Obwohl das Abwaschen nicht seine Arbeit war, hatte Holl von sich aus angefangen, das Eßgeschirr abzuwaschen. Auch mit dem Ausmisten war er heute früher fertig gewesen. Dann hatte er einige Handgriffe verkehrt gemacht und vergessen, den Kälberstand abzuriegeln. Auch von der Oberalm war er schon vor zwölf zurückgekehrt, hatte aber am Nachmittag nicht geschlafen. Nach dem Mittagessen, das Vogler für ihn über die Glut gestellt hatte, hatte Holl sich auf das Bett gesetzt und begonnen, während Vogler ihm gegenüber schlief, einen Groschenroman zu lesen, und bevor der auf zwei Uhr gesteckte Wecker rasselte, hatte er durch den Stall die Hütte verlassen, weil ihm das Weckerrasseln so zuwider war. Wie immer bei überzogenem Himmel hatten sich die Kühe über die ganze Alm verteilt und waren so faul gewesen, daß er jede einzeln treiben mußte. Auf dem unteren Anger waren die Knechte gestanden und hatten gemäht, Binder an der Spitze. Seit

Tagen schon mußte Holl ununterbrochen an Binder denken. Während er jetzt mit Vogler die Vorhütte saubermachte, ging ihm alles viel zu schnell. Er ärgerte sich, daß er am Vortag so viel Brennholz gemacht hatte, daß nun der Stapel so hoch war. Er fing an, die Vorhütte zu kehren, obwohl Vogler sie schon gekehrt hatte. Dieser schüttelte den Kopf. Holl blieb nichts anderes mehr übrig, als zu den Knechten in die Hüterkammer zu gehen. Binder unterhielt sich mit einem Tagwerker. Holl nahm wieder seinen Groschenroman und versuchte mit aller Gewalt zu lesen, aber Binders Anwesenheit zerriß ihm die Sätze vor den Augen zu Wörtern. Er starrte aber weiterhin auf den Text, schnell wurde es so finster um seinen Bettstattwinkel, daß er das Schundheft weglegen mußte. Vogler kramte aus seiner Truhe eine Schnapsflasche heraus, reichte sie herum. Holl nahm einen großen Schluck, der Schnaps war scharf, ein Grund, hinauszulaufen in den Dreck und zum Brunntrog und wieder zurückzuwaten. Regen prasselte aufs Hüttendach. Holl kehrte sich die Stiefel ab, trat ein und ging zur Feuerstelle und hielt seine blauen Hände über die Glut. Durch die mit Dreck bespritzten kleinen Fenster fiel kaum noch Licht ein, im Keller floß Wasser, und aus den Stimmen der anderen drang laut die Stimme von Binder durch die rußbedeckte Wand. Holl sah dessen Frau und die zwei Kinder vor sich und suchte nach weit hergeholten Entschuldigungen, fand aber nur die, die er nun schon seit Tagen auf ihre Stichhaltigkeit rundherum ausprobierte, wegschickte, herholte, wegschickte, weil er immer Binder und seine Frau vor Augen hatte, zwei ihm gutgesinnte Menschen. Dem Melker, der alles verraten hatte, konnte Holl keine Schuld geben. Eine schlecht bezahlte Arbeitskraft unterstützt doch den Bauern nicht auch noch beim Stehlen. Die zwei Gendarmeriebeamten ärgerten ihn, weil sie sich seiner Ausgesetztheit bedient hatten, um schnell zu einer Aussage zu kommen und um sich dann mit einem unterschriebenen Protokoll in ihre Schreibstuben zurückziehen zu können. Die Bäuerin ärgerte ihn, weil sie immer herumhorchte und ihm nun diesen Zettel geschrieben und diesen dem Milchauto mitgegeben hatte, und er liest auf der Milchrampe plötzlich von Binders Vorstrafen, liest immer wieder den Satz: „Du hast mit deiner Aussage Binder geschadet“, und er liest weiter und denkt: Ausgerechnet ich bringe Binder zwei Jahre ins Gefängnis. Unentwegt, beim Ausmisten und Hinaufgehen in die Oberalm und beim Heruntergehen und jetzt, während er Binder durch die Wand reden hört, denkt er den Satz der Bäuerin und sieht schon Binders Frau auf Bauernhöfen herumtagwerken und die Kinder in die Schule gehen und unter den anderen Schulkindern herumstehen. Er stochert an der Glut herum und denkt auch das Wort *Schicksal.* Ist das das vielgenannte Schicksal? Bin ich jetzt ein Opfer des Schicksals? Er untersucht das Wort, und es löst sich auf, in Menschen, die über ihn verfügt haben und noch verfügen, im Unverstand und mit absichtlicher Bosheit. Er geht in der Vorhütte auf und ab und denkt: Der Bauer und die Bäuerin und viele andere wollen aus mir einen Hund machen, immer steigen sie um, immer packen sie mich von einer anderen Seite. Arbeite ich viel, gibt mir der Bauer noch mehr Arbeit und nennt mich faul. Dann kommt er wieder und sagt mir, daß ich bleich bin und kein Leben in mir habe, sitze ich auf dem Traktor und lache, schaut sie mich kopfschüttelnd an, weil ich lache, lache ich nicht, wirft mir er vor, daß ich launisch bin. Holl schüttelte die Faust und stieß mit dem Fuß den Hackstock um und ging verzweifelt in die Kammer. Über fünfzig Schundromane hatte er auf einem

Brett ober seinem Bett. Auf dem Wecker war es noch nicht einmal acht. Er würde sich also noch mindestens eine Stunde herumdrücken müssen, noch war es finster, aber ein Tagwerker sprach schon vom Laternenanzünden, doch Holl wollte das Bindergesicht nicht sehen. Er ließ sich auf die Pritsche fallen, schloß die Augen und stellte sich vor, er sei der Papst und sitze dick in teure Papstkleider eingehüllt schwer in der Papstsänfte, und kräftige Männer trügen ihn an Tausenden von Menschen vorbei, und er ist für Millionen von Menschen unzugänglich, hebe höchstens hin und wieder die Hand und tue, als segne er. Auf diese Weise gelang es ihm, die Binderstimme in klagende Massenstimmen zu verwandeln und weit von sich weg aus der Hüterkammer hinauszuverbannen. Und als Bettler verkleidet würde er Landpfarreien aufsuchen und dort als Papst einen Riesenkrach schlagen und die Pfarrer ausjagen. Mitten in einen solchen Landpfarreienkrach hörte er plötzlich Vogler sagen, es sei Zeit, er könne sich auf den Weg machen. Holl warf sich schnell den Wettermantel um die Schultern, ergriff einen langen Stecken und trat fröstelnd vor die Hütte. Kalt. Regen. Nacht. Ekel. Aber der Regen schlug ihm schon ins Gesicht. Er stolperte almaufwärts, war sofort naß um die Knie und ging trostlos und den Besitz verfluchend den abgetretenen Almgrund ab, kam bald mit drei, bald mit acht Kühen zur Hütte zurück und suchte weiter, hörte plötzlich Menschenschritte hinter sich, sah aber niemand, weil er gerade ober einem Felsen an dicht zusammenstehenden Fichten vorbeiging, auf einen Graben zu. Wer kann das sein? Niemand geht bei diesem Sauwetter in der Nacht zum äußersten Almzipf herauf. Er dachte an Mord, fand es aber gleichzeitig nicht einmal der Mühe wert, sich zu verstecken oder davonzulaufen oder gar mit jemand im kalten Regen da oben um sein Leben zu ringen, eher würde er um einen kurzen, schmerzlosen Totschlag bitten oder um einen gutgezielten Schuß ins Genick, aber während er auf den tosenden Graben zuging und die Schritte nicht mehr hörte und seine eigenen auch nicht mehr, kam es ihm immer unwahrscheinlicher vor, daß jemand ihm nachsteigen und ihn umbringen würde, da er ja nichts besaß, weder über Bargeld noch über Grundstücke verfügte, oder ist es der Jäger? Hält mich der Jäger für den Wilderer und knallt mich in den Graben? Plötzlich spürte er eine Hand auf der Schulter, sah das Wasser, dachte an den Graben und starrte Binder an und wußte im Augenblick nicht, sollte er über den Hang hinunterlaufen oder einfach stehenbleiben? Das Bindergesicht war ihm plötzlich unheimlich und auch die Stimme, eine warme Stimme, aber im Augenblick tausendfach deutbar. Er brauchte Sekunden, um sich von dem Schrecken, neben Binder hergehend, zu erholen, aber immer noch fürchtete er, daß Binder sich zu einer Kurzschlußhandlung entschlossen haben könnte, und hörte auch nicht Binder ruhig reden, sondern viele verwirrt gemachte Menschen aus ihm sprechen. Erst als sie von weit unten die restlichen Kühe zusammen heraufgetrieben hatten und hinter ihnen auf die Hütte zugingen, wurde er seinen Verdacht los und hörte Binder in Ruhe zu. Binder erklärte ihm, daß er sich unüberlegterweise zu dem Diebstahl habe hinreißen lassen und daß er Holl verstehe, auch er hätte an dessen Stelle bedenkenlos ausgesagt, denn was der Bauer und die Bäuerin mit Holl aufführten, sei haarsträubend und ihm, Binder, unbegreiflich, aber er habe ähnliches auf anderen Bauernhöfen gesehen, und es sei ihm deshalb wiederum begreiflich, weil er solche Zustände kenne. Er könne Holl nur raten, sich so schnell wie möglich zu befreien, wisse

aber im Augenblick nicht, wie, er habe sich nur öfter gedacht, daß Holl und der Bauer aussichtslos verfeindet seien, und solche Feindschaften, sagte Binder, habe er oft und oft angetroffen. Auch die Schlafkammer erwähnte er, obwohl Holl nie mit ihm darüber gesprochen hatte, er sagte, was Holl sich dachte, und erzählte ihm, daß er mit fünfzehn Jahren geilen Bauernsöhnen ausgeliefert gewesen sei. Er sagte, er habe dann jahrelang unter diesen Schweinereien gelitten. Der Stall tauchte auf. Binder schwieg und half Holl und Vogler noch die Kühe anhängen, dann ging er hinauf, und Holl und Vogler gingen hinein.
Eine ganze Woche lang stand Binder um drei in der Früh auf und half ihnen beim Melken, während der Bauer im Heu schlief, obwohl Binder den ganzen Tag schwer arbeiten mußte, also nur Holl zuliebe sich die Tage zu Fünfzehn- und Siebzehnstundentagen machte. Dann machte Holl eine Reise und trat vor Gericht auf, klappernd und stotternd, und war auf einmal der Sohn des Bauern, dem es zusteht, sich der Aussage zu entschlagen. Ein Rechtsanwalt hatte ihm in einem Wirtshaus diesen Satz eingedrillt und ihn zwischendurch mehrmals gefragt, ob er sich nicht doch entschließen könne, dem Richter zu schildern, er sei beim Verhör von den Gendarmeriebeamten erpreßt worden? Das erschien ihm aber unwahrscheinlich, und als er die zwei Beamten sah, überhaupt unmöglich, trotz der Anwesenheit von Binder völlig unmöglich, wie sollte er so plötzlich in der Lage sein, einem gespenstähnlichen, hoch hinter einem Tisch verschanzten Menschen glaubhaft Lügen vorzutragen? Holl entschlug sich also der Aussage und sagte sich, alle, bis auf Binder, sind hier Schweine, rühren um unsereins keinen Finger. Die Reisespesen bekam er ersetzt, und der Bauer war so freundlich, daß Holl am liebsten aus dem fahrenden Zug

gesprungen wäre, und ein paar Stunden später molk er schon wieder und dachte an die zwei Jahre Gefängnis von Binder.

Natürlich hatte der Bauer auch an Holls Romanheften etwas auszusetzen, wagte es aber nicht, sie ihm wegzunehmen, Holl hätte sie natürlich verstecken können, versteckte sie aber nicht, und wenn der Bauer anfing, von der Heuarbeit oder von sich zu erzählen, ging er sofort aus der Hütte. Die Romanhelden gefielen ihm. Während er las, war er weit weg, saß im Zug und fuhr durch ein einsames Land, wo es ebenfalls Sommer war, plötzlich fallen Schüsse, der Zug hält, die Fahrgäste schreien, geben Schmuck und Geld her, er läßt die Banditen herankommen und veranstaltet eine Schießerei im Waggon, aus dem Waggon und auf dem Waggon, holt seinen schwarzen Hengst aus dem Viehwaggon und reitet einsam durch die Prärie und stößt auf eine böse, gefürchtete Bande und reibt sie im Alleingang auf, oder er erwacht, zwei schöne Frauen pflegen ihn, und er kann sich an nichts erinnern, weiß nicht einmal seinen Namen. Wildererromane gefielen ihm nicht. Bauernromane las er zwei und machte sie sofort zu Putzpapier, die Mägde und Knechte ärgerten ihn; weil sie für den Bauern dachten und den Bauern überredeten, das wäre noch zu machen und das, und der Bauer wehrte ab und hatte Mühe, ihnen beizubringen, daß nicht alles an einem Tag zu geschehen brauche.

Schnee fiel plötzlich.
Holl mußte nach dem Melken schnell auf die Oberalm hinauf, das Vieh suchen und in die Ställe treiben und füttern, und geriet in der steilen Rinne in einen Schneesturm, gegen den er sich über eine Stunde abmühte, um

zweihundert lächerliche Schritte hinter sich zu bringen. Bei ein paar Fichten standen die Kalmen. Er versuchte, sie in den Jungwald zu treiben, aber zwei rannten ihm zur Rinne hinüber und schossen vor seinen Augen wie Pfeile hinunter. Weit unten fand er eine mit zerschlagenem Schädel und gebrochenen Beinen hinter einem großen Stein, die andere in einer Mulde, übel zugerichtet, aber noch stöhnend vor Schmerzen. Er lief, so schnell er konnte, zur nächstgelegenen Alm, aber die Hütte war verschlossen, weil dort die Hüter ebenfalls weit oben das Vieh in Sicherheit bringen mußten. Keine Hacke, kein Messer, nichts fand er, um die Kalm von ihren Schmerzen zu erlösen. Er lief hinunter, eilte mit Vogler wieder hinauf, sah endlich den Kopf auf die Seite fallen, das Blut rauchend den Schnee schmelzen. Dann mußten beide weitersuchen. Drei Stück fehlten immer noch. Sie hetzten die Zäune ab, fanden die Tiere nach Stunden unter einem Felsen, hetzten hinunter. Holl sprang in ein vollbesetztes Lastwagenführerhaus, hetzte auf Haudorf zu, berichtete in der Küche, hetzte zurück, molk, hetzte mit Stricken vor den Knechten hinauf. Die Knechte hatten Schlitten auf den Rücken. Dann lag wieder ein junger Hengst im Graben und mußte stückweise in der Nacht hinaufgetragen werden.
Vogler hatte eine Liste von Bauernhöfen und Almen im Kopf, die er nie mehr betreten würde. Holl sah im Gewerkschaftskino einen Film, von dem ihm Leo beim Schwarzfischen erzählt hatte. „Bergkristall" hieß der Film. Zuerst wollte man ihn gar nicht in den Saal lassen, obwohl noch Stühle frei waren. Er zeigte auf die leeren Stühle, aber der Platzanweiser schüttelte den Kopf und gab ihm zu verstehen, daß der Film noch lange nicht anfange und deshalb auch die Stühle noch nicht alle besetzt

seien. Schließlich bekam er doch einen Stuhl und sah also warm angezogene Männer mit Stöcken an eine Haustür klopfen. Der Krämerladen im Dorf ärgerte ihn, weil ihn die Krämerin jedesmal warten ließ, wenn er herunterkam, Rum und Braunschweiger kaufen. Obendrein mußte er auf der Hut sein, daß sie ihn nicht übers Ohr haute. Weit oben wußte er einen alten Viehhüter, der hin und wieder herunterkam und mit Vogler und ihm Schnaps trank und dann ins Wirtshaus hinunterging, dort hinterm Tisch trank und schlief und nach zwei oder drei Tagen auf das umständlichste wieder hinauftorkelte und dabei immer dasselbe Lied sang. Noch weiter oben hatte Holl einen Freund, dem ebenfalls nicht mehr alles gleichgültig war.

An schönen Tagen gingen die Viehhändler gern auf den Brettern über dem Misthaufen umher, und manchmal kippte ein Brett um, und ein fescher Viehhändlerkörper sank bis über den Hosenbund ein und mußte von Holl und Vogler herausgezogen werden.

Holl legte weite Märsche zurück, früh am Vormittag über Latschen hinauf, über eine verlassene Alm, lange auf einem handbreiten Pfad, um einen Berg, hinunter in ein Tal, hinauf, hinunter, steil hinauf zu einer Scharte und wieder hinunter und an der Steinhütte vorbei, über ein Kar und noch ein Kar und ein hinteres Kar. Murmeltiere pfiffen, und Gemsen pfiffen, und der Wind pfiff. Er lief hinunter und mußte bald feststellen, daß die Kühe nicht ausgetrieben waren, sondern ungemolken herumstanden, und Vogler also keinen Handgriff erledigt hatte. Er fütterte Schweine und Kälber und molk und hörte schließlich Vogler singend kommen und das Tor aufreißen und sagen: „Die gonze Wöed is putzdunkü und da

Newü stinkt van Kaas.“ Eine Kette von Flüchen ließ er los und warf torkelnd mit Gegenständen um sich. Holl mußte ihn mehrmals zwischen Kühen oder unter einem Kuhbauch hervorziehen und lange mit ihm herumraufen, bis er ihn in der Hüterkammer auf dem Bett liegen hatte. Kaum war er im Stall, flog drinnen schon alles durcheinander. Vogler lag mit ausgebreiteten Armen auf dem Boden, und rundherum war alles weiß von Mehl. Am nächsten Tag war schon der Bauer da, sagte nichts, ging nur umher und schaute überall nach.

Binder trat seine Strafe an. Der Bauer löste Vogler im Stall ab, zwischen Holl und dem Bauern fielen nur die allernotwendigsten Worte. Manchmal hielt ihm der Bauer eine lange Rede, daß ein junger Mensch lustig zu sein und frisch und munter die Arbeit anzupacken habe, aber Holl unterbrach ihn und sagte, daß das und das und das und das noch zu tun sei, und er habe keine Lust, länger als notwendig im Stall zu sein. Der Bäuerin gab er Antworten nach seinem Geschmack, daß sie jedesmal empört zum Bauern lief und sich über ihn beschwerte. Holl gefiel es, daß der Bauer am Vormittag in die Küche ging und jausnete, während er im Stall arbeitete, weil sich über diese Lächerlichkeit auch die Mägde aufregten. Melker hatten jahrelang mit dem Bauern und der Bäuerin um eine Vormittagsjause gestritten und sie nicht bekommen. Die Knechte machten es sich beim Holzfällen gemütlich, hielten lange Mittagspausen, aber schon nach ein paar Tagen kam ein Bauer, daraufhin schickte der Bauer Holl hinauf, und Holl wunderte sich über so viel Vertrauen und sagte den Knechten, daß ein Bauer sie beobachte, und ein anderes Mal schickte ihn der Bauer Heuziehen und sagte ihm, wieviel Heu er in seinem Alter gezogen habe, und Holl packte der Ehrgeiz, und er zog viel mehr. Ein ungeheuerer Kraftaufwand, aber zum erstenmal in seinem Leben konnte er stolz am Abend ins Haus treten und dem Bauern von seiner Wahnsinnsleistung berichten, aber sofort ging der Bauer in die Stube hinüber und berichtete den Knechten von Holls Leistung und schickte Holl ein paar Tage später mit ihnen durch den Winter. Vor einem Wirtshaus stiegen sie ab, spannten die Pferde aus und führten sie in den Stall und gingen in die warme Wirtshausstube. Vogler und der Pfeifenraucher wurden von vier Frauen herzlich empfangen, Holl kannten sie vom Viehtreiben her. Er hatte bald einen großen Krug voll starken Rumtees in der Hand, zog den Lodenrock aus, fing an, den Rucksack auszupacken, Speck, Brot, Käse, Äpfel, Birnen. Drei Thermosflaschen stellte er auf den Tisch, streifte die Bauerngarnsocken von den Thermosflaschen und warf sie in den Rucksack. In der Seitentasche fand er noch eine eiskalte Schnapsflasche und hielt sie Vogler an die Wange. Einen gestrickten Rock und noch einen zog er aus und saß endlich im Flanellhemd hinterm Tisch, sah durch das große Fenster die dampfende Ache, Schneehügel und viel Frost und hörte den Pfeifenraucher und die Frauen über den Sommer reden, an dem er knapp hintereinander in diesem Teil des Seitentales drei Kinder gemacht hatte, eines in diesem Wirtshaus, eines in einem stockkatholischen Haus und eines auf einem anderen Bauernhof. Holl kannte die Mütter und die Häuser, in denen die Kinder vorläufig untergebracht waren gegen ein Entgelt, und dachte, daß auch der Bauer einmal in einem Sommer an diesem Wirtshaus vorbeigefahren sein mußte. Ihm wurde immer wärmer, während sich draußen alles vor Kälte zusammenzog. Weit oben sah er zu Mittag kurz Sonne, aber herunten blieb es grau. Er trank viel

Rumtee und manchmal einen Schluck Schnaps, als stünde er zwei Stunden weiter drinnen bauchtief im Schnee und schaue wie früher, vor Kälte zitternd, den Knechten beim Heuaufladen zu. Im Stall erinnerte er sich oft an diesen Wirtshaustag, wie sie auf den leeren Schlitten standen und die Stuten durch die Dämmerung trieben, an das lange Gesicht des Bauern, an das böse der Bäuerin.

Er zog einen Schlitten hinter sich her und ging durch den eisglatten Hohlweg, um Leo abzuholen, und geriet in einen Streit, es war die alte Geschichte. Leo saß hinterm Tisch und weigerte sich wieder einmal, seine Lehre fortzusetzen, weil der Meister ihn am Vormittag geschlagen hatte. Leos Vater, noch den Rucksack auf dem Rücken, gerade vom Schneeschaufeln heimgekommen. Die Küche klein und noch zwei Kinder. Argumente also, mit Handschuhen zum Greifen. An wen sollten sie sich wenden? Ein Großbauer Bürgermeister. Eine Gendarmerie, die mit Ochsenziemern und Gummiknüppeln flinke Verhöre durchführt. Der Vater Kirchengegner. Die Mutter Kirchengegnerin. Beide auf Bauernhöfen aufgewachsen, arbeitend. Holl zog sich zurück, ging allein angeraufwärts. Bis zum Bach hinüber und weit zurück lagen Blöcher aufeinander, daß man bis zum Plafond hinauf dreimal das Parlament mit ihnen hätte anfüllen können. Links das Lechnerfeld, vor ihm ein Rohbau, erschuftet und bewohnt. Zwei Fenster sah er beleuchtet. Eine Witwe und Kinder. Ihr Mann hatte Holl einmal mit einer Gehirnerschütterung oberm Haus aufgelesen und ins Haus hinuntergetragen und war später selber mit dem Motorrad tödlich verunglückt. Holl hatte ihn als Viehhüter kennengelernt. Der Bauer hatte ihn verachtet und der Mann den Bauern, und Holl schämte sich für den Bauern, weil er öfter im

Sommer auf die Gemeinschaftsalm hinaufgeschickt wurde, um nachzuschauen, wie es den Stuten gehe, und er hatte dann auch Speck für den Viehhüter mit, aber er schaute weg, wenn er ihm den Speck überreichte, weil es so wenig war. Vor der eingeschneiten Steinmauer blieb er stehen und sah sich wieder vom Moped stürzen. Er setzte sich auf den Schlitten und brauste hinunter, durch halb Haudorf, in eine Gasse, bis er im Schnee steckenblieb. Holzfällen. Sobald ich ein Gewand habe, gehe ich und werde Holzfäller. Viele Knechte sind jetzt Holzfäller. Er ging schnell zurück und besuchte den Mörder.

Eine Woche vor Lichtmeß weigerte Holl sich, das Moped zu besteigen, zeigte dem Bauern seine blauen Hände und sagte, er sei im Winter genug für ihn umhergefahren, aber als er „Alm" hörte, zog er sich schnell warm an und fuhr einem Schneetreiben entgegen und traf halb starr die Knechte, in Pantoffeln auf den Pritschen liegend, heiter in der gut geheizten Hüterkammer an und erzählte ihnen allmählich von seinem Auftrag, sie zu kontrollieren, trank mit ihnen Tee und Schnaps und aß Zigeunerbraten von der Herdplatte weg. Vogler hatte einen Eimer voll Surfleisch organisiert. Der Pfeifenraucher fuhr zum Wirt hinunter und kam mit einer Kiste Bier zurück. Holl besprach mit ihm und Vogler eine genaue Schilderung und startete, als es schon dunkel war, das Moped. Er kam oft ins Rutschen und baute viele Stürze. Schließlich trat Holl in die Stube. Weit oben, zwischen Oberalm und Hütte, habe er die Knechte, bis zu den Ohren im Schnee versunken, nach stundenlangem Suchen im Schneetreiben gefunden. Er beschrieb dem Bauern genau die Stelle, wo sie mit den Schneeschaufeln nur ihr nacktes Leben verteidigt hätten, und beschrieb auch sich, daß er mehrmals hatte umkehren wollen, weil er einerseits nichts gesehen und nichts gehört hatte, andererseits habe befürchten müssen, weiter oben zu ersticken, vor lauter Schneesturm zu ersticken. Ob er einen futtersuchenden Hirsch einbauen sollte, fragte er sich. Soll ich einen Hirsch vor mir durch den Schnee über den Weg waten lassen? Oder eine Hirschkuh? Auch Hirschfamilie, dachte er, beschränkte sich aber darauf, die Schneeverwehung durchschnittlich „hirschkuhhoch bis hirschhoch“ zu bezeichnen, und gebrauchte diese Bezeichnung mehrmals, weil er wußte, daß der Bauer ein Hirschenhasser war und Wild überhaupt haßte. „Und Vogler hat beim Zurückwaten sich oft umgedreht und hat die Faust erhoben.“ Dann schilderte er noch, wie schnell der Schneesturm hinter ihnen alles zugeweht habe, daß ihm der Pfeifenraucher in der Hütte herunten gesagt habe, in der Früh habe alles gut angefangen, und bis Mittag sei auch alles gutgegangen. Holl brauchte nichts zu erfinden, er schilderte nur, was er oft erlebt hatte, und dachte dabei hauptsächlich an den Rainerbauern, der also Kinder gemacht hat, um weiterzugeben, woran sein Urgroßvater schon krepiert war, und Holl dachte oft, daß man solche Menschen nur mehr anbinden könne, so lange anbinden, bis sie ihre Sinnlosigkeit begriffen hätten.

Hinten herum erfuhr er manchmal aus dem Munde des Melkers, daß die Bäuerin gesagt habe, daß ihr der Bauer einmal anvertraut habe, er werde Holl einmal eine Existenz verschaffen, damit er sich selbständig machen könne. Da konnte er allerdings nur mehr lachen. Er wußte, daß Bauern mit solchen Existenzdrohungen oft über ein Jahrzehnt mit ihren unehelichen Söhnen Fangen spielen, sie von einem Jahr in das andere locken und sie letzten Endes mit ein paar Socken abfertigen. Aber er wunderte sich, warum man ihn eigentlich für so dumm hielt. Mit dem neuen Melker, Hermann Klein, verstand er sich gut. Der kannte die Bauern in- und auswendig, legte dem Bauern sofort den Kollektivvertrag vor, verlangte seine freien Tage, war Mitglied der Land- und Forstarbeitergewerkschaft und sagte oft, daß er Sozialist sei. Holl unterhielt sich während der Arbeit mit ihm über die Widersprüche, in die man ihn verwickelt hatte und noch immer zu verwickeln versuche. Hermann Klein konnte reden, stritt oft mit der Bäuerin, verstand sich auch nicht als Melker, sondern als Arbeiter. Melker sei er nur, weil man ihm diesen Beruf mit Gewalt angehängt habe, er sei aber zu alt, um sich in ein Umlernabenteuer zu stürzen. Holl spielte ihm beim Einstreuen oft die Bäuerin vor oder sprang von einer Kuh weg und begann ein furchtbares Geschrei, ließ die linke Hand herunterhängen und fuchtelte mit der rechten mit ausgestrecktem Zeigefinger im Stall umher. Auch Züchtigungsszenen gab er zum besten, indem er bald am Vormittag einen Holzprügel anherrschte, ihm eine Strafe auferlegte und ihn am Abend nach dem Melken übers Knie legte und mit einem Strick bearbeitete. In der Küche schlug Holl einen Krach nach dem andern, bald war ihm das Essen zu schlecht, bald warf er die Handtücher der Bäuerin vor die Füße, bald schürte er den ‚Rupertiboten' ein und riß die schönsten Geschichten aus dem Bauernbundkalender und aus einem Tiroler Kalender. Besonders störten ihn die Bilder mit Kindern und Marterln und Schnee. Dabei kam er allerdings auch mit einer Magd übers Kreuz, was ihm denn diese Bilder und Geschichten getan hätten? Er könne diese Bilder nicht mehr sehen, schrie er. Er wolle diese Geschichten nicht mehr hören. Sie sollten endlich aufhören, sich vorzumachen, das seien schöne Geschichten. Sein jüngerer Bruder wurde dem Bauern gegenüber vorlaut und mußte dafür eine furchtbare Züchtigung hinnehmen. Mit Leo kam Holl immer seltener zusammen. Dessen Vater sah er manchmal in die Arbeit gehen oder von der Arbeit kommen und dachte, es ist schrecklich, wenn man als Arbeiter in einem Bauerndorf wohnt. Viele Tagwerker gingen aus und ein, obwohl sie wußten, wie wenig sie bekommen würden, aber die meisten von ihnen waren Randexistenzen, hatten ihr Leben lang viel für wenig Geld gearbeitet und bekamen dafür eine kleine Rente und ließen sich weiterhin gegeneinander ausspielen. Manche ließen sich auch zu lächerlichen Diebstählen hinreißen und lieferten sich wegen einer Handvoll Eier oder einem Liter Milch dem Bauern aus. Holl und Hermann Klein brauchten viel Mehl. Weil auf eine Ration von zwanzig Kilo Mehl nur fünfzehn Eier kamen, forderten sie jede Woche zwanzig Kilo Mehl an, bis der Bauer begriff, daß es billiger sei, ihnen weniger Mehl und dafür mehr Eier zu schicken. Schon in der ersten Woche fischten sie eine junge Ziege aus dem Stall. Holl schlug ihr mit der Hacke zwischen die Hörner. Hermann Klein stach sie, weidete sie aus. Holl durfte ihr die Haut abziehen, das hatte er schon gewollt, als sie von den Melkstühlen aus besprachen, welche Ziege sie sich aussuchen würden. Geschickt schlitzte er die Hinterbeine entlang auf, trennte mit ein paar Schnitten die Haut handbreit von den Beinen, nahm das Messer zwischen die Zähne und zog die Haut bis zum After herunter, schnitt und zog und hatte bald nur mehr den Kopf, den er der Einfachheit halber wegschnitt. Eingeweide, Beinstummel und Haut und Kopf grub er schnell unterm Schweinestall ein, während Hermann das Fleisch viertelte, wie es sich gehört. Ein angenehmer Geruch breitete sich aus und verdrängte diese säuerliche, faule, feuchte Luft aus der Vorhütte. Eine große Pfanne überm offenen Feuer. Von Lichtmeß her hatte Holl noch fast 500 Schilling, die ihm der Bauer für das Vorjahr feierlich in der Bauernkammer überreicht hatte. Er hetzte hinunter zum Wirt und kam mit zwei Liter Südtiroler Rotwein zum Abendessen rechtzeitig zurück. Das Fleisch war schmackhaft und gut durchgebraten.

In der Hitlerzeit, sagte Hermann Klein, habe er über Nacht weg müssen, ins Niederösterreichische hinunter. Seine kommunistischen Freunde seien von den Nationalsozialisten über den Paß Thurn ins Tirolische verschleppt worden und wahrscheinlich noch am selben Tag, wie er später erfahren mußte, in Innsbruck aufgehängt worden, und sein Haus stehe keine zweihundert Meter von dem eines ehemaligen SS-Angehörigen, der heute noch im Rausch in den Zechstuben herumschreie, wie er Kinder an Hausecken erschlagen habe.

Manchmal gingen sie am Abend ins Wirtshaus hinunter und tranken in der Küche ein paar Flaschen Bier, aber lieber gingen sie zu den Wildbachbaracken hinauf, wo sie in der Kantine die Flasche um zweidreißig bekamen. Das Kruzifix in der Hüterkammer wurde abgenommen, dafür lagen jetzt Zeitungen herum. Die Post warf der Briefträger im Vorbeifahren aus dem Bus. Klein bekam Briefe und Karten von seinen Kindern und seiner Frau und auch Besuch. Die Arbeit reduzierten sie auf einen Elf-Stunden-Tag, indem sie ein Drittel der früheren Arbeit einfach nicht mehr machten, kamen aber immer noch auf 330 bis 340 Arbeitsstunden im Monat. Ein Grund, warum Klein sich auf diesen gefürchteten Melkerposten eingelassen habe? Er kenne den Bauern von Kind auf. Während sie gemeinsam auf die Oberalm hinaufgingen, weil ein Viehhüter sie verständigt hatte, daß eine Kalm nicht auf könne, erzählte er Holl, wie die Einberufungen auf dem Land gehandhabt wurden. „Und nachher", sagte er, „haben die Dienstboten wieder durch die Finger geschaut." Und an die Volkseinheit habe er keinen Tag lang geglaubt, denn Großbauern hätten in Wirklichkeit vorgehabt, sich die Kleinbauern untern Nagel zu reißen. Die Kleinbauern hätten abhauen müssen. Von der notgeschlachteten Kalm schnitten sie sich etliche Kilo herunter, ebenso von einer jungen Sau, die sie schlachteten, und dem Bauern sagten sie, sie hätten sie notschlachten müssen, eine zweite Ziege aßen sie im Nachsommer. Holl bewarf einen Viehhändler mit Dreck, weil er ihm mit dem Stock gedroht hatte, und erklärte ihm, daß es ihm völlig egal sei, ob der Bauer das Vieh verkaufe oder nicht verkaufe. Er mache jedenfalls für ihn keinen Schritt. Am nächsten Tag kam der Viehhändler mit dem Bauern. Der Bauer setzte zu einem Krawall an. Klein und Holl erhoben sich gleichzeitig und warfen ihm die Melkstühle vor die Füße. Daraufhin zog sich der Bauer wortlos zurück und war auf einmal nicht mehr da.

Jahrelang einen zu kleinen, dann lange keinen und auf einmal hatte er einen *Rock*.

An die dreißig Röcke ließ sich die Bäuerin von einem Lehrmädchen auf den Ladentisch legen und hob sie Holl vor den Oberkörper, ließ ihn hineinschlüpfen, herausschlüpfen, schickte ihn hinter den Vorhang, reichte ihm eine Hose hinein, fragte durch den Vorhang, ließ ihn heraustreten, andere Bäuerinnen standen herum, die Chefin. Er mußte sich drehen, die Arme heben und senken, die Schultern bewegen. Alle schauten und zupften, entdeckten Falten und lachten ihn gutmütig an, lobten Farben und dieses und jenes Muster. Der Bäuerin gefiel kleinkariert, sie ließ Holl wieder in eine Hose schlüpfen, die er schon anprobiert hatte, ließ ihn heraustreten, hineintreten, heraustreten. Das Lehrmädchen mußte zwischendurch Hosen aufhängen und Röcke aufhängen, Sommerhemden vorlegen, Krawatten vorlegen. Der Chef schritt manchmal durch das Geschäft, schnauzte zwischen den Bäuerinnen eine Verkäuferin an, zog einmal eine Kette hinter sich her und redete mit einem Bauern, klopfte Holl auf die Schulter. Holl hielt an einer grauen Hose fest, trat mit offener Hosentür vor die Bäuerinnen und wieder zurück, winkte der Bäuerin und flüsterte ihr ins Ohr, daß ihm der blaue Rock gefalle, „den blauen Rock her oder ich brunz' über den Ladentisch".

Im Dorf, in Haudorf, bei den mütterlichen Verwandten, hörte er die Menschen über seinen blauen Rock und die graue Hose reden. Die Schuhe gefielen ihnen weniger. Er hatte sich lange, spitze, schwarze Schuhe ausgesucht, um sich gegen das Bäuerliche abzugrenzen. Der Bauer erklärte ihm sofort, daß er in solchen Schuhen nie ein ordentlicher Mensch werden könne, „nur Gauner haben solche Schuhe an". Holl ging neben Alfred Kofler hinter dem Mörder und dem Bauern auf den Friedhof zu, blieb vor dem Eingang stehen und mischte sich vor den Augen des Bauern unter die Kirchengegner, hörte ehemalige Knechte und Arbeiter über Verdienstmöglichkeiten reden, ging mit ihnen ins Wirtshaus und horchte über zwei Tische zu einem Kommunisten hinüber, der erzählte, wie auf einer Innsbrucker Großbaustelle gegen die Firmenleitung vorgegangen wurde.

Während sich die Bäuerin und der Bauer und ein Großteil seiner Umgebung in Rock- und Hosenbetrachtungen ergingen, setzte Holl seine ersten Kinobesuche durch und ging bald von sich aus ins Kino, kam spät nach Hause und trampelte durch die finstere Bauernkammer, stieß absichtlich an den Schränken an, fluchte und sagte „Scheißkammer“ und ließ sich in der Früh mehrmals wecken und blieb eines Tages liegen, bis der Bauer kam und ihn fragte, ob er krank sei. Krank sei er eigentlich nicht. Er habe nur Angst, daß ihm etwas zustoße, und traue sich deswegen nicht aus dem Bett. Der Bauer schaute ihn einige Sekunden lang an, als würde er sich auf ihn stürzen, schlug aber nur einen energischen Ton an. „Jetzt aber sofort aus dem Bett!“ was er sich denn einbilde?! ob er sich denn überhaupt nicht schäme?! ob er nicht mehr wisse, was die Mutter (die Bäuerin) für ihn getan habe?! Holl sah die Augen der Brüder, die inzwischen aufgewacht waren, auf sich gerichtet und sagte zum Bauern, er werde also doch aufstehen, obwohl er noch immer das Gefühl habe, daß ihm etwas zustoßen werde. „Aber das ist vielleicht besser!“ Er sprang aus dem Bett und rief dem Bauern nach, lieber verrecke er draußen, als daß er noch eine Nacht in dieser Dreckkammer verbringe. Dann zog er langsam die Hose an, ging hinunter in die Stube und gab Moritz durch Handzeichen zu verstehen, daß der Bauer einen Hieb habe, zog gemächlich die Schuhe an und ging ganz langsam in die Küche hinüber, zum Waschtrog, betrachtete die Waschschüssel und stellte fest, daß sie dreckig sei und daß man sich in so einer Schüssel nicht waschen könne. Die Tagwerker waren schon draußen. In der Küche waren die Bäuerin und Bertha. Er spielte mit dem Wasserhahn, ließ Wasser in die Hände laufen, blies hinein und wandte sich plötzlich Bertha zu und sagte, er zeige ihr, wie sich in einem Film ein alter Mann gewaschen habe. Die Bäuerin verließ die Küche und knallte die Tür zu. Durchs Küchenfenster sah Holl, daß Kofler und der Schnapstrinker die Fuhrwerke in Bewegung setzten. Er lief hinaus, holte sie vorm Lechnerhof ein und sagte, er müsse etwas nachschauen, und fing an, die Rucksäcke zu durchsuchen. „Der Proviant ist nicht in Ordnung“, sagte er zum Bauern, der wütend neben ihm stand. Da hätte er halt früher aufstehen müssen, antwortete dieser. Sie sollten weiterfahren. Holl schüttelte den Kopf und sagte, sie hätten Zeit mehr als genug, um den Proviant zu ergänzen. „Einen Eimer voll Fleisch aus der Gefriertruhe, oder ich bleib' da!“

Auf der Sonnseitalm gellte Holl mit der Hacke an einem Ast ab und traf sich ins Schienbein und krümmte sich vor Schmerz im Geäst. Der Schnapstrinker und Kofler legten notdürftig einen Verband an, reichten ihm einen Stock. Er ging und mußte ins Spital. Die Nächte waren ihm zu lang, er schlief entweder spät ein oder wachte früh auf. Auch die Witze eines Mannes, der viel in Krankenhäusern herumgelegen war, fand er bald nicht mehr zum Lachen. Auch die Visiten langweilten ihn und die herumhockenden Besucher. Auf dem Gang traf er Bekannte, die er mit ein paar Worten abfertigte oder auf deren Fragen er überhaupt nicht einging, die er einfach behandelte, als hätte er nie ihre Bekanntschaft gemacht. Mit den Schwestern kam er gut aus. Nur mit dem Primarius verstand er sich nicht und brach während einer Visite in Gelächter aus, weil er das Gefühl hatte, der Primarius verwechsle ihn mit einem Zehnjährigen. Der Bauer besuchte ihn einmal und war froh, als Holl ihm sagte, er wolle so bald wie möglich raus.

Er hinkte durch die Graslandschaft auf Haudorf zu, blieb oft stehen, schaute zurück und umher. Einerseits wußte er schon, das würde sein letzter Sommer sein, andererseits dachte er, wohin ich wohl gehen werde? Holzfällen? Oberbau? Vielleicht komme ich bei der STUAG unter oder bei der ARGE? Er erinnerte sich an einen Maschinisten, der ihm von Indien erzählt hatte. Mit Vogler hatte er eine Bierflasche Schnaps ausgetrunken. Wildbachverbauung? Werde ich Zementträger? Auch daran, ein Handwerk zu erlernen, dachte er, und die Menschen, dachte er, denken hier, daß ich nicht denke. Warum denken die Menschen, daß unsereins nicht denkt? Ich muß noch viel mehr Krach schlagen. Jetzt ziehe ich andere Saiten auf, sagte er sich, ging ins Haus und fragte, ob in der Männerkammer ein Bett für ihn überzogen sei? Bertha mußte ein Bett überziehen. Er packte seine Sachen hinüber und brachte am Wandschrank ein Schloß an, traf hinterm Haus den Bauern und sagte, er habe es satt, sich von ihm mit Taschengeld abfertigen zu lassen.

Holl fuhr mit dem Traktor auf das Haus zu. Der zwölfjährige Halbbruder Jörg winkte ihn mit gekrümmtem Zeigefinger heran. Er glaubte zuerst, er sehe nicht richtig, aber der Zwölfjährige schaute ihn an und meinte also unmißverständlich Holl. Er kannte dieses Zeigefingerzeichen, hielt an, stieg ab, trat vor den Zwölfjährigen und schlug ihm ins Gesicht, packte ihn am Genick und schob ihn vor sich her in die Küche und fragte den Bauern und die Bäuerin, ob sie Jörg vors Haus geschickt hätten, damit er ihn mit dem Zeigefinger vom Traktor herunterlocke? Ob er sich an dieses Zeichen erinnere, fragte Holl den Bauern und machte es ihm vor. Der Bauer schwieg. Als Kind habe er sich dieses Zeichen gefallen lassen müssen, sagte Holl, „aber jetzt ist es damit vorbei". Jetzt lasse er sich solche Frechheiten nicht mehr bieten. Er ging zur Tür und sagte, am Nachmittag arbeite er nicht, ja er müsse es sich überlegen, ob er auf das hinauf überhaupt noch einen Handgriff mache. Im Vorhaus entschloß er sich dann endgültig, am Nachmittag auch tatsächlich nicht zu arbeiten. Er ging in die Kammer hinauf, sah diesen Riesenfleck, den er am Vortag mit dem Traktor niedergemäht hatte, wieder vor sich, sah die Tagwerker darauf herumsteigen, hörte vor dem Haus den Traktor laufen, vom Lechnerhof herüber Frauenstimmen, ein Heuwendergeräusch und Schritte. Schritte kamen herauf und näher. Die Bäuerin. Sie will mir gut zureden. Wird sie anklopfen? Ja, klopft also tatsächlich an. „Herein!" Was ihm denn über die Leber gekrochen sei? Jörg hätte das nicht so gemeint. Schließlich werde er einmal Bauer. Holl schüttelte den Kopf und sagte zur Bäuerin, Jörg sei für ihn ein zwölfjähriges Kind. Es sei zwecklos, er lasse sich nicht überreden.

In weißem Hemd und in der grauen Hose ging er in Turnpatschen über ein Korbflechtergrundstück und schaute von einer schattigen Bank aus auf das große Feld hinunter, das bis herauf nach Heu roch. Früher hatte er von weiter oben oft Quellwasser über Zäune und Felder hinuntergeschleppt und von dem einen und dem andern ein anerkennendes Wort dafür erhalten, und jetzt mußte er sehen, wie lächerlich alles war, wie sinnlos. Viele Menschen gingen nun in seinem Kopf spazieren. Unten sah er den Mörder in einen Stadel klettern und den Bauern auf ein Heufuder hinunterhüpfen, und rundherum wußte er Höfe, die die jungen Bauern aus Bequemlichkeit innerhalb von ein paar Jahren hatten verkommen lassen, und er wußte auch, daß alles hätte anders sein können.

Gebet kam ihm keines mehr über die Lippen, wie in den Pfarrhöfen und Kantinen gab es nun auch auf 48 zu Mittag Fleisch. Der Bauer konnte nicht mehr anders. Bertha zählte der Bäuerin Posten auf, die man ihr angeboten habe. Der Schnapstrinker erklärte sich bereit, gemeinsam mit Kofler und Holl kurz vorm Heuen wegzugehen. Kofler, Bertha und Holl hielten zusammen, und der Mörder gab ihnen recht. Holl fragte nicht, wieviel zu mähen sei, sondern nur, wo zu mähen sei. Am Nachmittag floß ihm oft das Blut aus der Nase, weil er die stärkste Arbeit machte, aber damit steigerte er seinen Marktwert und verschaffte sich immer mehr Redefreiheit. Mit Heuen bis spät in den Abend hinein war es aus. Um sechs fingen sie an, und um sechs hörten sie auf, und am Samstag arbeiteten sie bei Schlechtwetter nicht und am Sonntag überhaupt nicht. Der zwölfjährige Jörg versuchte noch einmal, Holl und Kofler eine Arbeit anzuschaffen, erklärte Holl in gutem Ton, wie sie den Silo zu streichen hätten. Holl hörte ihm zu, nahm ein Seil, hängte ihn an, ließ ihn in den Silo hinunter, seilte ihm Lack und Pinsel nach und gab ihm den Rat, sich da unten während der Arbeit auch Gedanken zu machen, denn der Sommer sei noch lang. Daraufhin ging Holl zum Bauern und sagte ihm, er lege für heute die Arbeit nieder, und falls sein zwölfjähriger Sohn den Silo nicht streiche, rühre er überhaupt nichts mehr an. Dann sagte er noch, sie sollten ihn doch nicht für so blöd halten. Sie sollten es sich endlich aus den Kopf schlagen, aus ihm einen Knechtidioten machen zu können. Er wollte noch weiterreden, konnte aber nicht mehr, weil er wieder das Gefühl hatte, den Bauern erschlagen zu müssen. Er konnte nur mehr in die Kammer hinauflaufen, sich umziehen und ins Dorf hinübergehen, wo mehr Menschen waren.

Mit Alfred Kofler fuhr Holl manchmal am Abend auf die Alm und besuchte Hermann Klein, beklagte sich bei Ziegenbraten und Rotwein über Tagwerker, die schon lange nichts mehr auf sich hielten, und hörte sich an, was der Bauer über ihn zu Klein gesagt hatte, und sagte selber, daß ihm auch der Liebstaller erzählt habe, was der Bauer ihm erzählt habe und anderen erzählte, Geschichten aus seiner Kindheit, um seine Befreiungsversuche von neuem zu vernichten. Lange glaubte er es nicht. Dann fing er an, es zu glauben, und wollte es doch nicht glauben, dann glaubte er es, und nach und nach, allmählich, begann er einen abgrundtiefen Ekel zu empfinden, und trotzdem schien es ihm unglaublich. Immer mehr Geschichten trug man ihm zu, die es ihm unmöglich machen sollten, von 48 wegzukommen.

Mechaniker oder Schlosser oder Schmied. In diesen Berufen fühlte er sich am meisten zu Hause. Eine große Mechanikerwerkstätte kannte er. Schmiede- und Schlosserwerkstätten waren ihm bekannt, aber die kamen alle nicht für ihn in Frage, weil sich die Meister mit dem Bauern wegen eines Lehrlings nicht so ohne weiteres um ein eventuelles Geschäft bringen ließen. Dann brauchte er ja eine Lehrstelle, wo er essen und schlafen konnte und obendrein auch noch mehr als die übliche Lehrlingsentschädigung verdienen würde, und überdies wollte er nicht angegriffen werden, weder von einer Meisterhand noch von einem Gesellen. Der Mechanikermeister lachte ihn aus und fragte, ob er denn dem Bauern *durchbrennen* wolle, und rannte davon. Auch Leo lachte ihn aus, als er ihm von seinem Vorhaben erzählte, versprach ihm aber, unter den Lehrlingen herumzufragen. Kofler suchte ebenfalls nach einer Lehrstelle, und viele Eltern suchten nach einer Lehrstelle, und vielen Bauernsöhnen dämmerte, daß sie keinen Beruf haben, aber vom Hof weg müssen, weil nur einer ihn erben wird. Kofler konnte wenigstens offen mit einer Verwandtengruppe auftreten, aber Holl mußte heimlich auftreten, um den Vater zu überlisten. Viehhändler, Bauern, Nachbarn, der Pfarrer, Sägewerksbesitzer und viele andere beobachteten ihn und teilten dem Bauern in Gesprächen so nebenbei mit, daß Holl in einem Kapruner Wirtshaus getanzt habe, daß Holl Anfang August zwischen Mittersill und Hollersbach mit noch einem auf dem Moped gesehen wurde, daß Holl durch Walchen gegangen, daß Holl in Niedernsill gewesen sei. „Die tausend Augen des Dr. Mabuse."

Seine Umwelt wurde durchkämmt und verdächtigt, denn nach wie vor rechnete man Holl dem Besitz zugehörig, obwohl er nicht im Grundbuch stand, sondern nur in einem Fürsorgeverzeichnis, aber in der Sprechweise ließ man deutlich durchblicken, daß sein Körper und dessen Arbeitsvermögen zu 48 gehöre, und niemand habe das Recht, dem Bauern diesen jungen Körper streitig zu machen, ihm etwas von seinem *Besitz* wegzunehmen, aber er wollte auch nicht wahrhaben, daß Holl seinen Körper besitze, daß Holl ihm immer deutlicher ins Gesicht schrie, er solle ihn endlich in Ruhe lassen. Der Bauer habe kein Recht auf Holls Körper, habe nie ein Recht auf diesen Körper gehabt. Der Bauer habe sich einfach Holls Körper angeeignet, wie sich der Großvater den Körper von Moritz angeeignet hatte. Der Kopf von Holl sah den Körper von Moritz immer tiefer in die Knie gehen und hörte, daß ihnen der Körper von Moritz nicht mehr paßte. Ein wandelndes Marterl, das man loshaben wollte. Ein Leben lang im Bauern-KZ, aber nun nur mehr Haut und Knochen, die Speisen gingen ihm halbverdaut in die Hose. In der prallen Sonne, von Heufuhren aus, verhörte Holl einen Nachmittag lang den Bauern, wo denn auf 48 irgendein Sinn zu finden sei? Antwort bekam er keine. Der Prozeß, der bereits rundherum gegen ihn lief, amüsierte ihn einerseits, weil man ihn schon lebenslänglich auf einem Traktor sitzen sah, andererseits schwindelte ihm ein wenig bei der Vorstellung, was sein werde, falls er vielleicht doch einen Lehrplatz finde?

Dann kam ihm auch der Gedanke, zu einer Zeitung zu gehen. Gendarmerie schloß er aus, weil er sich nicht vorstellen konnte, daß sich der Postenkommandant seinetwegen um das Fleisch bringen würde, und außerdem lag ihm die Bindergeschichte noch im Magen. Den Bischof schloß er auch aus. Was wird mir auf einmal der Bischof zu einem Lehrplatz verhelfen, wenn mich die Pfarrer verdammen? Mit dem Bischof schloß er auch den Papst aus. Die Fürsorge schloß er aus. Den Bürgermeister schloß er aus, weil der sich mit dem Bauern gut stand. Aber wie komme ich zu einer Zeitung? Er fuhr zu Klein und fragte ihn, ob er über die Gewerkschaft etwas machen könne. Wenn alle Stricke reißen, sagte Holl, sei er entschlossen, zu einer Zeitung zu gehen, falls er nicht bald einen Lehrplatz finde. Er habe es satt, wie ein Hund umhergejagt zu werden.
Sie gingen zu den Wildbachbaracken hinauf. Hermann Klein schilderte Holl einen Hexenprozeß. Die Gewerkschaft diene ihm nur als Rückendeckung. Um sein Recht kämpfe er selber. Ob Zeitungen anbeißen würden, bezweifle er, schließe es aber nicht aus. Aber in der Wildbachkantine, sagte er wieder, er glaube nicht, daß Zeitungen sich für einen Holl einsetzen würden, „nehmen

ja kaum von den Selbstmorden Notiz". Kräftige Männer hockten dicht neben ihnen hinter Bierflaschen. Ob er nicht doch bei der Bahn anfangen und nach ein paar Jahren auf eine Lehre umsteigen wolle? Dieser Vorschlag gefiel Holl überhaupt nicht. Er verplempere doch nicht noch zwei Jahre. Eher besorge er sich ein Gewehr und verwandle 48 in eine Schießbude. In seinen Träumen spielten sich bereits Kämpfe ab.

Er vergißt plötzlich alles, redet noch am selben Tag mit einem jungen Meister, und kann fast nicht glauben, daß es solche Zufälle überhaupt gibt, redet wieder mit Kofler. Es wundert ihn weniger, daß Kofler ihm den Lehrplatz überläßt, mehr wundert ihn, daß der Meister ihn sofort nimmt und keinerlei Bedenken äußert.

Von Kofler lieh er sich einen alten Pappkoffer aus, ging damit durch ein Stück Haudorf, stand lange in der Kammer, schaute die Scheunen und die Ställe an, sah unten die Bäuerin mit den Sautrankeimern gehen, hörte bekannte Stimmen, hörte alles ganz deutlich, als stürze er von einem Augenblick auf den anderen ins Nichts. Lodenhosen, in denen er durch die Winter gegangen war, Socken, Hemden, Röcke, Überhosen, Pullover. Eine kurze Mopedfahrt. Freundliche Gesichter. Er betrat ein altes Haus, das er von den Umzügen her kannte, ging über eine Stiege, stülpte den Kofferinhalt aufs Bett und fuhr mit Kofler zurück, packte den Rest ein und suchte nach seinen elf verlorenen Jahren, als hätte er sie irgendwann gedankenlos in eine Ecke geworfen oder an einen Nagel gehängt. Mit einem Blick verabschiedete er sich von der Holzhütte und der Kreissäge und tausenderlei Gedanken an Menschen und Dinge, aber alles stumm. Langsam ging er hinunter ins Vorhaus und in die Küche, drückte Kinder- und Erwachsenenhände, und glaubte, sich selber aufessen zu müssen. Diese Augen, tödlich und spöttisch und herzzerreißend. Draußen war Abend und Oktober. Er lief schnell durch Haudorf und brach in Tränen aus, an einer Torsäule. Dann ging er wieder und glaubte, er ziehe seinen Kopf an einer Schnur hinter sich her, und die Zunge schlecke die Steine ab. Vor ihm noch alles leer, hinter ihm schon alles hinfällig. Zaunstecken griff er an und riß sie aus, der Straußin trug er den Holzstapel ein Stück ab und warf die Scheiter in den Bach, damit sie friert und weniger redet.

Der Meister kam kopfschüttelnd in die Werkstatt, schaute Holl an, ging in der Werkstatt umher, blieb vor Holl stehen, schaute Holl an, schüttelte den Kopf und ging hinaus, kam herein und sagte ihm endlich, er habe mit dem Bauern gesprochen. Der Bauer habe ihm von Holl erzählt, sagte er kopfschüttelnd zu Holl und ging wieder weg. Holl schweißte weiter, vergaß aber in der Verwirrung auf den Schirm, schaute mit den bloßen Augen in den grellen Lichtbogen, sah deutlich die Elektrode zerfließen, hörte nur das Schweißaggregat und wollte sonst nichts sehen und hören. Am Abend und die ganze Nacht bestand er nur aus Augen und Schmerz, torkelte in der Früh zum Arzt und wieder zurück in das alte Haus, saß und lag herum. Einerseits die Schmerzen, andererseits die Angst, nach dem Krankenstand fortgeschickt zu werden. Er rätselte in den Gesichtern herum, fremd und freundlich. Niemand ließ sich etwas anmerken.

Maria hinter einer Bar. Holl bestellte ein Getränk und wollte mit ihr reden, aber andere drängten sich zur Bar, verlangten Getränke, Touristen und Einheimische. So sieht sie also jetzt aus, hat immer gearbeitet und kann hier nirgends sein, ohne daß man sie nicht sofort durch den Dreck zieht. Eigentlich sollte ich ein Verbrecher werden. Er stand auf der Terrasse und sah Leute kommen und gehen und wußte nicht, sollte er noch einmal hineingehen oder einfach durch den Ort laufen. Konrad sah er öfter hinter einem Tisch voll Bauarbeiter in einer Wirtshausecke sitzen. Loferer sah er manchmal gehen. In zwölf Dörfern sitzen Verwandte und verbreiten die Nachricht, daß Holl für ein Handwerk zu dumm sei, daß er die Schule nicht schaffe und also scheitern werde.

Das Entlassungszeugnis bereitet ihm Kopfzerbrechen. Er geht noch einmal als besudelter Holl auf 48 zurück, herzklopfend durch Haudorf. Hinter den Fenstern weiß er Gesichter. Dort und da treibt die Neugierde jemand vors Haus. Kinder laufen hinter ihm her und wissen nicht, wie sie es mit ihm halten sollen. Gehört er ausgelacht? Gehört er angespuckt? Ist er unser Freund? Er geht schnell am Stall vorbei und in die Küche, muß in den Stall, wo der Bauer ihn mit den Brüdern spöttisch empfängt und ihm erklärt, er habe Wichtigeres zu tun, als noch einmal nach einem Zeugniszettel zu suchen, und ihn einfach stehen läßt. Holl schaut ihnen nach und ergreift schließlich die Schaufel mit dem krummen Stiel, mistet den obersten Stall aus, kehrt Gänge und schleppt Milchkannen ins Vorhaus, steht in der Küche herum und läßt sich erklären, daß sein Entlassungszeugnis unauffindbar sei. Er müsse es selber verschustert haben und wisse es nur nicht mehr. „Denk nach! vielleicht hast du es verbrannt oder zerrissen?“ Sie könne sich gut vorstellen, sagt die Bäuerin, daß er irgendwann im Zorn sein Entlassungszeugnis verbrannt oder zerrissen habe. Denn ein gutes sei es nicht gewesen. Sie erinnere sich noch genau, daß sie sich beim Zeugnislesen gedacht habe: „Kein gutes Entlassungszeugnis", sagt sie, und sie habe es sofort in die Kammer hinaufgetragen und jetzt sei es nicht mehr oben.

Auch ein Versicherungsagent beteiligt sich an der Hexenjagd, kommt in die Werkstätte kassieren, direkt von 48 in die Werkstätte, will von Holl Geld und sagt ihm, daß er also die Schule nicht schaffen werde, und zählt ihm Menschen auf, junge, kräftige Menschen, junge, tüchtige Menschen, die wegen der Schule die Lehre aufgeben mußten und nun in den Wirtshäusern und Gefängnissen hokken. Er solle sich gut überlegen, ob er eine solche Erniedrigung in Kauf nehmen wolle. Der Versicherungsagent wollte weiterreden, konnte aber nicht mehr weiterreden, weil der Meister das Spiel durchschaute und den Agenten innerhalb von ein paar Minuten aus der Werkstätte warf. Aber die Verdammung und die Hexenjagd gingen weiter.

Ziemlich am Anfang der Lehre kam die alte Bäuerin zu Mittag ohne Gruß in die Küche, ging auf Holl zu, drückte ihm in Gegenwart der anderen Süßigkeiten in die Hand und verschwand wieder hinauf in den ersten Stock, wo sie nun schon seit Tagen hinter verschlossenen Türen gegen die neue Haushaltsführung einen Hungerstreik machte. Sie wollte die alten Zustände wiederhergestellt wissen. Der alte Bauer wollte immer noch anstatt Milch zerlassene heiße Butter aus Schalen zum Essen trinken, und seine Schwester, die meistens neben Holl saß, war ihm vollkommen hörig. Alle drei gingen hauptsächlich auf Helene los. Weil sich Helene als erste Frau dem Alten nicht unterordnete, spannen sie im Haus und rundherum Intrigen. Die einzige Tochter hatten sie schon aus dem Haus geekelt. Holl war von ihnen nicht abhängig, denn sie waren bereits im Austrag, aber es war ihm peinlich, daß sie ihn als neuen Hausgenossen auf ihrer Seite haben wollten. Aber was konnte er machen?

Ein Lehrer verhalf Holl zu einem Entlassungszeugnis. Leibesübung und Singen sehr gut. Dort und da ein Zweier, sonst lauter Dreier und Vierer. Unterschrieben vom ehemaligen Direktor. Vom Zustandekommen der Noten, davon, daß Holl die letzten zwei Jahre herbst- und sommerbefreit war und zwischendurch vom Arzt oft krank geschrieben worden war, wußte der Lehrer nichts. An das Wort Washington erinnerte Holl sich. Irgendwann hatte der Direktor das Wort Washington an die Tafel geschrieben und erklärt, daß Washington die Hauptstadt von Amerika sei. Daß die Aufsätze von Holl und Leo nie länger als sechs Zeilen waren und daß sie irgendeinmal wissen mußten, daß Karl der Große stets grüne Wickelgamaschen getragen habe, wußte er noch.

Eine neue Welt türmte sich hoch vor Holl auf. Gerne betrat er in der Früh mit dem Meister die Werkstatt. Große Tore und große Fenster, weiße Mauern und neue Maschinen, die ihn alle sofort interessierten. Der Meister schrie nicht, sondern erklärte ihm in ruhigem Ton Arbeitsgänge und redete während der Arbeit mit ihm auch über Menschen und Bücher und den Umgang mit Menschen. Viel zu schnell verging Holl die Zeit. Die Vormittagspause, der Mittag und der Abend überraschten ihn, aber er kehrte gerne ins Haus zurück, stieß anfangs oft mit dem Kopf an einen Türstock oder einen Balken, fluchte und hörte lachen. Die Mauern dick. Das Vorhaus eng und finster und mit alten Truhen verstellt. Eine knarrende Stiege führte umständlich und steil hinauf in den oberen Stock, wo zehn Menschen in sechs Räumen schliefen. In den drei größten hausten die drei Alten, husteten und spuckten herum und brüteten Schikanen aus. Holl hatte ein Zimmer für sich, in dem er anfing, lange bis in die Nacht hinein Bücher zu lesen, die der Meister irgendwann einmal gelesen hatte, die Helene irgendwann einmal gelesen hatte und die sie nun für ihn aussuchte. In der Küche und in der Stube saß er oft und redete mit ihr. Es gab keine heimtückischen Gespräche und Abmachungen über ihn, sondern Gespräche mit ihm. Keine Geheimnisse. Keine Benachteiligungen, sondern Gleichberechtigung. Er aß, was die anderen aßen. War er nicht da und es gab etwas Besseres, stand seine Portion im Rohr oder im Kühlschrank. Während der Mahlzeiten wurde geredet, über das Essen selber verlor man kaum ein Wort, geschweige ein Gebet. Man betrachtete das Essen als etwas Selbstverständliches. Die Alten hatten ihre Plätze, die anderen setzten sich, wie es sich ergab, und fingen beliebig zu essen an. Zimmer, Stube und Küche betrat er gleich gern. Es war von vornherein ausgemacht, daß Holl auch in der Landwirtschaft und auf dem Bau mitarbeiten würde, was ihm nicht nur nichts ausmachte, sondern recht war. Hier arbeitete er ja nicht für besitzsüchtige Bestien, sondern mit Menschen, nach mehr als siebzehn Jahren war er plötzlich unter Menschen. Er hatte das alte häßliche Haus kaum betreten, und schon war er unter Menschen, die sich nicht auf ihn stürzten, ihn nicht herumschufen und nicht streichelten, sondern einfach mit ihm gingen. Ohne daß er sich zu schämen brauchte, erklärte ihm Helene zwischen Abwaschen und anderen Haushaltshandgriffen, daß er schrecklich unwissend sei. Sie habe sich sofort gedacht, „da kommt ein unwissender Mensch ins Haus". Schon wie er mit dem Pappkoffer auf das Haus zugegangen sei, sagte sie, habe sie sich gedacht, „der weiß nichts". Holl saß noch mit den anderen am Tisch und gab selber zu, daß er ja wirklich nichts wisse, nichts über die Welt und nichts von der Welt wisse, aber er wollte jetzt anfangen.

Moritz starb im Spital schnell, kam von dort in die Totenkapelle, und nach drei Tagen stand ein Sarg eine Weile vor dem Gemeindeamt. Der Sarg faßte sich leicht an. Holl ging ein Stück vor dem Bauern im Gleichschritt mit den drei anderen Trägern bachaufwärts und erinnerte sich wieder, daß Moritz sich vorm Sterben stets gefürchtet hatte. Nach mir greifen sie immer noch, dachte Holl, aber mich bringen sie nicht um. Was hat Moritz nicht alles unternommen, um sich zu befreien? Nächtelang saß er über den Uhren, hätte davon leben können, aber diese Bestien haben ihn für unmündig erklärt und sich ihn einfach angeeignet, und alle haben zugeschaut. In den Mund haben sie ihm geschissen. Beichten mußte er und arbeiten. Moritz, du liegst mir leicht auf der Schulter, aber du kannst mich ja nicht mehr hören. Wir haben uns immer gut verstanden. Dir hat man das Reden abgewöhnt, und mir wollte der Bauer das Reden abgewöhnen. Noch immer sind sie hinter mir her und möchten mich umbringen, mit allen Mitteln versuchen sie, mich umzubringen. Helene und den Meister hassen sie. Weil die mir helfen, hassen sie diese Menschen. Eigentlich müßte ja der Bauer Moritz tragen. Schämt er sich denn nicht, hinter uns nachzugehen? Was denkt sich dieser Mensch eigentlich? Nur dem toten Moritz zuliebe ging Holl weiter, ein Viertel von Moritz auf der Schulter, ging er über die Brücke langsam auf den Friedhof zu.

Er ging schnell durch das halbe Dorf und zog sich im Zimmer um, sah vor dem Fenster einen entlaubten Obstgarten und wunderte sich, warum nach so vielen augenfälligen Tragödien und Unterlassungen er noch immer nicht frei leben sollte? Unten hörte er Helene kochen, nebenan die alte Bäuerin hysterisch schreien. Auf dem Tisch lag der Atlas aufgeschlagen, Lateinamerika. Kofler, dachte er, hat mir diesen Platz überlassen. Der Meister wollte ja Kofler nehmen. Jetzt bin ich da, und die anderen sind immer noch, wo ich war. Ein glücklicher Zufall hat mich in dieses Haus geführt. Jetzt liegt es an mir. Ich will alles nachholen, und irgendwann werde ich diesen Bestien zeigen, daß niemand das Recht hat, andere Menschen zu besitzen. Er warf noch einen Blick auf Brasilien, dachte im Hinuntergehen an die bevorstehende Berufsschule, stieß wieder mit dem Kopf an dem Balken an. Noch immer.

Junge österreichische Literatur in den suhrkamp taschenbüchern

H. C. Artmann, Grünverschlossene Botschaft. 90 Träume gezeichnet von Ernst Fuchs. 1972. Band 82
–, How much, schatzi? 1973. Band 136
–, Unter der Bedeckung eines Hutes. Montagen und Sequenzen. 1976. Band 337
The Best of H. C. Artmann, 1975. Band 275
Thomas Bernhard, Gehen. Erzählung. 1971. Band 5
–, Frost. 1972. Band 47
–, Das Kalkwerk. Roman. 1973. Band 128
–, Die Salzburger Stücke (Der Ignorant und der Wahnsinnige; Die Macht der Gewohnheit). 1975. Band 257
–, Der Kulterer. Eine Filmgeschichte. 1976. Band 306
Barbara Frischmuth, Amoralische Kinderklapper. Mit neunzehn Zeichnungen von Walter Schmögner. 1975. Band 224
Peter Handke, Chronik der laufenden Ereignisse. Filmbuch. 1971. Band 3
–, Die Angst des Tormanns beim Elfmeter. Erzählung. 1972. Band 27
–, Stücke 1 (Publikumsbeschimpfung; Weissagung; Selbstbezichtigung; Hilferufe; Kaspar). 1972. Band 43
–, Ich bin ein Bewohner des Elfenbeinturms. Mit Abbildungen. 1972. Band 56
–, Stücke 2 (Das Mündel will Vormund sein; Quodlibet; Der Ritt über den Bodensee). 1973. Band 101
–, Wunschloses Unglück. Erzählung. 1974. Band 146
–, Die Unvernünftigen sterben aus. 1973. Band 168
–, Der kurze Brief zum langen Abschied. 1974. Band 172
–, Als das Wünschen noch geholfen hat. Mit Abbildungen. 1974. Band 208
–, Falsche Bewegung. 1975. Band 258
G. F. Jonke, Im Inland und im Ausland auch. Prosa, Gedichte, Hörspiel, Theaterstücke. 1974. Band 156
Walter Kappacher, Morgen. Roman. 1976. Band 339
Alfred Kolleritsch, Die grüne Seite. Roman. 1976. Band 323
Peter Rosei. Landstriche. Erzählungen. 1975. Band 232
–, Wege. Erzählungen. 1976. Band 311
Gerhard Roth, die autobiographie des albert einstein. Künstel. Der Wille zur Krankheit. Drei Romane. 1975. Band 230
–, Der große Horizont. Roman. 1976. Band 327

st 369 Alexander Weissberg-Cybulski, Hexensabbat
Mit einem Vorwort von Arthur Koestler
382 Seiten
Die »Große Säuberung« 1936–1938 im Rußland Stalins mit ihren rund zehn Millionen Opfern war mehr als nur eine Episode in einem diktatorischen Regime. Daß dieses Buch kein Buch der Schrecken ist, ist dem Verfasser zu danken, dessen unverwüstlicher Optimismus und Mut seinen Bericht aus den russischen Gefängnissen in erstaunlichen Gegensatz zum schrillen Ton der üblichen Gefangenenliteratur stellt.

st 370 Alejo Carpentier, Explosion in der Kathedrale. Roman
Aus dem Spanischen übersetzt von Hermann Stiehl
380 Seiten
Dieses Werk ist ein im besten Sinn traditionell geschriebener, im Tenor aber moderner historischer Roman: Sein indirekter Hinweis auf das Zeitgeschehen in Cuba ist unverkennbar. Sein Thema: die Begegnung verschiedener Kulturen beim Transport der Französischen Revolution und ihrer Freiheitsideen auf die Antillen, Perversion der Ziele durch den Widerstand von Menschen und Dingen. Dennoch hat, in dem scheinbar tödlichen Kreislauf der Geschichte, Geschichte stattgefunden und die Explosion in der Kathedrale, die Revolution, ihre wandelnde Kraft bewiesen.

st 371 Siegfried Kracauer, Das Ornament der Masse. Essays
Mit einem Nachwort von Karsten Witte
356 Seiten
Eine Erkundung der »Exotik des Alltags, abenteuerlicher

als eine Filmreise nach Afrika« nannte Kracauer 1929 seine Studie über die Angestellten. Diese Charakterisierung trifft auch auf die Essays zu, die in diesem Band versammelt sind, von denen viele in der »Frankfurter Zeitung« veröffentlicht wurden. Sie handeln von Straßen, Lokalen und Passanten, von Film und seinem Publikum, von Büchern, Gedanken und scheinbar ganz harmlosen Dingen, die erst unter Kracauers Blick zwielichtig werden, vertrackt und hintergründig.

st 372 Ernst Penzoldt, Die Powenzbande. Zoologie einer Familie
288 Seiten
»Ein lustiges Buch, *diese Powenzbande«,* schrieb Thomas Mann, »ein Schelmenstück, die kindlich-drollige Verschwörung kleiner sozialer Selbsthelfer gegen die ›Ordnung‹ und ihre grimmige Dummheitsmiene und also so ganz und gar harmlos nicht.«

st 374 Vision und Politik. Die Tagebücher Theodor Herzls
Auswahl und Nachwort von Gisela Brude-Firnau
344 Seiten
Herzls Tagebücher sind historischer Kommentar und intensive Selbstaussage. In seltener Synthese ergänzen sich hier Literatur und Politik, Gedanke und Handlung. Die Tagebücher zeigen, daß Herzls Forderung eines ethisch fundierten Staates, der Toleranz und jüdisch-arabische Koexistenz ermöglicht, die einzige Alternative war gegenüber der vorausgeahnten Apokalypse. Abgeschlossen wird der Band durch ein ausführliches Nachwort, das die historische und literarische Bedeutung der Tagebücher kommentiert, die Dreyfus-Legende widerlegt und für die erneute Beachtung Herzls als Schriftsteller plädiert.

st 375 Hermann Broch, Philosophische Schriften
Kommentierte Werkausgabe, herausgegeben von
Paul Michael Lützeler
Bd. 1 – Kritik, 314 Seiten
Bd. 2 – Theorie, 334 Seiten
Band 1 enthält Brochs Kulturkritik, seine Positivismus-Kritik und die Rezensionen. Die kulturkritischen Stellung-

nahmen reichen von den frühen, durch Schopenhauer und Nietzsche beeinflußten Aphorismen aus dem Jahre 1908 bis zu den Reflexionen über die philosophischen Aufgaben einer internationalen Universität von 1946. Die Studien zum Positivismus zeigen Broch in der Auseinandersetzung mit B. Russell, L. Wittgenstein und den Vertretern des Wiener Kreises während der 30er Jahre. Bei den Rezensionen handelt es sich um Besprechungen der Werke von M. Adler, E. Bloch, J.-P. Sartre, E. von Kahler u. a.
Band 2 enthält die Beiträge zur Wert- und Geschichtstheorie, die erstmals ein adäquates Bild von Brochs eigenständiger philosophischer Leistung in den 20er Jahren vermitteln. Sie werden ergänzt durch seine erkenntnistheoretischen Abhandlungen.

st 376 Das Gedicht. Eine Sammlung von Benno von Wiese
192 Seiten
»Sich Gedichten verweigern heißt, das Gespräch untereinander unterbrechen wollen.« *Benno von Wiese*

st 377 Milan Kundera, Das Leben ist anderswo. Roman
Aus dem Tschechischen von Franz Peter Künzel
368 Seiten
Der Roman, 1973 in Frankreich erstveröffentlicht, ist die Geschichte des einzigen Sohnes einer Prager Bürgerstochter, die, von ihrem Mann enttäuscht, vom Sohn Jaromil Entschädigung verlangt: er soll der apollinisch vollkommene Dichter werden. »In Jaromil verkörpert sich ein tschechisches Schicksal der Mitte des 20. Jahrhunderts. Im Hintergrund scheinen die markanten historischen Ereignisse der Jahre 1938 und 1968 auf.« *Berner Tagblatt*

st 378 Adolfo Bioy Casares, Fluchtplan. Roman
Aus dem Spanischen von Joachim A. Frank
136 Seiten
In diesem Roman ist die Insel ein Archipel mit Gefängnisanstalten (die Teufels- oder Salutinseln). Der Briefschreiber, der dorthin strafversetzte Leutnant Nevers, soll dem Gouverneur Castel zur Hand gehen. Tage verstreichen, ehe er Castel, über den sonderbare Gerüchte im

Umlauf sind, kennenlernt. Eine der Inseln wird Nevers verboten. Er versucht, das Geheimnis zu lüften. Seine Briefe nach Hause, seine Tagebucheintragungen melden seine Erkundungen und Schlüsse, Ergebnisse, die er immer wieder berichtigen muß.

st 379 Christiane Rochefort, Das Ruhekissen. Roman
Aus dem Französischen von Ernst Sander
304 Seiten
Erzählt wird die Geschichte von Liebe und Hörigkeit einer Frau. Sie verfällt einem jungen, süchtigen Intellektuellen, der seine ganze Intelligenz nutzt, um diese Frau immer tiefer zu erniedrigen. Wie dann in der tiefsten Krise, in der beide zugrunde gehen müßten, die Idee des Lebens triumphiert, das gehört zu den erstaunlichen Wendungen dieses erstaunlichen Buches.

st 380 Hermann Hesse, Briefe an Freunde.
Rundbriefe 1946–1962
Zusammengestellt von Volker Michels
272 Seiten
Seit 1946, seit der Verleihung des Nobelpreises an Hermann Hesse, nahm der tägliche Posteingang an Leserbriefen solche Dimensionen an, daß Hesse einen Ausweg finden mußte, der es ihm ermöglichte, seinem Grundsatz treu zu bleiben und den Fragen nicht auszuweichen, ohne ihm doch die schriftstellerische Produktion zu opfern. So half er sich von 1946 bis zu seinem Lebensende mit einer neuen literarischen Gattung, seinen »Rundbriefen«, die es ihm erlaubten, sowohl auf die am häufigsten wiederkehrenden Leserfragen zu reagieren, zeitgenössische Bücher zu empfehlen als auch seine neuen Erlebnisse und Erfahrungen festzuhalten und zu gestalten.

st 381 Hermann Hesse, Die Gedichte. 2 Bände
Neu eingerichtet und um Gedichte aus dem Nachlaß erweitert von Volker Michels
zus. 842 Seiten
Mit mehr als 680 Gedichten ist dies die bisher vollständigste Ausgabe der Lyrik Hesses. Die Gedichte sind in zeitlicher Folge angeordnet. Beginnend mit dem frühesten Gedicht aus dem Jahre 1892 (Nachlese) und ergänzt

um die späten Gedichte, sowie erstmals um die wichtigsten humoristischen und zeitkritischen Gedichte aus dem Nachlaß, ergeben diese Bände eine Art lyrischer Autobiographie.

st 383 Hermann Hesse, Kurgast. Aufzeichnungen von einer Badener Kur
112 Seiten
»Eine Badereise mit ihren tragikomischen Alltäglichkeiten wird dem Dichter zum Anlaß, das Zusammenleben der Menschen in einer Folge von gutgelaunten, idyllischen philosophisch beschaulichen Szenen zu durchleuchten. Mit Entzücken sieht der Leser durch den lebenschaffenden Blick des Dichters in diesem Mikrokosmos die Formenfülle und Merkwürdigkeit der Welt.«.

Oskar Loerke

st 384 Hermann Hesse, Der Europäer.
Gesammelte Erzählungen. Band 3 1909–1918
Zusammengestellt von Volker Michels
372 Seiten
Der dritte Band dieser auf vier Bände angelegten Taschenbuchausgabe enthält Erzählungen aus Hesses letzten beiden Jahren am Bodensee, die mit der Indienreise ihren Abschluß fanden, sowie Erzählungen aus den Jahren bis 1918, der Zeitspanne vor und während des Ersten Weltkriegs, als er in Bern lebte. Die Jahre des Ersten Weltkriegs waren Hesses politische Lehrzeit. Damals sammelte er die Erfahrungen, ohne die sein unbestechlicher Vorausblick für die künftigen politischen Entwicklungen nicht möglich gewesen wäre.

st 385 Hugo Ball, Hermann Hesse. Sein Leben und sein Werk
186 Seiten
»Aus dem Konflikt von Zeit und Kultur gelingt Hugo Ball die Deutung manches großartigen Widerspruchs, den wohl der eine oder andere Leser der Hesseschen Bücher festzustellen meint: ›Wohl kaum hat Hesse ein Erlebnis bis zum Rest erschöpft und gedeutet, so wird ihm gerade dieses Erschöpfen zur Gefahr und wirft ihn in das andere Extrem.‹ Wie diese Deutung durchgeführt wird, das macht die Lektüre dieses eigenwilligen, klu-

gen und lebensnahen Buches zu einem heute seltenen Genuß.«

Hermann Kasack

st 386 Hermann Hesses weltweite Wirkung.
Internationale Rezeptionsgeschichte
Herausgegeben von Martin Pfeifer
364 Seiten
Zum ersten Mal wird hier die Wirkung des Werkes dieses Autors in ihrem weltweiten Ausmaß untersucht und dargestellt. Es werden Entwicklungen und gegenwärtiger Stand der Hesserezeption unter ihrem verlegerischen und publizistischen Aspekt, die Qualität der Übersetzungen und die wissenschaftliche Auseinandersetzung mit Hesses Werk gezeigt und Antwort zu geben versucht auf die Frage nach den Leserschichten und deren Zusammensetzung, nach der Art des Literaturkonsums und nach den Auswirkungen der Hesselektüre.

st 395 Hans Magnus Enzensberger, Der kurze Sommer der Anarchie
Buenaventura Durrutis Leben und Tod. Roman
Mit Abbildungen
336 Seiten
Die zwölf Kapitel des Romans handeln vom Leben und vom Sterben des spanischen Metallarbeiters Durruti, der nach einer militanten und abenteuerlichen Jugend zur Schlüsselfigur der spanischen Revolution 1936 geworden ist. Die Darstellung beruht auf zeitgenössischen Broschüren, Flugblättern und Reportagen, auf Reden und Memoiren und auf Interviews mit Augenzeugen, die Durruti gekannt haben.

st 413 Hermann Hesse, Innen und Außen.
Gesammelte Erzählungen. Band 4 1919–1955
Zusammengestellt von Volker Michels
432 Seiten
Der vierte und letzte Band der Erzählungen Hesses setzt ein nach dem ersten Weltkrieg und enthält alle seitdem parallel zu den großen erzählerischen Werken, »Siddhartha«, »Der Steppenwolf«, »Narziß und Goldmund«, »Die Morgenlandfahrt« und »Das Glasperlenspiel« entstandenen kürzeren Erzählungen.

Alphabetisches Gesamtverzeichnis der suhrkamp taschenbücher